Gisela

Janette Oke

Träume sind wie der Wind

Janette Oke

TRÄUME SIND WIE DER WIND

Verlag Schulte + Gerth

Die amerikanische Originalausgabe erschien im Verlag
Bethany House Publishers, Minneapolis, MN 55438, USA,
unter dem Titel „Love's Unfolding Dream“

Aus dem Amerikanischen übersetzt von Beate Peter

Best.-Nr. 15 369
ISBN 3-87739-369-1
1. Auflage 1988
Umschlaggestaltung: Bethany House/Gisela Scheer
Satz: Typostudio Rücker & Schmidt
Druck und Verarbeitung: Mohndruck Gütersloh
Printed in Germany

Familie Davis

Mit den Jahren hat Familie Davis nicht nur an Mitgliedern, sondern auch an Reife zugenommen. Mit den folgenden Zeilen soll der Leser auf den neuesten Stand der Familie gebracht werden:

Clark und Marty, die jeweils schon früh verwitwet waren, gründeten durch ihre Heirat eine neue Familie.

Nandry, ihre älteste Pflegetochter, heiratete Josh Coffins. Ihre Kinder heißen Tina, Andrew, Mary und Jane.

Cathy, die zweite Pflegetochter im Hause Davis, heiratete einen Pastor namens Joe Berwick. Esther Sue, Joey und Paul sind ihre Kinder.

Missie, Clarks Tochter aus erster Ehe, heiratete Willie LaHaye und zog mit ihm in den fernen Westen. Die beiden haben vier Kinder: Nathan, Josia, Melissa und Julia.

Martys Sohn aus ihrer ersten Ehe heißt Luke. Mit seiner Frau Kate nennt Luke ebenfalls vier Kinder sein eigen: Amy, Dan, David und Julian.

Arnie ist Clarks und Martys erster gemeinsamer Sohn. Er ist mit Anne verheiratet und hat drei Söhne: Silas, John und Andrew.

Ellie hat Lane Howard geheiratet. Ihre Tochter heißt Brenda, und die Zwillinge heißen William und Willis.

Larry ist mit Abbie verheiratet. Ihre beiden Jungen heißen Thomas und Aaron.

Belinda, das Nesthäkchen der Familie Davis, lebt noch bei ihren Eltern. Sie ist elf Jahre alt.

Belinda

„Mama! Schau doch nur!"

Der Schreckensausruf ihrer Jüngsten ließ Marty von der Teigschüssel aufsehen und herumfahren. Der Ton in der Kinderstimme verriet ihr, daß etwas Schlimmes geschehen sein mußte. Martys Herz stockte. Was war passiert? War das Kind verletzt?

Mit geübtem Blick suchte Marty die schmale Gestalt ihrer Tochter auf Blutspuren ab. Ihr Kleidchen, bis vor kurzem noch sauber und sorgfältig gebügelt, hing schmutzig und zerknittert an ihr herunter. Eins ihrer Zopfbänder hatte sich gelöst, so daß ihr die Haare offen auf die Schulter fielen. Das Gesicht war tränenüberströmt, doch verletzt war sie nicht, stellte Marty erleichtert fest. Sie hob den Blick wieder, um ihrer Tochter in die blauen, tränennassen Augen zu sehen.

„Schau doch nur!" rief Belinda weinend.

Erst jetzt sah Marty den kleinen Sperling in Belindas ausgestreckter Hand. Sein Gefieder war zerzaust und naß, und das Köpfchen hing ihm schräg zur Seite. Das winzige Körperchen wurde von Krämpfen geschüttelt. Marty erschauderte vor Mitleid.

„Warum mußte ausgerechnet Belinda den Vogel finden?" seufzte Marty. Sie kannte das zarte Gemüt ihrer Tochter. Die Kleine würde bestimmt den Rest des Tages damit verbringen, um den verletzten Vogel zu trauern.

Marty wischte sich die Hände an ihrer Schürze ab und zog Belinda an sich. Das ruinierte Kleid und die aufgelösten Haare erwähnte sie mit keinem Wort.

„Wo hast du ihn denn gefunden?" fragte sie statt dessen voller Anteilnahme.

„Die Katze hat ihn gehabt!“ schluchzte Belinda. „Ich hab’ sie durch die ganze Scheune jagen müssen, und dann … und dann …“

Weiter kam sie nicht. Von einem neuen Tränenausbruch übermannt, vergrub sie das Gesicht in Mamas Schürze und schluchzte herzzerreißend.

Marty hielt sie fest in den Armen, bis sie ein wenig ruhiger geworden war. Schließlich hob Belinda den Blick. Den winzigen Vogel hielt sie noch immer behutsam in der Hand.

„Jetzt … muß er … sterben, Mama, nicht wahr?“ stieß sie mühsam hervor.

„Nun, ich … ich kann’s dir nicht genau sagen“, stotterte Marty und untersuchte nochmals das verletzte Tierchen. Ja, er schien seinem Ende tatsächlich recht nahe zu sein. Wenn nicht ein Wunder geschah, würde er wohl sterben, doch es fiel ihr unendlich schwer, der Kleinen das zu sagen. Außerdem hatte sie schon manches Wunder am eigenen Leibe erfahren. „Ach, mein Gott“, betete sie im stillen, „ich weiß, es ist bloß ein kleiner Sperling, aber du hast doch gesagt, daß du jeden Sperling siehst, der vom Himmel fällt. Wenn du auch so traurig darüber bist wie Belinda, mach ihn doch bitte wieder gesund!“

„Wir müssen ihn warm halten“, sagte Belinda plötzlich hoffnungsvoll.

„In meinem Schrank steht ein leerer Korb. Ich hol’ schnell ein paar alte Tücher aus meiner Lappenkiste“, gab Marty zurück.

Belinda lief los, um den Korb zu suchen, während Marty in ihre Vorratskammer ging, wo sie Stoffreste und abgetragene Kleidungsstücke für Ausbesserungszwecke aufbewahrte. Mit einem weichen Flanellstück kehrte sie in die Küche zurück. Beinahe gleichzeitig kam Belinda mit dem Korb herbeigerannt.

Gemeinsam richteten sie ein warmes Bett für das Vögelchen her. Dann legte Belinda es behutsam auf das Tuch. Es schien schlimmer verletzt zu sein, als Marty zunächst befürchtet hatte. Das Köpfchen hing kraftlos zur Seite, und außer einem leichten Zittern war kein Lebenszeichen mehr zu erkennen. Wieder brach Belinda in Tränen aus.

„Können wir ihn nicht zu Larry bringen?“ flehte sie.

„Alles, was recht ist!“ dachte Marty. „Eine Fahrt in die Stadt wegen eines halbtoten Spatzen!“ Wie viele von Belindas kleinen Schützlingen hatte ihr Sohn schon im Laufe der Jahre verarztet? Und dabei hatte er stets eine Engelsgeduld bewiesen und alles getan, was nur in seiner Macht stand, um auch das kleinste Tier zu retten. Für diesen Vogel hier würde jedoch alle Hilfe zu spät kommen, fürchtete Marty.

„Wir fragen Papa“, entschied sie. „Er wird gleich nach Hause kommen.“

Marty wandte sich wieder ihrem Nudelteig zu. Ja, Clark würde in Kürze mit einem Bärenhunger von der Feldarbeit heimkommen. Sie mußte sich beeilen, das Abendessen rechtzeitig fertig zu bekommen. Rasch wusch sie sich die Hände und begann, den Teig auszurollen.

Belinda nahm den Korb mit dem verletzten Sperling und trug ihn in ihre Lieblingsecke neben dem Herd. Ihre Tränen waren versiegt, doch über ihren rotgeweinten Augen stand noch immer der Schatten des Grauens. Warum trachteten Katzen nur den Vögeln nach dem Leben? Im Grunde liebte Belinda die Scheunenkatzen heiß und innig. Sie hätte mit demselben Eifer um das Leben einer verletzten Katze gekämpft. Mit der Hilfe ihres großen Bruders Larry hatte sie es sogar schon manches Mal getan. Warum mußten sie nur den Vögeln gegenüber so grausam sein? Es war einfach nicht fair. Behutsam strich Belinda dem Vögelchen über den schwachen Körper. Selbst das Zittern hatte schon aufgehört.

Die Haustür fiel krachend ins Schloß. Ohne eine Stimme gehört zu haben, wußte Marty, daß Amy, Lukes und Kates Älteste, auf dem Weg zu ihr war.

„Oma?" rief das Mädchen schon vom Flur her. „Oma, weißt du, wo Lindy ist?"

Amy war die einzige, die Belinda „Lindy" nannte. Marty war überzeugt, daß sie auch die einzige war, die sich das erlauben konnte. Belinda sprach ihren eigenen Namen stets deutlich und in seiner vollen Länge aus, doch die ausgelassene, unbekümmerte Amy scherte sich nicht um persönliche Wünsche und nannte Belinda so, wie es ihr gerade gefiel.

„Da sitzt sie doch, neben dem Herd!" gab Marty zurück, ohne den Blick von ihrem Nudelteig zu heben.

Die Kleine war noch immer außer Atem. Sie war wieder einmal gelaufen, so schnell ihre Beine sie nur tragen wollten, aber das hatte Marty nicht anders von ihr erwartet.

„Hast du Lust, mit mir ..." rief Amy und steuerte auf Belindas Lieblingsecke am Herd zu. Plötzlich blieb sie stehen. „Was hast du denn da?" fragte sie etwas verächtlich. „Schon wieder eine Maus?"

„Nein, einen Vogel", antwortete Belinda traurig.

„Was ist denn passiert?"

„Die Scheunenkatze hat ihm nachgestellt."

„Ist er arg verletzt?"

„Ja, ganz schlimm."

„Warum hast du ihn denn nicht zu Onkel Larry gebracht?"

Amy kannte das übliche Verfahren, wenn Belinda ein krankes Tier gefunden hatte.

„Wir warten noch auf Papa."

Belinda nahm ihre Hand zur Seite, damit Amy einen Blick auf ihren kleinen Schützling werfen konnte. Einen Moment weiteten sich auch Amys blaue Augen vor Entsetzen. Das Tierchen war so winzig und hilflos und so ... so furchtbar zerzaust.

„Ich glaub', er ist schon tot", flüsterte sie voll aufrichtigen Mitgefühls.

Belinda war nahe daran, aufs neue in Tränen auszubrechen, als der kleine Vogel sich noch einmal regte.

„Ist er nicht“, gab sie trotzig zurück. „Siehst du?“

Marty gab die Nudeln in den Topf mit dem siedenden Wasser und legte frisches Brennholz auf das Ofenfeuer. Gerade wollte sie den Tisch decken, als das Gebell des Hofhunds draußen Clarks Ankunft meldete. Marty sah auf die Uhr im Regal. Das Essen würde mit Verspätung fertig sein, und zudem kam Clark heute etwas früher heim, als sie erwartet hatte.

„Opa“, rief Amy ihm entgegen, bevor er auch nur Zeit für eine Begrüßung hatte, „Opa, Lindy hat wieder ein krankes Tier!“

Clarks Gesicht spiegelte Besorgnis wieder, als er die Küche betrat. Er sah seine Tochter in der Ecke neben dem Herd; mit den Händen hielt sie einen kleinen Korb umklammert. Sein Blick suchte Martys Augen. „Was ist los?“ schien er wortlos zu fragen. „Ist es ernst?“ Mit einem nahezu unmerklichen Kopfschütteln antwortete sie ihm: „Zu spät. Er wird's nicht schaffen.“

Beim Anblick ihres Vaters füllten sich Belindas Augen wieder mit Tränen.

„Es ist ein Sperling, Papa“, flüsterte sie. „Die Katze hat ihn erwischt!“

Clark musterte seine aufgelöste Tochter. An ihrem Aussehen konnte er ablesen, daß sie eine wilde Jagd hinter sich hatte, um den kleinen Vogel zu retten. Daraus wiederum schloß er, daß das Tier arg zugerichtet sein mußte. Er hängte seine Jacke an den Haken und ging auf die beiden Mädchen, die um den Korb kauerten, zu.

Zunächst wollte er den Sperling aus dem Korb heben, um ihn aus der Nähe zu betrachten, doch dann besann er sich. Das Tier besaß kaum noch einen Funken Leben im Leib. Jede Berührung würde ihm nur unnötig Schmerzen verursachen.

„Es hat ihn arg erwischt, nicht wahr?“ sagte er ganz leise.

Clark strich seiner Jüngsten über das wirre Haar und wischte ihr eine Schmutzspur von der Wange.

„Also, ich weiß nicht recht", sagte er zögernd, „aber mir scheint, unsere Hilfe wird ihm nur weh tun."

Wieder rollten dicke Tränen über Belindas Gesicht.

„Aber Larry ..."

„Dein Bruder würde sein Bestes tun, das weiß ich."

Wieder schlug die Haustür zu. Dan, ein anderes von Lukes Kindern, kam in die Küche gestürzt. Auch er war vom Laufen außer Atem.

„Amy!" rief er schon von der Tür her. „Mama sagt, du sollst nach Hause kommen. Wir essen bald zu Abend!"

Zögernd stand Amy auf. Im stillen hoffte sie, zu einer Fahrt in die Stadt zu Doktor Larry eingeladen zu werden. Ein Besuch dort war immer eine aufregende Angelegenheit.

„Fährst du in die Stadt, Opa?" fragte sie schüchtern.

„Ich weiß nicht; das müssen wir gemeinsam überlegen. Ich fürchte ..."

„Was ist denn los?" wollte Dan wissen. Er hatte sich neben seinem Großvater aufgebaut und spähte in den Korb.

„Ach so, bloß 'n toter Vogel", stellte er dann sachlich fest.

„Er ist gar nicht tot!" wehrte sich Belinda. „Er ist nur schwer verletzt."

Dan schaute von Belinda zu seinem Großvater. Hatte er etwas Falsches gesagt? War der Vogel etwa nicht ...?

Clark legte dem Jungen seine Hand auf die Schulter.

„Ja, es hat ihn bös erwischt", sagte er, „aber noch kämpft er um sein Leben."

Marty sah nach den Nudeln. Sie waren so gut wie gar. Das Essen war nahezu fertig, doch sie kam kaum an ihren Herd heran. Vier Menschen hatten sich um ihn gedrängt – und nur um eines verletzten Sperlings willen! Auch Marty tat das Tierchen leid. Sie konnte es selbst kaum mit ansehen, wenn eine winzige Kreatur leiden mußte. Andererseits wußte sie, daß es in der Natur nicht ohne Leiden und Sterben abging. Tiere töteten und wurden getötet. Das war nun einmal so. Die ganze Natur war so angelegt. Die

Scheunenkatze hatte immerhin einen ganzen Wurf Jungtiere zu versorgen. Auch sie brauchte ihre Nahrung.

„Bringst du ihn zu Onkel Larry?“ wollte Dan wissen.

Clark schüttelte bedachtsam den Kopf, doch bevor er antworten konnte, fügte Dan schon hinzu: „Der könnte ihn bestimmt wieder heil machen!“

„Dein Onkel Larry ist ein prima Doktor, das weiß jeder“, sagte Clark leise und behutsam, „aber auch der beste Doktor hat seine Grenzen. Dieser Piepmatz hier ist ziemlich zugerichtet. Ich glaube kaum, daß ...“

„Larry sagt, man darf nie, niemals aufgeben!“ unterbrach ihn Belinda. „Er sagt, wenn auch nur ein winziger Funke von Leben da ist, muß man darum kämpfen.“

„Da hat er recht“, nickte Clark. „Ganz unbesehen!“

„Können wir dann zu ihm fahren?“ bat Belinda.

Über die Köpfe der Kinder hinweg tauschten Marty und Clark vielsagende Blicke aus.

„Du wirst doch nicht etwa wegen dem Vogel in die Stadt fahren?“ stand in Martys Augen zu lesen. Doch Clark zuckte nur die Achseln. „Was bleibt mir schon anderes übrig?“

Marty sah ihren Mann prüfend an. Wie müde mußte er nach einem harten Arbeitstag auf dem Feld sein! Zugegeben, seitdem er das künstliche Bein hatte, das Larry ihm verschafft hatte, fiel ihm die Arbeit erheblich leichter. Doch junge Pflanzen in den Boden zu setzen war anstrengend, ob man nun ein oder zwei Beine besaß. Obendrein warteten die Stalltiere auf ihr Futter, und nun hatte er allen Ernstes vor, wegen eines verletzten Sperlings in die Stadt zu fahren. Es war einfach verrückt!

Belinda sollte doch alt genug sein, um vernünftig denken zu können! Mit ihren elf Jahren sollte sie eigentlich wissen, daß die Natur tötete, um neues Leben zu spenden. Aber nein – das konnte ihre Tochter nicht einsehen. Mit jeder Faser ihres jungen Herzens kämpfte sie gegen den Tod an, und ihr größter Verbündeter dabei war ihr Bruder Larry. Larry, der Arzt, der gutmütige, stets hilfsbereite Larry. Auch er kämpfte gegen den Tod. Wenn jemand Verständnis für diese unsinnige Fahrt in die Stadt hatte, dann war es Larry.

„Ich hol' das Gespann!" sagte Clark entschlossen.

„Aber ... aber dein Essen!" wandte Marty ein. „Du bist doch eben erst ..."

„Das Essen kann warten", entschied er. Mit seinen Augen bat er seine Frau um Verständnis.

Marty verstand. Nicht um des kleinen Sperlings willen fuhr ihr Mann nun in die Stadt, obwohl er todmüde war, sondern um des Kindes willen, dem das Herz brechen wollte.

„Tut mir leid, wenn ich dir Umstände mache", murmelte Clark. „Sorg dich nicht um mich! Ich suche schon selbst etwas zu essen, wenn ich wiederkomme."

An die zusätzliche Arbeit hatte Marty gar nicht gedacht. Sie war nur auf das Wohl ihres Mannes bedacht. Er brauchte doch sein Abendessen und war hundemüde. Trotzdem ...

Wieder schlug die Haustür. Diesmal kam der vierjährige Rotschopf Julian hereingestürmt. Er war das jüngste von Lukes Kindern und der erklärte Liebling der ganzen Familie. Beim Anblick seines Großvaters, der gerade wieder in seine Jacke schlüpfte, strahlte er über sein ganzes pausbäckiges, von Sommersprossen übersätes Gesicht. Mit seinen rundlichen Ärmchen umschlag er die Beine seines hochgewachsenen Großvaters, um ihm mit der kleinen Jungenhand auf das Schienbein zu klopfen.

„Klopf, klopf!" rief er. „Klopf an die Holztür!"

Clark konnte dem kleinen Lausbuben einfach nicht widerstehen. Er beugte sich zu ihm hinab und hob ihn hoch.

„Wer klopft denn da an meine Holztür?" Mit gespieltem Ernst sah er den kleinen Buben an.

„Ich bin's, Julian!" verkündete dieser fröhlich.

Die beiden brachen in ein vergnügtes Lachen aus, und die runden Arme des kleinen Jungen schlangen sich fest um den Hals seines Großvaters.

„Und was führt den kleinen Julian zu mir?" erkundigte Clark sich.

Das Gesicht des Jungen wurde augenblicklich wieder ernst. Er wand sich in Clarks Armen, um wieder auf den Boden gestellt zu werden.

„Mama hat mich hergeschickt", sagte er. „Ich soll Amy und Dan zum Essen rufen."

Clark sah zu den beiden Geschwistern hinüber, die noch immer über den Korb gebeugt dastanden.

„Ihr drei macht euch am besten schnellstens auf den Heimweg, scheint mir", sagte er. „Wenn euer Papa euch gleich allesamt eigenhändig holen muß, dann setzt's bestimmt eine gehörige Strafpredigt!"

Die drei Kinder setzten sich widerstrebend in Bewegung. Amy nahm ihren jüngsten Bruder bei der Hand, doch nicht ohne ihrem Großvater noch einen letzten flehenden Blick zuzuwerfen. Wie gerne wäre sie bei der Fahrt in die Stadt mit von der Partie gewesen!

Clark wandte sich an Belinda.

„Ich bin gleich fertig", sagte er. „Nimm dir eine warme Jacke mit!" Damit ging er aus der Küche.

Seufzend nahm Marty den Topf mit den Nudeln von der Herdplatte. Sie waren gar und frisch, wie Clark sie am liebsten aß. Heute sollte ihm dieses Vergnügen wohl nicht beschieden sein. Bis er aus der Stadt zurückkam, würden sie kalt und abgestanden sein.

Gerade hatte Marty das Nudelwasser abgeschüttet, als Belinda einen verhaltenen Schrei ausstieß. Marty fuhr auf dem Absatz herum. Was in aller Welt war nun wieder geschehen?

„Ich glaub', er ist schon tot", flüsterte sie. „Sieh nur, er ist schon ganz steif!"

Marty warf einen prüfenden Blick in den Korb. Belinda hatte recht. Selbst Larry würde diesem Sperling nicht mehr helfen können.

Nun war es völlig um Belindas Fassung geschehen. Marty nahm sie tröstend in die Arme.

„Ich muß schnell Papa Bescheid sagen, bevor er die Pferde anspannt“, murmelte sie vor sich hin. Belinda nickte zustimmend.

Marty lief zum Stall. Unterwegs seufzte sie bedrückt. Einerseits war sie dankbar, daß Clark die Fahrt in die Stadt nun erspart bleiben würde und der kleine Vogel von seinen Schmerzen erlöst war. Andererseits hatte sie Mitleid mit ihrer Jüngsten, der fast das Herz brach, wenn sie ein verletztes Tier sah. So edel es auch war, mit der „seufzenden Kreatur“ zu leiden, so trieb Belinda es damit eindeutig zu weit. In vielen Dingen glich sie eben ihrem großen Bruder Larry sehr. Ihr Gemüt war sogar noch zarter als seins. Das Leben würde manchen Kummer für dieses Kind mit sich bringen, befürchtete Marty. Wie würde sie es nur ertragen? Marty machte sich Sorgen um ihre Jüngste.

Clark führte gerade das erste Pferd aus seiner Box.

„Es ist schon zu spät“, keuchte Marty. „Der Vogel ist gerade gestorben. Du kannst zum Essen ins Haus kommen.“

Anstelle der erwarteten Erleichterung stand Besorgnis in Clarks Blick.

„Sie wird sich schon wieder fangen“, beruhigte ihn Marty. „Sie wird eine Weile untröstlich sein, dann wird sie ihre kleine Trauerfeier abhalten und den Sperling neben ihren anderen Tiergräbern beerdigen. Morgen ist sie wieder ganz die alte, wirst schon sehen!“

Clark wußte, wie recht Marty hatte. Belinda würde um den toten Vogel trauern, aber bald würde alles wieder gut sein. So war es schon manches Mal gewesen. Während Marty wieder ins Haus ging, führte Clark das Pferd in seine Box zurück. King war froh, wieder an seine Futterkrippe gebracht zu werden.

Clark befreite das Pferd von seinem Zaumzeug, hängte das Geschirr an den Haken und machte sich auf den Weg zur Küche. Erst jetzt spürte er, wie hungrig und erschöpft er war. Dennoch zeigten seine Schritte kaum die Spur eines Hinkens. Clark war überaus dankbar für das künstliche Bein, das ihm gute Dienste leistete. Nun brauchte er keinen Krückstock mehr, und er hatte seine Hände frei. Der einzige Nachteil war, daß das Laufen mit dem künstlichen Bein kräftezehrend und schmerzhaft war. Seine ganze Körperseite schien sich gegen die Prothese wehren zu wollen. Deshalb konnte er es kaum erwarten, sie endlich für die Nacht ablegen zu können.

Doch bis dahin hatte er noch manches zu tun. Selbst wenn die Stallarbeit fertig war, würde er es sich verbeißen, die Prothese auf der Stelle abzulegen. Er wußte nur zu gut, daß seine Frau ihn stets im Auge behielt, um auf Anzeichen von Schmerzen oder Übermüdung zu achten. Wenn er das Bein vor dem Zubettgehen ablegte, würde sie ahnen, daß er sich nicht wohl fühlte. Marty sorgte sich ohnehin schon genug um ihn. Er würde sich halt beim Essen ein wenig ausruhen. Vielleicht würde er sich schon besser fühlen, wenn er anschließend seine Stallrunde machte. Clark war froh, daß ihm die Fahrt in die Stadt erspart geblieben war. Er lachte leise auf. Wie oft hatte er sich gewünscht, es gäbe keine Spatzen mehr auf der ganzen Welt! Sie konnten einem Farmer das Leben manchmal regelrecht versauern, und Belinda machte wegen eines einzigen Vertreters dieser Gattung ein riesiges Aufheben! Aber schießlich waren auch die Spatzen Geschöpfe Gottes, und Clark hätte seiner Tochter gern zur Seite gestanden, um ein Leben zu retten, auch wenn es noch so gering geachtet war.

Doktor Larry

Wie Clark und Marty vermutet hatten, weinte Belinda um den toten Sperling, bastelte mit aller Sorgfalt einen winzigen Sarg, lud Amy und deren drei Brüder zu einer Trauerfeier nach dem Abendessen ein und legte den kleinen Vogel unter Tränen am Ende des Gartens neben einer Reihe von anderen Tiergräbern zu seiner letzten Ruhe nieder. Damit war alles vorüber, und das Kind konnte sich wieder seinen Spielgefährten zuwenden. Mit einem ausgelassenen Versteckspiel, an dem sich alle fünf Kinder beteiligten, klang der Samstagabend aus.

Mit einem erleichterten Seufzen schüttete Marty das Abwaschwasser neben dem Rosenstrauch vor der Haustür aus. Belinda war gewöhnlich ein glückliches und ausgeglichenes Kind. Wenn sie sich nur nicht jedes Mal, wenn sie ein totes Tier sah, so furchtbar grämen würde! Marty konnte nur hoffen, daß das Mädchen mit der Zeit lernte, den Kümmernissen des Lebens mutiger zu begegnen. Niemand machte es Freude, ein Tier leiden zu sehen. Aber damit mußte man sich eben abfinden. Leiden und Schmerzen gehörten nun einmal zum Leben.

Clark trug einen Eimer voller schäumender Milch auf das Haus zu.

„Sie sieht schon viel besser aus", meinte er und deutete mit einer leichten Kopfbewegung auf Belinda.

„Meistens fängt sie sich schnell wieder – aber liebe Güte, welch eine Tränenflut muß es zuerst geben!" antwortete Marty.

Gemeinsam betraten sie das Haus.

„Ehrlich gesagt, ist sie mir zartbesaitet lieber als gleichgültig und kalt", bemerkte Clark. Doch Marty schüttelte nur ergeben den Kopf. Sie hatte schon manches Mal ihre liebe Last mit Belindas empfindsamem Gemüt gehabt.

„Mit den Jahren wird sie schon vernünftiger werden“, meinte Clark. „Hoffentlich schlägt sie dann nicht ins Gegenteil um!“

Das konnte Marty sich beim besten Willen nicht vorstellen.

„Darüber brauchen wir uns wohl kaum Sorgen zu machen“, erwiderte sie.

„Bleibt nur zu hoffen, daß ihr ganzes Mitgefühl auch irgendwie zur Anwendung kommt“, sagte Clark nachdenklich. „Gott hat bestimmt ein ganz besonderes Plätzchen in seinem Weinberg für jemanden wie unsere Belinda.“

Marty dachte über Clarks Worte nach, während sie die Milch durch ein Sieb goß und eine Kanne für die Sahne bereitstellte. Clark begann, die Kurbel der Zentrifuge zu drehen, bis ein sanftes Surren die richtige Drehgeschwindigkeit anzeigte. Dann goß er die Milch in die Schleuderschüssel. Bald strömte die reine Milch aus dem Hahn auf der linken Seite, während ein schmalerer, weißer Sahnestrahl aus dem rechten Hahn in die Kanne floß.

„Sie gleicht so sehr ihrem Bruder Larry“, sann Marty und nahm damit das Gespräch von vorhin wieder auf.

Clark nickte.

„Und Arnie auch“, meinte er. „Arnie ist so zartfühlend, wie ein Mann nur sein kann.“

Nun war es an Marty, zustimmend zu nicken. Arnie war tatsächlich sehr zartfühlend. Auch er konnte es kaum ertragen, wenn jemand Schmerzen litt. Im Gegensatz zu Belinda hatte Arnie jedoch niemals vor anderen geweint. Er hatte seinen Kummer meist in sich hineingefressen; seine Verstörtheit war ihm nur an den Augen abzulesen.

„Armer Arnie!“ sagte Marty. „Vielleicht hat Belinda es am Ende doch leichter als er. Sie kann sich ihren Jammer wenigstens von der Seele weinen. Die Jungs haben sich immer die größte Mühe gegeben, nicht zu weinen – besonders Arnie.“

„Frag' mich bloß, wie sie auf diese Idee gekommen sind", gab Clark zurück. „Ich hab's ihnen jedenfalls nie in den Kopf gesetzt, daß Männer nicht weinen dürfen."

„Von mir haben sie's auch nicht. Solche Sachen lernen sie vielleicht in der Schule. Kinder können manchmal furchtbar herzlos zueinander sein."

Die Milch und die Sahne flossen noch immer aus den Hähnen der Zentrifuge.

„Komisch, wie sie sich so ähneln können und dabei doch ganz verschieden voneinander sind", sann Marty weiter.

„Wie meinst du das?"

„Larry zum Beispiel – Larry ist so mitfühlend und teilnahmsvoll, aber was Schmerzen betrifft – dagegen kämpft er mit aller Kraft an. Er ist wie zum Arzt geschaffen. Arnie hätte nie einer werden können. Krankheit und Elend kann er einfach nicht ertragen. Er würde sich in eine Art Schneckenhaus zurückziehen, denke ich manchmal."

Clark überlegte einen Moment lang.

„Da hast du recht", meinte er dann schüchtern. „Als Doktor würde er tatsächlich nicht viel taugen. Als Papa macht er sich wesentlich besser."

Marty lächelte. Arnie war seinen Kindern wirklich ein guter Vater. Anfangs hatten sie befürchtet, daß er zu nachsichtig mit ihnen umgehen würde, doch Arnie schien sich der Notwendigkeit von Zucht und Disziplin bewußt zu sein. So schwer es ihm auch oft fiel, so erzog er seine Kinder gerecht und bestrafte sie auch, wenn er es für notwendig hielt.

Bei den drei Wildfängen ging es tatsächlich nicht ohne ein gerütteltes Maß an Zucht und Ordnung ab, dachte Marty schmunzelnd. Das Kleeblatt brauchte einen starken, strengen Vater. Anne, die zierliche Mutter der drei, hatte ihre liebe Mühe, überhaupt zu Wort zu kommen! Silas war so alt wie Amy. Die beiden waren nur vier Tage voneinander geboren worden und hatten vor kurzem ihren zehnten Geburtstag gefeiert. Damit waren sie knapp ein Jahr jünger als Belinda. John war der zweite Sohn in Arnies Familie. Mit seinen sieben Jahren ging er schon ins zweite Schuljahr. Andrew, das Nesthäkchen, konnte es kaum erwarten, endlich mit seinen großen Brüdern in die Schule gehen zu dürfen. Die Mutter wußte kaum, wie sie ihren Jüngsten beschäftigt halten sollte. Er bestand darauf, lesen zu lernen, damit er seinen Brüdern gegenüber nicht ins Hintertreffen geriet, wenn diese sich in ihre Bücher vertieften. Anne war eigentlich immer der Meinung gewesen, daß das Unterrichten Sache der Lehrerin war, doch schließlich gab sie Andrews ungeduldigem Drängen nach und brachte ihm das Abc bei. Seine älteren Brüder brachten ihm Bücher mit Geschichten und Fabeln mit, an denen er sich nun versuchen konnte.

Eilige Kinderschritte rissen Marty aus ihren Gedanken. David, Lukes drittes Kind, kam durch den hinteren Eingang ins Haus gestürzt. In seinen Augen blitzte es nur so, und seine Wangen waren vom Laufen gerötet.

„Versteck mich, Omi, ganz schnell!“ rief er aufgeregt.

„Moment mal, mein Freund!“ hielt Clark ihn auf. „Ich dachte, im Haus wird nicht Versteck gespielt, oder?“

David senkte die Augen. Er kannte die Regeln nur zu gut. Einen Moment stand er stumm da; dann sah er wieder auf. Seine Augen funkelten.

„Dann versteck' mich eben draußen, Opa, ja?

Clark lachte.

„Wo in aller Welt soll ich dich denn verstecken?“ fragte er das Bürschchen.

„Weiß nicht. Dir fallen doch immer so gute Verstecke ein. Weißt du denn keins für mich?“

Clark hatte schon seit längerer Zeit nicht mehr mit der Kinderschar Versteck gespielt.

„Bitte, bitte!“ drängte der Kleine.

Clark warf Marty einen Blick zu und lachte leise auf. Sein Bein schmerzte noch immer heftig, und er hatte eigentlich gehofft, sich mit einem Buch in seinen Lieblingssessel zurückziehen zu können. Statt dessen nahm er seinen Enkel bei der Hand.

„Wer ist denn mit Suchen dran?“ erkundigte sich der Großvater.

„Dan. Und der hat prima Augen!“

„Habt ihr es schon mal mit dem Rhabarberfeld versucht?“

David schüttelte staunend den Kopf. Die großen Blätter der Rhabarberpflanzen würden ein großartiges Versteck abgeben!

„Sollen wir beide es gleich mal ausprobieren?“ fragte Clark und nahm den kleinen Jungen mit ins Freie.

Marty stellte derweil die Milch und die Sahne kühl. Damit war ihre Arbeit für den Abend getan. Kaum hatte sie den Tisch ein letztes Mal abgewischt, als der Hofhund draußen lautstark zu bellen anfing. Wer mochte um diese Zeit noch zu Besuch kommen?

Marty spähte in die Abenddämmerung hinaus. Es war Larrys Pferd, das an den Zaun festgebunden dastand. Die große Arzttasche hing am Sattel. Die Kinderstimmen, die gerade noch „Eins, zwei, drei, und ich bin frei!“ gerufen hatten, begrüßten nun ihren Onkel Larry stürmisch. Marty ging an die Tür, um ihren Sohn willkommen zu heißen.

Belinda hatte ihrem großen Bruder auf der Stelle ihr wehes Herz ausgeschüttet. Teilnahmsvoll hockte er vor ihr und hörte der Geschichte von dem kleinen Sperling aufmerksam zu.

„Und wenn du hier gewesen wärst, dann wär' er vielleicht gar nicht gestorben“, schloß sie in leicht vorwurfsvollem Ton.

Larry verbiß sich jede Bemerkung darüber, daß er wichtigere Dinge zu erledigen gehabt hatte. Er brachte nicht einmal die Entschuldigung vor, daß er unmöglich von dem verletzten Tier gewußt haben konnte. Statt dessen legte er seinem Schwesterchen sanft die Hand auf die Schulter.

„Das tut mir leid“, sagte er nur. „Tut mir so leid, daß ich nicht eher gekommen bin!“

An dem Ausdruck ihres Bruders konnte Belinda ablesen, daß er es aufrichtig meinte. Obwohl sie noch ein Kind war, sah sie ein, daß Larry keine Schuld daran traf, nicht zur Stelle gewesen zu sein, als er gebraucht wurde. Mühsam kämpfte sie gegen eine erneute Tränenflut an und legte ihre Hand auf die ihres Bruders.

„Schon gut“, beruhigte sie ihn. „Du hast ja nichts davon geahnt. Und der Sperling war ziemlich arg zugerichtet, und vielleicht ...“ Sie unterbrach sich und wischte sich über die feuchten Augen.

„Was führt dich denn zu uns?“ wollte Clark wissen. Er stand neben Marty unter der Haustür.

„Baby Graham hat gerade das Licht der Welt erblickt“, antwortete Larry grinsend.

„Oh, wie schön!“ Marty freute sich. „Eins von Lous Kindern? Was ist es denn: ein Junge oder ein Mädchen?“

„Wieder ein Mädchen.“

„Ach du liebe Zeit! Damit hätten sie jetzt fünf Mädchen.“ Marty lachte. „Und dabei hatte Ma diesmal so sehr auf einen Jungen gehofft! Denkt nur, sie hat fast nur Enkeltöchter, und ich habe fast nur Enkelsöhne. Seltsam, diese Verteilung, meint ihr nicht auch?“

„Nun, als ich mich wieder auf den Weg machte, umsorgte Ma das kleine Mädchen, als hätte sie sich nichts sehnlicher auf der Welt gewünscht“, berichtete Larry. „Wenn sie enttäuscht war, hat sie das prima überspielt, würde ich sagen.“

„Versteht sich“, meinte Marty. „Natürlich hat sie sich über das Baby gefreut. Ich freue mich doch auch über jeden Enkelsohn, der geboren wird. Aber froh bin ich trotzdem, Amy in der Nähe zu haben!“

Gerade in diesem Moment rief Kate ihre Kinder von der anderen Seite des Hofs: „Amy, bring die Jungs nach Hause! Zeit zum Schlafengehen!“

Die Enttäuschung stand den vier Kindern deutlich auf

den Gesichtern geschrieben, doch sie gehorchten widerspruchslos.

Larry fuhr dem kleinen Julian geschwind durch den wirren Schopf.

„Bis morgen, mein Lieber! Denk dran: morgen nach dem Gottesdienst kommt ihr alle zum Essen zu uns. Abgemacht?“

Die krause Kinderstirn glättete sich, und grinsend hüpfte der Kleine hinter seinen älteren Geschwistern her.

„Hast du Zeit für eine Tasse Kaffee?“ lud Marty ihren erwachsenen Sohn ein.

„Dazu bin ich doch eigens hergekommen!“ antwortete er lachend. „Das war ein langer Tag heute, sag' ich euch! Ich hatte schon befürchtet, daß das Baby überhaupt nicht kommen wollte. Dabei hat sie uns alle nur auf die Folter spannen wollen, die Kleine, weiter nichts!“

Marty ging in die Küche voran und stellte den Kaffeekessel auf die Herdplatte. Dann schnitt sie ein Kürbisbrot in Scheiben und schob sie vor Larry auf den Tisch. Dieser wartete nicht einmal auf seinen Kaffee, sondern langte gleich zu.

„Du solltest Abbie bei Gelegenheit mal beibringen, wie man Kürbisbrot backt“, sagte er zwischen zwei Bissen.

Marty dachte lächelnd an ihre Schwiegertochter Abbie, die Larry während seiner Studienzeit an der Ostküste kennengelernt hatte. Abbie war eine wahre Perle. Sie hatte wie Larry ein goldenes Herz, aber als Stadtkind hatte sie nie gelernt, Gemüse zu verarbeiten. In ihrer Heimat zog man höchstens Blumen in den Gärten. Dennoch bemühte sie sich nach Kräften, auch Gemüse anzupflanzen. Sie hatte sich einen eigenen Küchengarten angelegt und freute sich an dem Gedeihen der Pflanzen. Ihre Kochkünste hatten schon merkliche Fortschritte gemacht.

„Ich gebe ihr gern das Rezept“, versprach Marty und klopfte ihrem Sohn auf die Schulter, bevor sie den Kaffee holte. Ein leises Lächeln überflog ihre Züge. Nur zu deutlich erinnerte sie sich an ihre eigenen ersten Kochversuche als Clarks frisch angetraute Ehefrau.

Larry zog ein kleines Heft aus der Tasche hervor und machte eine Eintragung.

„Siebenunddreißig", murmelt er dabei.

„Siebenunddreißig? Was bedeutet das?" erkundigte sich Belinda von ihrem Plätzchen auf der Brennholzkiste her.

„Siebenunddreißig Neugeborene. Siebenunddreißig Entbindungen, seitdem ich hier praktiziere."

„Das ist ja ganz beträchtlich", meinte Marty beeindruckt.

„Ist ja auch schon fast sieben Jahre her, seitdem ich als Arzt angefangen habe. Sieben ganze Jahre! Kaum zu fassen, wie die Zeit vergangen ist!"

„Allerdings", stimmte Clark ihm zu. „Es kommt mir so vor, als wärst du erst gestern vom Studium zurückgekommen."

„Entbindungen sind bestimmt das Schönste an deiner Arbeit", vermutete Marty und schenkte den Kaffee ein.

„Spannend ist's schon, das gebe ich zu, aber die anderen Fälle sind auch interessant. Wenn ich nur Entbindungen zu versorgen hätte, würde mir das Warten auf die Dauer langweilig werden, denke ich manchmal."

„Nähst du gern Wunden zu?" wollte Belinda wissen. Mit ihrer Frage erinnerte sie ihre Mutter daran, daß es eigentlich längst Schlafenszeit für sie war.

„Belinda, am besten gehst du jetzt ins Bett. Es ist schon spät!" ermahnte Marty ihre Jüngste.

Belinda bereute ihre Frage. Wäre sie doch nur still gewesen! Dann hätte ihre Mutter sie vielleicht gar nicht bemerkt. Gerade wollte sie darum betteln, noch eine Weile aufbleiben zu dürfen, als sie den Blick ihres Vaters auf sich gerichtet sah. Die Zurechtweisung darin war offensichtlich: sie hatte ihrer Mutter ohne Widerworte zu gehorchen. Zögernd stand sie auf.

„Wenn du soweit bist, komme ich und sage dir gute

Nacht", versprach Larry, und Belinda beeilte sich mit dem Waschen.

Wie versprochen, kam Larry kurze Zeit später in das Zimmer seiner kleinen Schwester. Sie hatte einen besonderen Platz in seinem Herzen. Lange Jahre hatte er auf ein jüngeres Geschwisterchen warten müssen. Dazu spürte Larry, daß ihn etwas Bedeutsames mit Belinda verband. Wie er liebte sie es, alles, was krank war, wieder gesund zu pflegen.

Mit seiner Hand, an der noch immer der Geruch von Medizin haftete, strich er ihr das Haar aus der Stirn. Belinda liebte diesen Duft. Sie atmete ihn tief ein.

„Nähst du gern Wunden zu?" wiederholte sie ihre Frage.

„Klar. Es tut mir zwar immer leid, wenn jemand sich verletzt hat, aber ich bin froh, daß ich helfen kann, wenn ich die Wunde wieder fachgerecht vernähe."

In Belindas Augen glänzte es.

„Das würde ich auch gern tun", vertraute sie ihm an.

Larry strich ihr eine blonde Locke aus dem Gesicht.

„Ach, ich wünschte, ich wär' ein Junge!" seufzte Belinda.

„Wie kommst du denn darauf?" fragte er.

„Dann könnte ich auch ein Doktor werden", antwortete Belinda. Wieder seufzte sie tief und sah ihrem Bruder in die Augen. „Wenn ich ein Doktor wär', dann brauchte ich nie mehr auf jemanden zu warten. Ich könnte kranken Tieren selbst helfen!"

„Wie dem kleinen Vogel?" fragte Larry leise.

Belinda nickte. In ihren blauen Augen stand wieder ihr großer Kummer um den Sperling.

„Du brauchst aber kein Doktor zu sein, um Tieren und Menschen zu helfen. Eine Krankenschwester kann auch helfen, weißt du?"

„Ja, wirklich?" Belinda war überwältigt. Ihre großen Augen leuchteten.

„Natürlich!"

Die Kleine lächelte froh, doch im nächsten Moment überschattete auch schon ein zweifelnder Ausdruck ihre Züge.

„Das wird nicht gehen“, klagte sie. „Mama würde mich nie und nimmer an die Ostküste ziehen lassen, um Krankenschwester zu werden.“

Larry konnte sich ein amüsiertes Lächeln nicht verbeißen.

„Vielleicht hast du recht“, meinte er. „Jedenfalls nicht gleich heute. Mit elf Jahren hätte Mama mich auch nicht an die Ostküste gelassen. Dazu mußte ich erst ein bißchen älter werden.“

„Aber ... aber ...“ stotterte Belinda, doch Larry unterbrach sie.

„Es ist gar nicht so einfach, auf das Erwachsensein zu warten, nicht wahr?“

Belinda nickte ernst.

„Das habe ich auch oft gedacht. Deshalb habe ich Dr. Watkins auch auf seinen Arztbesuchen begleitet. Ich wollte soviel wie möglich lernen – und zwar so schnell, wie ich nur konnte!“

Noch immer stand Belinda die Enttäuschung im Gesicht geschrieben.

„Aber Dr. Watkins lebt längst nicht mehr“, sagte sie. Mit Wehmut erinnerte sich Larry an den freundlichen, gütigen Arzt, seinen Lehrmeister. Er war zwei Jahre, nachdem Larry seine Praxis übernommen hatte, gestorben. Er war allein zum Angeln gegangen, als es geschehen war, und Larry hatte sich oft gefragt, ob er heute noch am Leben wäre, wenn nur damals jemand bei ihm gewesen wäre. Doch alles Grübeln konnte seinen väterlichen Freund nicht wieder lebendig machen.

Er richtete den Blick wieder auf Belinda.

„Aber jetzt bin ich ja hier“, sagte er nur.

Sie starrte ihn an.

„Du meinst ... Würdest du mir helfen?“

„Warum nicht? Ich denke, du hast das Zeug zu einer

prima Krankenschwester. Wenn du dich nur anstrengst und gute Arbeit leistest ..."

„Aber natürlich! Das tu' ich bestimmt. Ehrenwort!" rief sie begeistert und schlang ihrem großen Bruder die Arme um den Hals.

Larry strich ihr zärtlich über die Wange und drückte ihr einen Kuß auf die Stirn.

„Dann wird es aber höchste Zeit, daß du erst einmal schläfst", sagte er. „Krankenpflege ist nämlich sehr anstrengend; du wirst deinen Schlaf bitter nötig haben."

Belinda hielt ihn noch ein paar Sekunden umarmt.

„Dank' dir, Larry", flüsterte sie.

„Gern geschehen", gab er zurück und gab ihr einen letzten Kuß auf die Stirn, bevor er ihr die Decke über die Schultern zog. Dann ging er wieder in die große Farmküche, um sich zu seinen Eltern zu setzen. Marty schenkte ihm noch eine Tasse Kaffee ein.

Larry streckte seine müden Beine von sich.

„Belinda hat wieder mal großen Kummer gehabt, nicht wahr?" fragte er.

„Sie war nahezu untröstlich", antwortete seine Mutter. „Papa war schon auf dem Weg, den Sperling zu dir in die Stadt zu bringen – und das, ohne einen Bissen von seinem Abendessen zu sich genommen zu haben!"

Larry zwinkerte seinem Vater zu.

„Wußte gar nicht, daß dir so viel an Sperlingen gelegen ist!" neckte er ihn. „Wenn mich mein Gedächtnis nicht im Stich läßt, hast du sogar hier und da ein Spatzennest zerstört, als ich noch klein war."

Clark fuhr sich mit der Hand durch seinen dichten Schopf. Fast unmerklich stieg ihm die Röte ins Gesicht; dann erwiderte er das Grinsen seines Sohnes, wenn auch ein wenig verlegen.

„Das wirst du deiner Schwester aber nicht verraten, hörst du?" Auf Larrys Lachen hin fuhr er fort: „Findest du, daß ich sie zu sehr mit Samthandschuhen anfasse?"

Larry wurde wieder ernst.

„Das habe ich damit nicht sagen wollen", antwortete er zögernd. Dann war es an ihm, ein wenig verlegen hinzuzufügen: „Wenn du tatsächlich mit ihr und dem Spatzen in meine Praxis gekommen wärst, kannst du dir denken, wer in den Büchern unter ‚Vogelschock' nachgeschlagen und Wiederbelebungsversuche unternommen hätte, oder?"

Alle brachen in ein fröhliches Lachen aus. Doch dann sah Marty ihren Sohn nachdenklich an.

„Weißt du, Larry, ich mache mir Sorgen um sie. Sie ist so zartbesaitet, daß ich Angst um sie habe. Wie wird sie's nur ertragen, wenn der Ernst des Lebens anfängt? Sobald sie jemand leiden sieht, ist es mit ihrer Fassung vorbei."

Larry überlegte geraume Zeit.

„Sie will Krankenschwester werden", sagte er schließlich.

Marty starrte ihn an.

„Belinda? Das würde sie ja glatt umbringen! Sie würde es nicht fertigbringen, Tag für Tag Kranke und Verletzte sehen zu müssen!"

„Hast du mit ihr darüber gesprochen und versucht, es ihr auszureden?" fragte sein Vater.

„Ich?" Larry wand sich unbehaglich auf seinem Stuhl. „Ich? Nein, nicht direkt. Eigentlich habe ich ... ihr eher ... also, ich habe ihr versprochen, ihr dabei zu helfen."

Nun starrten ihn seine Eltern an, als hätte er den Verstand verloren.

„Aber ... aber das ist doch unmöglich ..."

„Es wird ihr das Herz brechen!"

„Nicht unbedingt", entgegnete Larry. „Ich weiß, sie kann's kaum ertragen, ein krankes Tier leiden zu sehen, aber vielleicht ist es genau das richtige für sie, wenn sie es lernt, die Schmerzen anderer zu lindern. Versteht ihr, wie ich's meine? Wenn sie weiß, daß sie Kranken wirklich helfen kann, dann wird eine gute Pflegerin aus ihr. Eine erstklassige Krankenschwester sogar! Sie wird ihr Bestes geben; sie wird alle Kraft darauf verwenden ..."

Larry hatte seine Eltern aufmerksam beobachtet, während er gesprochen hatte. Marty nahm ihre Kaffeetasse kopfschüttelnd in die Hand. Eigentlich war ihr gar nicht nach Kaffee zumute; sie hatte sich die Tasse nur eingeschenkt, um Larry am Tisch Gesellschaft zu leisten. Clark rieb sich gedankenverloren sein wehes Bein. „Vielleicht hat Larry ja recht", überlegte er im stillen. „Vielleicht sollten wir Belinda nicht davon abhalten, Krankenschwester zu werden, wenn ihr wirklich so sehr daran liegt." Doch damit würde es noch viel Zeit haben. Sie war noch nicht einmal zwölf Jahre alt. Bis zu ihrer Ausbildung würde noch manches Jahr ins Land gehen.

„Ich würde sie gern einmal zu ein paar Hausbesuchen mitnehmen", sagte Larry nachdenklich.

Zwei Köpfe fuhren in die Höhe. Zwei Augenpaare hefteten sich auf ihn, um herauszufinden, ob er es ernst gemeint hatte. Doch niemand sagte ein Wort.

„Ihr habt doch nichts dagegen, oder?" fragte Larry.

Schweigend tauschten Clark und Marty einen Blick aus.

„Nun?" drängte Larry.

Clark setzte sich auf seinem Stuhl zurecht und räusperte sich.

„Eigentlich nicht", sagte er schließlich. „Ich meine, wenn's soweit ist."

„Papa", gab Larry zurück, „ich finde, es ist jetzt schon soweit."

„Aber sie ist doch noch ein Kind! Ganze elf Jahre alt!" protestierte Marty.

„Als ich elf war, wußte ich genau, daß ich Arzt werden wollte. Ich war mir restlos sicher." Der feste Ton in Larrys Stimme überraschte sie.

„Weißt du, das ... kommt alles so plötzlich", seufzte Marty. „Wir ... wir haben einfach noch keine Zeit gehabt, in Ruhe darüber nachzudenken und zu beten. Gib uns eine Weile Bedenkzeit, mein Junge!"

Larry stellte seine Tasse auf den Tisch zurück und stand auf.

„Versteht sich", lächelte er. „Natürlich! Überlegt's euch in Ruhe, besprecht die Angelegenheit miteinander und betet. Ich denke, solange können Belinda und ich noch warten."

Auch Clark erhob sich.

„So, jetzt wird's aber Zeit, daß ich mich auf den Heimweg mache", sagte Larry. „Abbie ist bestimmt schon gespannt wie ein Flitzbogen, ob das Graham-Baby endlich angekommen ist."

Er beugte sich vor und gab Marty einen Kuß auf die Wange. Dann nahm er seine Jacke vom Haken.

„Mach dir nur keine Sorgen, Ma!" sagte er zum Abschied. „Belinda ist noch ein kleines Mädchen. Du wirst sie noch lange bei dir behalten können. Und wir werden euch nicht drängen. Wenn es nicht das Richtige für sie sein sollte, dann helfen wir ihr halt, etwas anderes zu finden."

Marty versuchte ein Lächeln. Sie klopfte ihrem Sohn sanft auf den Arm und ließ ihn dann gehen. Sie wußte genau, daß sie sich nicht zu sorgen brauchte. Es gab niemanden auf der ganzen Welt, dem sie Belinda lieber anvertraut hätte als ihrem Sohn Larry.

Sonntag

Obwohl sie sich fest vorgenommen hatte, sich nicht zu sorgen, wachte Marty am nächsten Morgen verstört auf. Wenn sie nur die Gewißheit hätten, den richtigen Weg einzuschlagen! Hatte Belinda wirklich das Zeug zu einer Krankenschwester? War sie mit ihren elf Jahren nicht viel zu jung, um eine solche Entscheidung zu treffen? Und war es nicht zu früh für sie, Larry bei seinen Hausbesuchen zu begleiten? Zugegeben, der Junge selbst hatte Dr. Watkins schon früh auf seinen Runden begleitet, aber selbst Larry war damals älter als elf gewesen.

Belinda dagegen schien keine derartigen Zweifel zu hegen.

„Wißt ihr was?“ strahlte sie ihre Eltern beim Frühstück an. „Larry hat gesagt, ich darf mit ihm gehen, wenn er Hausbesuche macht!“

Marty warf Clark einen vielsagenden Blick zu. Die beiden Eheleute hatten bis tief in die Nacht hinein über Larrys Vorschlag gesprochen. Marty war sich nicht sicher, ob sie Belinda dieses Zugeständnis schon jetzt machen sollte. Doch sie hatten sich darauf geeinigt, Belinda nicht an ihrem Vorhaben zu hindern, wenn sie darauf bestand.

„Möchtest du das denn wirklich?“ Clark wollte sich vergewissern. Das Leuchten in ihren Augen war die Antwort auf seine Frage.

„Darf ich?“ bat Belinda.

„Deine Mama und ich überlegen's uns noch“, gab Clark zurück, ohne sich festlegen zu wollen.

„Warum möchtest du denn unbedingt mit Larry Krankenbesuche machen?“ fragte Marty leise.

Belinda schaute ganz verwundert drein. Sie schien

die Frage ihrer Mutter für vollkommen überflüssig zu halten.

„Ja, warum?“ wiederholte Marty. „Du weißt doch, daß Larry manchmal schwierige Fälle zu versorgen hat. Manche von seinen Patienten sind schwer krank. Manche haben große Schmerzen. Willst du dir das wirklich ansehen?“

Belinda verzog das Gesicht.

„Denk doch nur an den kleinen Vogel!“ fuhr Marty fort. „Weißt du noch, wie schwach er war? Manchmal sehen kranke Menschen genauso schlimm aus. Bist du dir sicher, daß du das ertragen kannst?“

Martys Frage war durchaus berechtigt. Selbst Belinda sah das ein. Beim bloßen Gedanken an die Kranken wurde sie bleich, doch ihre Antwort war aufrichtig: „Ich werd's schrecklich finden, das weiß ich. Aber irgend jemand muß die kranken Leute doch versorgen, so wie Larry es tut, und manchmal braucht er Hilfe dabei. Er hat keine Krankenpflegerin, die mit ihm geht. Ich kann Krankenschwester werden. Dann kann ich ihm helfen, Wunden zu nähen und Verbände anzulegen.“

„Also schön“, nickte Marty. „Wenn du das wirklich möchtest, dann soll's mir recht sein. Ich ... ich hatte eben immer gedacht, du würdest Lehrerin wie Cathy und Missie, aber wenn du dir ganz sicher bist ...“

Belinda war noch immer bleich, doch ihr Entschluß stand fest.

„Ich bin mir ganz sicher“, sagte sie überzeugt. Doch plötzlich schienen ihr Zweifel zu kommen. „Ich glaube jedenfalls, daß ich mir sicher bin.“ Sie zögerte. „Richtig sicher kann ich aber erst sein, wenn ich's ausprobiere, nicht wahr?“

„Da magst du recht haben“, nickte ihr Vater, „aber wir wollen trotzdem nichts überstürzen. Du bist noch reichlich jung, um an Krankenpflege zu denken. Deine Mama und ich werden uns die Sache in Ruhe überlegen.“

Belinda begriff, daß das Gespräch damit vorerst abgeschlossen war.

Nach dem Gottesdienst fand sich die ganze Familie bei Larry und Abbie zum Sonntagsessen ein. Jeder trug ein Gericht zu dem großen Schmaus bei; eine Frau allein konnte unmöglich für die zahlreichen Gäste kochen.

Nach und nach trafen die Familien mit ihren Gespannen ein. Unter dem großen Ahornbaum hinter dem Haus wurden Tische aufgestellt, die sich bald unter der Last der vollen Schüsseln bogen.

Die Vettern und Basen genossen die Mahlzeit im Freien in vollen Zügen. Es geschah immerhin nicht alle Tage, daß sie alle beieinander waren. Bald teilten sie sich in kleinere Gruppen auf, um sich zu allerhand Spielen im Garten zu verteilen.

Nandrys Kinder gehörten zu den ältesten, doch zwei von ihnen fehlten heute in der Runde. Tina war schon verheiratet und wohnte in einem kleinen Ort, der mehrere Meilen von ihrem Elternhaus entfernt lag. Marty konnte es kaum fassen, daß eins ihrer Enkelkinder schon verheiratet war, selbst wenn es die älteste Tochter ihrer Pflegetochter war. Andrew war achtzehn Jahre alt und arbeitete als Knecht auf einer der Nachbarsfarmen, so daß auch er heute nicht mit von der Partie war. Mary und Jane waren gekommen, doch sie hielten sich schon für zu erwachsen, um sich an den Spielen ihrer Vettern und Basen zu beteiligen. Statt dessen versorgten sie Larrys zwei Söhne, die Jüngsten in der ganzen Runde.

Martys Blick wanderte von einem zum andern. Ein Lächeln spielte um ihre Lippen.

Clark bemerkte es.

„Was gibt's denn da zu schmunzeln?" erkundigte er sich.

„Ich habe nur gerade an etwas Sonderbares denken müssen", antwortete sie. „Sieh sie dir nur an, diese Großfamilie! Und dabei fehlt die Hälfte von ihnen. Cathy und Joe sind nicht hier, und Missie und Willie auch nicht. Außerdem fehlen Ellie und Lane. Was täten wir bloß, wenn die ganze Mannschaft käme?"

Clarks Blick folgte dem ihren in die Runde. Auch er mußte über die Zahl der Anwesenden schmunzeln.

„Wir würden uns schon keine grauen Haare darüber wachsen lassen", meinte er gelassen. „Irgendwie würde es schon gehen." Dann sah er Marty wieder an. „Wie viele sind's denn nun eigentlich genau?"

Marty lachte.

„Liebe Güte, du kennst dich ja bei deiner eigenen Nachkommenschaft nicht mehr aus!" scherzte sie.

„Hab' sie halt seit längerer Zeit nicht mehr gezählt, das ist alles", verteidigte sich Clark.

„Dann hast du jetzt die beste Gelegenheit dazu", gab Marty zurück. „Was mich betrifft, ich werde jetzt in der Küche gebraucht." Damit stand sie auf und ging die Stufen zu Abbies hinterer Haustür hinauf.

Nach dem Essen, als die Erwachsenen sich auf die Veranda zurückgezogen hatten, brachte Clark das Gespräch wieder auf die Anzahl der Familienmitglieder.

„Ich hab's ausgerechnet", sagte er zu Marty, die gerade den kleinen Aaron auf ihren Schoß hob.

„Was hast du ausgerechnet?" fragte sie verwundert.

„Nun, unsere Nachkommen. Achtunddreißig sind's."

„Was sagst du da?" erkundigte sich Arnie interessiert.

„Ich habe gesagt, ich habe unsere Nachkommen gezählt."

„Wessen Nachkommen?" wollte nun auch Larry wissen.

„Unsere Nachkommen; unsere Kinder und Kindeskinder. Achtunddreißig sind's insgesamt."

„Das ist doch nicht möglich!" staunte Larry.

„Zähl sie doch einmal selbst. Ich habe natürlich alle Kinder mitgezählt, die wir adoptiert haben, und auch die Schwiegerkinder – einfach alle, die dazugehören."

„Ist das nicht ein bißchen geschummelt?" meinte Arnie grinsend.

„Warum? Sie zählen doch dazu, oder nicht?"

Gerade in diesem Moment kam Julian die Treppe heraufgestürmt und stieß ein wildes Kriegsgeheul nach Indianerart aus. Seine Hemdszipfel flatterten lose im Wind, sein kupferfarbener Schopf war völlig zerzaust und seine Hose von grünen Grasflecken übersät.

„Ausgenommen dieses Bürschchen hier!" lachte Clark und fing den Kleinen ein. „Ich weiß nicht, ob ich dieses Exemplar zur Familie zählen soll!"

Alle stimmten in sein Gelächter ein. Clark wirbelte seinen ungestümen Enkel durch die Luft, so daß der Kleine vor Vergnügen quietschte. Kaum stand er wieder auf dem Boden, als er auch schon mit seiner Kinderfaust auf Clarks künstliches Bein klopfte.

„Klopf, klopf", rief er. „Klopf an die Holztür!"

„Wenn dieser Wildfang eines Tages das falsche Bein erwischt, hat Pa das keinem anderen als sich selbst zuzuschreiben", meinte Luke. „Sein Spielchen könnte nämlich unverhofft ins Gegenteil umschlagen."

Clark mußte das Spiel jedoch zu Julians Zufriedenheit zu Ende führen.

„Wer klopft denn da an meine Holztür?" fragte er scheinbar überrascht. Julian jubelte vor Begeisterung und wand sich aus der Umarmung seines Großvaters heraus.

Die Mädchen waren bei den sonntäglichen Familientreffen der Davis-Sippe stets in der Minderzahl. Da Nandrys älteste Töchter sich entweder zu den Frauen gesellten oder sich als Kindermädchen für die Jüngsten im Familienkreis betätigten, waren Belinda und Amy häufig auf sich selbst gestellt. Meistens beteiligten sie sich an den Spielen, die ihre Vettern sich ausgedacht hatten, doch hin und wieder ging es ihnen zu rauh zu, so daß die beiden Mädchen es vorzogen, allein zu spielen.

Sie waren aneinander gewöhnt. Seit eh und je hatten sie auf dem Farmhof miteinander gespielt. Der Altersunterschied von fast einem Jahr störte sie dabei nicht im geringsten. Auch ihre unterschiedliche Wesensart beeinträchtigte ihre Freundschaft nicht. Belinda war zart und ernst, während Amy eher leichtfertig und schelmisch veranlagt war. Für ihr Leben gern forderte sie andere heraus, brachte ihre Mutter mit ihrem Leichtsinn schier zur Verzweiflung und dachte sich mit ihrem Vater um die Wette manchen lustigen Streich aus. Kate wartete sehnsüchtig auf den Tag, an dem ihre Tochter sich endlich zu einer wahren Dame entwickeln würde, doch Luke hatte seinen Spaß an dem ansteckenden Lachen und der lebhaften Gestik des jungen Mädchens.

Trotz ihrer unterschiedlichen Veranlagung kamen die beiden Mädchen gut miteinander aus. Es mochte zwar den Anschein haben, als sei Amy stets die Anführerin der beiden, aber dem war nicht so, wenn sie auch stets die Streiche ausheckte. Belinda war die Vernünftigere von ihnen; sie hatte ein ausgeprägtes Verantwortungsbewußtsein, nahm Rücksicht auf andere und sah die Dinge von einer ernsteren Warte aus. Oft gab sie die Lektionen, die sie daheim oder in der Sonntagsschule gelernt hatte, an Amy weiter. Diese nahm die Zurechtweisungen an, wenn ihr gerade danach zumute war, doch hin und wieder bezichtigte sie Belinda auch der „Schulmeisterei".

Jede Meinungsverschiedenheit zwischen ihnen wurde jedoch schnell wieder bereinigt. So ungestüm Amy auch sein konnte, so war sie nicht im geringsten nachtragend, und bald hatte sie die Ursache des Streits vergessen.

Gewöhnlich war es Amy, die darauf drängte, die Vettern ihrem Spiel zu überlassen und etwas anderes zu unternehmen. Amy war zwar selbst ein Wildfang, der von den wilden Spielen der Jungen oft nicht genug bekommen konnte, doch es paßte ihr nicht, ihrem Kommando folgen zu müssen. Lieber bestimmte sie selbst, was gespielt wurde, aber das wiederum war ihren Vettern zuwider.

Nach einer Runde Fangen und einer ausgelassenen Partie Tauziehen schlug Amy ihrer Kameradin vor, die Jungen ihren „albernen" Spielen zu überlassen und statt dessen Kränze aus Löwenzahnblumen zu flechten. Belinda war gleich einverstanden. Sie konnte es sowieso kaum erwarten, ihre große Neuigkeit endlich loszuwerden, und Amy kam ihr wie gerufen. Den Jungen wollte sie vorerst nichts davon erzählen; womöglich würden sie sich über sie lustig machen.

„Weißt du was?“ platzte Belinda heraus, sobald sie mit Amy unter dem Schatten des Ahornbaums mit Bergen von Löwenzahnblüten im Gras saß. „Larry will mich bald mitnehmen!“

„Wo geht er denn hin?“ fragte Amy ein wenig beleidigt, weil sie selbst nicht eingeladen worden war, um was es sich dabei auch immer handeln mochte.

„Nirgendwo“, antwortete Belinda. Daß Amy manchmal so schwer von Begriff sein mußte!

„Wie will er dich dann mitnehmen?“ gab Amy zurück und warf ihre kastanienbraunen Zöpfe in die Luft.

„Sei doch nicht albern! Auf seine Hausbesuche natürlich. Ich darf ihn begleiten.“

Amy war eher schockiert als beeindruckt.

„Aber wieso denn um alles in der Welt?“ wollte sie wissen.

„Damit ich von ihm lernen kann“, erklärte Belinda. Sie hatte sich dieses Gespräch völlig anders vorgestellt.

„Was sollst du denn lernen?“

„Wunden zunähen und verbinden und Knochenbrüche richten und ...“

„Pfui!“ Amy ekelte sich und verzog das Gesicht.

Belinda biß sich auf die Zunge. Am liebsten hätte sie Amy einen Kindskopf genannt und sie mit ihren Löwenzahnkränzen im Gras sitzen lassen. Statt dessen zählte sie im stillen bis zehn, wie ihr Vater es sie gelehrt hatte.

„Und das willst du wirklich lernen?“ Amy konnte es kaum fassen.

„Und ob!“ Ein energischer Zug lag um Belindas Kinn.

„Das würde ich nie und nimmer wollen“, verkündigte Amy kopfschüttelnd. „Blut und Wunden kann ich nicht ausstehen. Solche Dinge würde ich mir nie ansehen wollen!“

„Irgend jemand muß es aber doch tun, und …“ begann Belinda, doch Amy schnitt ihr das Wort ab. „Dann überlaß das doch Larry! Der ist schließlich ein Doktor. Warum zwingt er dich dazu mitzukommen? Immerhin wird er ja dafür bezahlt, daß er Kranke wieder gesund macht. Warum sollst du nun ausgerechnet …“

Belinda konnte es kaum ertragen. Sie zupfte sich an ihrem goldenen Zopf und seufzte tief. Amy begriff einfach nicht, worum es ging. Belinda wünschte sich plötzlich, ihr kostbares Geheimnis für sich behalten zu haben. Sie würde kein weiteres Wort mehr darüber verlauten lassen – jedenfalls nicht, bis sie jemanden gefunden hatte, der sie wirklich verstehen würde.

Auf Krankenbesuch

Belinda konnte es kaum erwarten, endlich ihren ersten Hausbesuch mit Larry machen zu dürfen. Larry hatte große Mühe, sie zur Geduld zu ermahnen, bis er die ausdrückliche Erlaubnis ihrer Eltern erhalten hatte. An einem Samstagnachmittag fand er die Gelegenheit zu einem Gespräch mit ihnen.

„Belinda wartet auf eure Antwort. Viel länger kann ich sie nicht mehr hinhalten. Habt ihr genug Zeit zum Überlegen und Beten gehabt?“ fragte er ohne lange Umschweife.

Clark nickte und nahm sich ein Ingwerplätzchen.

„Sie kann mit dir gehen“, nickte er.

„Aber ... aber nicht jedesmal, wenn du einen Patienten besuchst“, beeilte Marty sich hinzuzufügen, während sich Larry ein Glas Limonade einschenkte.

„Wir haben uns gedacht, du könntest vielleicht die Fälle, zu denen du sie mitnimmst, ein bißchen aussuchen“, erklärte Clark, „damit sie nicht gleich überfordert wird.“

„Genau“, stimmte Larry zu. „So stelle ich's mir auch vor. Deshalb habe ich auch von Hausbesuchen anstatt Praxisstunden gesprochen. Wenn ich Hausbesuche mache, weiß ich ungefähr, was mich erwartet, aber wenn ich meine Sprechstunden in der Praxis halte, kann ich nie voraussehen, wer kommt.“

Marty seufzte erleichtert auf.

„Heute beispielsweise“, fuhr Larry fort, „muß ich zu den Vickers. Deren ältester Sohn hat sich letzten Mittwoch mit der Axt verletzt. Ich habe die Wunde in meiner Praxis genäht, aber ich habe ihm gesagt, ich würde heute bei ihm nach dem Rechten sehen. Die Wunde ist nicht zu ernst, muß aber frisch verbunden werden. Da könnte Belinda doch mit mir gehen?“

Clark und Marty tauschten einen Blick aus. Die Entscheidung war gefallen. Clark nickte zustimmend.

„Bestens!“ Larry rieb sich die Hände.

„Ich rufe sie gleich“, sagte Marty. „Hatte sie in den Einmachkeller zum Aufräumen geschickt.“

Belinda war vor Aufregung völlig aus dem Häuschen. Mit ihrer Jacke über dem Arm wollte sie gleich losziehen.

„Nicht so eilig, junge Dame!“ bremste sie ihre Mutter. „In diesem Aufzug wirst du doch nicht fahren wollen! Zieh dir geschwind ein sauberes Kleid an und wasch dir die Hände.“

Belinda zog sich hastig um und wusch sich Gesicht und Hände. Marty holte eine Bürste und glättete das wirre Haar ihrer vor Ungeduld zappelnden Tochter.

„Mach schnell, Mama“, flehte sie, „damit Larry nicht ohne mich losfährt!“

„Keine Sorge, ich werde dich schon nicht zurücklassen!“ sagte Larry lachend. „Tu, was Mama dir sagt. Schließlich wollen wir meinem Patienten keinen Schrekken einjagen, wenn du schmutzig und mit fliegenden Haaren auftauchst, oder?“ Er stand auf, um Clark und sich selbst noch ein Glas Limonade zu holen.

Zu den Vickers war es nicht sehr weit. Belinda saß neben Larry auf dem Kutschbock und hörte seinen Erklärungen über Wundnähte, Operationen, Bakterien und Desinfektionsmittel aufmerksam zu. Sie staunte über das große Fachwissen ihres Bruders. Und nun wollte er ihr helfen, den Beruf einer Krankenschwester zu erlernen! Belinda konnte ihr Glück noch immer kaum fassen.

Bei den Vickers angekommen, wurden sie von dem kleinen Ezra in Empfang genommen, der das Pferd des Doktors versorgen sollte. Mit der schwarzen Arzttasche in der einen Hand und Belinda an der anderen ging Larry auf das Haus zu. An der Tür begrüßte sie Frau Vickers. Belindas Kommen schien sie zu überraschen.

„Ist das nicht Ihre kleine Schwester?“

Larry bejahte die Frage.

„Kind, du hast aber einen mächtigen Schuß in die Höhe getan. Bist ja schon fast alt genug, um deiner Mama tüchtig zu helfen!“ rief Frau Vickers erstaunt.

„Heute hilft sie mir erst einmal“, entgegnete Larry und warf seiner kleinen Schwester ein Lächeln zu. „Sie interessiert sich nämlich für Krankenpflege.

Frau Vickers zog die Stirn in Falten.

„Wie? Du als Mädchen?“ In ihrer Stimme lag unverhohlene Kritik.

Belinda fühlte sich wie vor den Kopf gestoßen, doch dann hörte sie ihren großen Bruder entschlossen erklären: „Viele junge Mädchen machen heutzutage eine Ausbildung als Krankenschwester, und wir Ärzte brauchen alle Hilfe, die wir nur bekommen können.“

„Hm, Ihre Mutter wird schon wissen, was sie sich da aufhalst“, meinte Frau Vickers, wenn auch der Ton ihrer Stimme verriet, daß sie das ernsthaft bezweifelte. „Würd' ich meinen Töchtern nie erlauben!“ Murmelnd fügte sie hinzu: „Krankenpflege! Daß es dazu kommen würde!“

Dann ging sie zum Schlafzimmer voran.

Die Luft dort war stickig und übelriechend. Belindas Magen wollte protestieren. Ihre Hände wurden feucht, und das Herz schlug ihr bis zum Hals.

Auf dem Bett lag Sam Vickers. Sein Bein war von einem Kissen gestützt. Neben ihm war ein Gewirr von Ledersträngen ausgebreitet. Er war damit beschäftigt gewesen, ein Lederseil zu flechten. Der Kranke machte einen gelangweilten, bedrückten Eindruck, und Belinda vermutete, daß er nicht gerade ein Musterpatient war.

„Wie geht's denn, Sam?“ erkundigte sich Larry.

Sams finstere Miene war die einzige Antwort.

„Wird das Bett ein bißchen unbequem?“ fuhr Larry fort.

„Und wie!“ murrte Sam. „Ich will froh sein, wenn ich endlich hier rauskomme!“

„Nun, wenn dein Bein uns keinen Kummer macht, kannst du dich hin und wieder auf einen Stuhl setzen.“

Sam schien von dieser Aussicht nicht besonders beeindruckt zu sein. Ein Stuhl war auch nicht viel besser als ein Bett.

Larry öffnete seine Arzttasche und holte einige Instrumente hervor, die er auf dem Tisch neben dem Bett ausbreitete.

„Hast du noch arge Schmerzen?“ fragte er.

Sam schüttelte den Kopf, doch Belinda hatte den Ausdruck in seinen Augen bemerkt und fragte sich im stillen, ob er wirklich die Wahrheit gesagt hatte. Sie warf Larry einen verstohlenen Blick zu. Ob auch er daran zweifelte, daß Sam ehrlich geantwortet hatte?

Larry begann, den Verband zu lösen.

„Die Wunde hat ein bißchen geblutet, sehe ich“, sagte er dabei.

Sam hatte nicht die Absicht, sich von ein paar Blutstropfen weiterhin ans Bett fesseln zu lassen.

„Halb so schlimm“, brummte er. „Vielleicht hab’ ich mich im Schlaf daran gestoßen.“

Belinda schaute zu, wie ihr Bruder mit geübten Händen die Bandagen löste. Die Wunde mußte tatsächlich geblutet haben; mit jeder Lage Verbandsstoff wurden die Blutflecken größer.

Als Larry die unterste Schicht erreicht hatte, kniff Belinda die Augen fest zu, doch nur, um sich im nächsten Moment Vorwürfe zu machen und die Augen wieder zu öffnen. Mit zugekniffenen Augen konnte man schließlich keine Krankenschwester werden!

Der Verband klebte an der Wunde fest. Larry warf Frau Vickers, die an der Tür stand, einen Blick zu.

„Würden Sie mir bitte eine Schüssel mit heißem Wasser und ein sauberes Tuch bringen, Frau Vickers?“

Sams Mutter brachte das Gewünschte.

Das Aufweichen des blutverkrusteten Verbands war ein langwieriges Unternehmen. Belinda bewunderte die Geduld ihres Bruders bei dieser Arbeit.

Endlich hatte Larry das letzte Stück des Verbands von der Wunde gelöst. Belinda stockte der Atem. Feuerrot war das Fleisch an der verletzten Stelle. Die Wunde war sorgfältig genäht worden, so daß sie nicht mehr klaffte, doch sie wirkte heiß und entzündet. Belinda sah wieder auf das Gesicht des Patienten. Das Bein mußte ihm heftige Schmerzen verursachen. Wie konnte Sam nur behaupten, es gehe ihm gut? Der Schmerz stand ihm im Gesicht geschrieben.

Ohne zu überlegen, strich Belinda ihm das wirre Haar aus der Stirn. Für den Bruchteil einer Sekunde begegneten sich ihre Blicke. Aufrichtiges Mitleid war in Belindas Augen zu lesen, doch dann zog sie auch schon verlegen ihre Hand zurück und trat einen Schritt zur Seite. Sam wälzte den Kopf unruhig auf dem Kissen.

Larry war der Zauber dieses Augenblicks nicht entgangen. Er hatte sowohl die Anteilnahme hinter Belindas Geste als auch Sams Dankbarkeit und schließlich die Verlegenheit beider bemerkt. „Warum haben wir alle nur so viel Scheu voreinander?“ fragte sich Larry im stillen. „Warum sind wir so oft darauf aus, unsere Gefühle vor unseren Mitmenschen zu verbergen?“

Zugleich war Larry von Belindas Anteilnahme berührt. Ja, vielleicht würde sie tatsächlich eines Tages eine großartige Krankenschwester abgeben. Sie besaß ein mitfühlendes Herz für andere; die Patienten würden ihr anmerken, daß ihre Anteilnahme aufrichtig war. Für jemanden in Belindas Alter war das sehr beachtlich. Vielleicht war sie tatsächlich nicht zu jung, um den Entschluß zu fassen, die Krankenpflege zu erlernen.

Als Larry den frischen Verband angelegt hatte, stützte er Sam auf dem Weg zu einem Stuhl in der Wohnstube, doch es war Belinda, die ihm die Sitzkissen zurechtlegte, während Larry ihn behutsam setzte. Sie polsterte einen zweiten Stuhl mit Kissen, auf die er das verletzte Bein bettete. Dann holte sie ihm die Lederriemen, damit er sich mit seiner Flechtarbeit beschäftigt halten konnte.

Larry war beeindruckt. Wenn er sein Lob auch nicht in Worten ausdrückte, lächelte er ihr anerkennend zu und gab ihr mit einem leichten Klaps auf die Schulter zu verstehen, daß sie ihre Sache als seine Helferin ausgezeichnet gemacht hatte. Belinda strahlte. Sie freute sich schon auf ihren nächsten Hausbesuch.

In den folgenden Monaten traf Larry eine sorgfältige Auswahl der Besuche, bei denen Belinda ihm helfen sollte. Manche davon waren für das junge Mädchen nicht geeignet. So durfte sie ihn nicht begleiten, wenn er eine ansteckende Krankheit zu behandeln hatte. Auch bei Fällen, die ihr womöglich Alpträume verursachen würden, mußte sie daheim bleiben. Er nahm sie ebenfalls nicht zu Patienten mit, deren Behandlung langwierig war und ungeteilte Aufmerksamkeit von ihm erforderte. Doch ließ er sie stets mitkommen, wenn er sicher sein konnte, daß sie etwas Wesentliches über Krankenpflege lernen würde.

Belinda war von einem unersättlichen Wissensdurst erfüllt. Auf dem Weg zu dem Patienten erklärte ihr Larry, welcher Art die Krankheit oder Verletzung war, die sie nun gemeinsam behandeln würden. Sie lernte die Namen seiner ärztlichen Instrumente und ihre fachgerechte Anwendung kennen. Es dauerte nicht lange, bis Belinda ihm seine Instrumente auf seine Anweisung hin reichen konnte.

Larry war erstaunt darüber, wie schnell sie begriff. Wenn er seinen Eltern von seinen Beobachtungen berichtete, lagen Stolz und Bewunderung in seiner Stimme. Clark und Marty tauschten erleichterte Blicke aus. Vielleicht hatten sie tatsächlich den richtigen Weg eingeschlagen. Sie hörten nicht auf, um Führung in dieser Sache zu beten.

Die einzige, die sich über Belindas Krankenbesuche grämte, war Amy. Sie vermißte ihre Spielkameradin. Belinda war nun häufig nicht zu Hause anzutreffen, und wenn, hatte sie sich oft in ein medizinisches Buch vertieft. Zum Spielen war sie nur noch selten aufgelegt. Amy wünschte sich nichts sehnlicher, als daß Belinda ihre verrückte Idee aufgab und wieder wie früher Zeit für sie hatte.

Belinda jedoch lag es fern, die Krankenbesuche einzustellen. Mit jedem Tag wuchs ihr Interesse auf diesem Gebiet.

Wieder wurde es Sommer. Die großen Ferien standen vor der Tür. Amy freute sich schon darauf. Ferien bedeuteten mehr Zeit zum Spielen. Auch Belinda freute sich auf die Ferien. Nun hatte sie mehr Zeit, mit Larry Krankenbesuche zu machen. Sie würde ihn auch an Wochentagen begleiten können anstatt nur an Samstagen. Der bloße Gedanke daran ließ ihr Herz höher schlagen. Inzwischen hatte sie ihren dreizehnten Geburtstag gefeiert. Larry hatte ihr versprochen, die Eltern zu bitten, sie in der Praxis helfen zu lassen, wenn sie fünfzehn Jahre alt geworden war.

Aufregende Neuigkeiten

„Belinda! Belinda!"

Über das Blöken und Muhen der Stalltiere hinweg ertönte Martys Ruf vom Haus her. Es klang dringend. Belinda und Amy saßen gerade in der Scheune und spielten mit dem Wurf junger Kätzchen im Stroh. Belinda sprang auf wie elektrisiert. Vielleicht war Larry gekommen, um sie zu einem Krankenbesuch abzuholen.

„Ich muß gehen", verabschiedete sie sich eilig von ihrer Spielkameradin.

Amy verzog das Gesicht.

„Immer läufst du mir davon!" beschwerte sie sich. „Wir können nie in Ruhe zusammen spielen!"

Einen Augenblick zögerte Belinda. Sie wollte Amy nicht verletzen. Gerade wollte sie sich entschuldigen, als ihre Mutter erneut nach ihr rief.

„Belinda! Amy!"

Kaum hatte Amy ihren Namen gehört, als sich ihr Gesicht erhellte. Vielleicht war Larry gar nicht gekommen, um ihr ihre Spielkameradin wegzunehmen. Die beiden Mädchen kletterten die Leiter hinab und eilten ins Haus.

Atemlos und mit geröteten Wangen erreichten sie den hinteren Eingang.

„Da seid ihr ja!" begrüßte sie Marty und ging zur Küche voran. An ihren strahlenden Augen konnte Belinda ablesen, daß sie ihnen eine Neuigkeit mitzuteilen hatte. Es schien sich demnach nicht um irgendeine Hausarbeit, die ihre Mutter ihnen auftragen wollte, zu handeln.

„Was ist denn los?" fragte Belinda, noch immer außer Atem.

„Luke hat einen Brief von Missie aus der Stadt mitgebracht." Sie legte jedem der Mädchen eine Hand auf die Schulter. „Ratet mal, was darin steht!"

Belinda hatte ihre Mutter schon lange nicht mehr so aufgeregt erlebt.

„Hat sie wieder ein Baby bekommen?"

„Aber nein!" erwiderte ihre Mutter lachend. „Kein Baby! Was sie schreibt, wird euch beide sehr interessieren." Marty nahm den Brief vom Küchentisch und bedeutete den Mädchen, sich zu setzen. Gehorsam folgten beide.

„Hört nur zu", sagte Marty, und die Mädchen machten sich auf ein langes Schreiben gefaßt. Amy warf Belinda einen vielsagenden Blick zu, als wollte sie sagen: „So ein Aufhebens um einen Brief!" Belinda hätte um ein Haar angefangen loszukichern.

„Wir möchten Euch um einen großen Gefallen bitten", las Marty vor. „Wie Ihr wißt, ist aus unserer Melissa schon fast eine richtige junge Dame geworden. Sie hat das letzte Schuljahr hier in unserer Schule am Ort absolviert. Am liebsten möchte sie Lehrerin werden. Lehrerinnen sind hier noch immer sehr gesucht. Melinda – Ihr erinnert Euch an Melinda, ihre Lehrerin – meint, daß sich Melissa zu diesem Beruf gut eigne, und wir möchten ihr gern die Ausbildung ermöglichen."

Marty machte eine Pause und sah die beiden Mädchen erwartungsvoll an. Diese wagten es nicht, einander einen Blick zuzuwerfen. Erst als Marty mit dem Lesen fortfuhr, wagten sie ein leises Kichern hinter vorgehaltener Hand. „Warum macht sie nur so ein Aufhebens um eine Verwandte von uns, die zufällig Lehrerin werden will?" zwinkerten sie einander zu. „Das interessiert uns doch nicht. Wir kennen sie ja nicht einmal!"

„Deshalb möchten wir Euch fragen", las Marty weiter, „ob es Euch recht wäre, Melissa bei Euch aufzunehmen, damit sie noch weiter zur Schule gehen kann."

Marty blickte die beiden erwartungsvoll an. Ob sie die Neuigkeit ebenso begeistert aufnahmen wie sie selbst?

Es brauchte einen Moment, bis die beiden begriffen hatten. Amy brach als erste in Jubel aus.

„Menschenskinder, das ist ja großartig!“ jubelte sie. „Dann hab’ ich endlich jemand zum Spielen, wenn du mit Larry unterwegs bist!“

Belinda war von ihrem Ausbruch ein wenig getroffen.

„Aber wohnen wird sie bei uns“, gab sie energisch zurück.

„Ja, aber ...“

„Schluß mit der Streiterei!“ gebot Marty Einhalt. „Denkt doch mal an Melissa selbst, anstatt euch um sie zu reißen!“

Sowohl Belinda als auch Amy senkten beschämt den Blick und warteten darauf, daß Marty mit dem Vorlesen fortfuhr.

„Sie soll noch zwei Jahre bei Euch zur Schule gehen, bevor sie mit ihrer Ausbildung anfängt. Bis dahin wird sie alt genug sein, um auf eigenen Füßen zu stehen. Wir halten es für das beste, wenn sie zuerst bei Euch wohnen kann, bevor sie allein in die Großstadt zieht.“

Das klang vernünftig.

„Sie wird eine Woche vor Schulbeginn bei Euch eintreffen. Sie kommt per Eisenbahn.“

Amy stieß Belinda mit dem Ellbogen in die Seite und formte ein paar Worte mit dem Mund, die Belinda jedoch nicht recht ausmachen konnte.

„Wir würden uns freuen, wenn Ihr damit einverstanden wärt. Es wird uns mächtig schwerfallen, sie so weit von daheim gehen zu lassen. Jetzt kann ich viel besser verstehen, wie Dir damals zumute gewesen sein muß, Mama.“

Marty unterbrach sich. Die Augen wurden ihr feucht. Belinda wußte, gleich würden die Tränen kommen, doch Amy verhinderte jeglichen Gefühlsausbruch.

„Wollt ihr sie denn wirklich kommen lassen?“ fragte sie auf ihre unbefangene Art.

Marty sah ihre Enkelin mit einem liebevollen Nicken an. Nur Amy war zu einer solch überflüssigen Frage fähig!

Aber schließlich war man es von ihr gewohnt, daß sie zuweilen unbedacht darauf losredete.

„Versteht sich doch!" antwortete Belinda und versetzte Amy einen sanften Rippenstoß. „Du weißt ganz genau, daß Mama und Papa nie nein sagen würden!"

Amy zuckte nur mit den Achseln.

Je länger Belinda darüber nachdachte, desto mehr freute sie sich. Man stelle sich nur vor: Bald würde sie eine Verwandte hier im Haus haben! Es war, als würde sie eine Schwester bekommen. Zugegeben, Belinda hatte schon mehrere Schwestern. Da waren Nandry und Cathy, ihre beiden Pflegeschwestern, aber diese waren viel älter als sie und hatten selbst schon Kinder, die älter als Belinda waren. Auch Missie und Ellie waren ihre Schwestern, doch Belinda hatte sie überhaupt noch nie gesehen. Ellie war in den Westen gezogen, als sie, Belinda, noch ein Säugling gewesen war. Noch nie im Leben hatte sie eine Schwester um sich gehabt, mit der sie ihr Zimmer und ihre tiefsten Geheimnisse hätte teilen können. Amy war ihr zwar beinahe wie eine Schwester, wenn sie auch in Wirklichkeit ihre Nichte war. Mit Melissa aber würde es anders sein. Sie würde hier bei ihr im Haus wohnen. Ach, es war einfach phantastisch!

Belinda warf einen Blick auf den Kalender an der Wand. In dem Brief hatte es geheißen, daß Melissa eine Woche vor Schulbeginn hier eintreffen sollte. Wie lange war es noch bis dahin? Sie zählte die Wochen. Drei ... fast vier Wochen noch. Sie konnte es ja kaum erwarten! Die Zeit würde schrecklich langsam vergehen. Nun glänzte es in ihren Augen wie zuvor in denen ihrer Mutter. Impulsiv sprang sie von ihrem Stuhl auf und flog ihrer Mutter an den Hals. Kein Wunder, daß auch Mama sich so sehr freute!

„Weiß Papa schon davon?" wollte sie wissen.

„Nein, noch nicht", antwortete Marty. Sie war ebenso begeistert wie ihre Tochter. „Er ist bei den Grahams, um Lou zu helfen. Aber er kommt bestimmt bald zurück."

„Großartig! Phantastisch!“ jubelte Belinda und führte mit Amy einen Freudentanz in der Küche auf. „Melissa kommt! Melissa kommt zu uns!“ sangen sie dabei.

Wenn Marty die Mädchen auch in ihrem Begeisterungssturm belächelte, so war ihr im Grunde fast auch nach Tanzen zumute. Wie herrlich würde es sein, Melissa hier zu haben! Es war beinahe so, als käme ein Stück von Missie nach Hause zurück. Marty wischte sich eine Träne aus dem Augenwinkel.

„Was mag es für ein Mädchen sein?“ fragte sie sich im stillen. „Sie ist ja beinahe schon erwachsen! – Nein, richtig erwachsen kann sie eigentlich noch nicht sein. Sie ist immerhin nur ein knappes Jahr älter als unsere Belinda.“

Marty sah ihre Jüngste nachdenklich an. So ausgelassen sie sich auch gerade aufführte, so wußte ihre Mutter doch, daß sie in Windeseile den Kinderschuhen entwachsen würde. Für ihre dreizehneinhalb Jahre war sie ein außergewöhnlich verständiges junges Mädchen. Melissa mochte mit ihren vierzehn Jahren durchaus schon recht erwachsen wirken. Sie würden sie entsprechend behandeln müssen, wenn sie erst einmal hier war. Wieder wischte sich Marty eine Träne aus dem Augenwinkel. Es war beinahe zu schön, um wahr zu sein!

Als Clark nach Hause kam, lief Belinda ihm entgegen, um ihm gleich die große Neuigkeit voller Freude mitzuteilen. Im ersten Moment glaubte er, sie wolle ihm einen Bären aufbinden, doch als er Martys strahlendes, rosiges Gesicht sah, wußte er, daß seine Tochter die Wahrheit gesagt hatte. Mit einem fröhlichen Grinsen hängte er seinen Arbeitshut an den Haken.

„Wann kommt sie denn?“ erkundigte er sich.

„In drei bis vier Wochen schon“, antwortete Belinda.

„Rechtzeitig zum Schulbeginn“, fügte Marty hinzu.

Clark schmunzelte vergnügt.

„Müssen wir unser Gästezimmer für sie ein bißchen aufmöbeln?“ fragte er dann.

Daran hatte Marty noch gar nicht gedacht. Belinda

wollte einwerfen, daß sie gern ihr Zimmer mit Melissa teilen würde, doch sie besann sich und schwieg. Vielleicht würde Melissa das gar nicht recht sein.

Marty dachte indessen über Clarks Frage nach. Das Zimmer war tatsächlich nicht in bestem Zustand. Vielleicht sollte sie neue Vorhänge und eine neue Steppdecke nähen. Die Möbel waren schon ziemlich abgenutzt. Vielleicht würde Belinda ihr gern bei dieser Arbeit helfen, überlegte sie. In Gedanken hatte sie schon eine nagelneue Einrichtung zusammengestellt, als sie sich wieder auf den Weg in die Küche machte. Zuerst einmal galt es, das Abendessen für die Familie zuzubereiten.

Belinda hatte ihren Vater in die Scheune begleitet, um ihm unterwegs alle Einzelheiten aus dem Brief bezüglich Melissas Ankunft mitzuteilen. Marty stieg derweil die Treppe hinauf, um schnell einen Blick in das Gästezimmer zu werfen. Es stand schon seit mehreren Wochen leer. Als sie die Tür öffnete, schlug ihr ein abgestandener Geruch entgegen.

Sie ließ einen prüfenden Blick durch das Zimmer schweifen. Clark hatte recht: die Ausstattung könnte durchaus hier und da durch etwas Neues, Frisches ersetzt werden. Erst jetzt fiel Marty wieder ein, daß Missie dieses Zimmer einst bewohnt hatte. Melissa würde also in dem ehemaligen Zimmer ihrer Mutter wohnen. Wenn das kein denkwürdiges Zusammentreffen war!

Plötzlich erschienen ihr die drei bis vier Wochen bis zu Melissas Ankunft viel zu kurz. Liebe Güte, sie würde ja alle Hände voll zu tun haben! Sie lief die Treppe ins untere Stockwerk hinunter und beeilte sich, das Essen zu richten, als sei dies ein wichtiger Teil der Vorbereitungen für das Kommen ihrer Enkelin. Schließlich mußte sie über sich selbst lachen. Wie albern sie sich aufführte! Heute abend konnte sie sowieso nichts mehr an dem Gästezimmer ändern, auch wenn sie sich noch so sehr mit dem Kochen beeilte.

Marty besprach ihre Pläne für das Zimmer mit Clark,

und er war mit allen Änderungswünschen seiner Frau einverstanden.

„Jetzt wüßte ich nur zu gern etwas mehr über Melissas Geschmack, was Farben betrifft", seufzte Marty. „Wäre das nicht zu dumm, wenn ich Dinge für ihr Zimmer aussuche, die ihr überhaupt nicht gefallen?"

Clark klopfte ihr schmunzelnd auf die Schulter.

„Laß nur, du wirst deine Sache schon gut machen! Weißt du noch, wie blitzblank du den Kitt in unserem ersten Holzhäuschen geputzt hast?"

Marty sah ihn stirnrunzelnd an. Wollte er sich etwa über sie lustig machen? Sie überlegte noch, ob sie ihm diese Bemerkung übelnehmen sollte, als ihr Sinn für Humor siegte und sie herzlich lachen mußte. Es war aber auch zu komisch gewesen, wie sie die Wände aus Baumstämmen mitsamt dem Kitt, der sie zusammenhielt, nach Kräften mit Wasser und einer Wurzelbürste bearbeitet hatte, bis sich der nasse Kitt in großen Brocken von der Wand gelöst hatte und klatschend zu Boden gefallen war. Clark stimmte in ihr Lachen ein.

„Weißt du noch? Damals war das Ganze überhaupt nicht lustig gewesen", erinnerte Marty ihn dann und wischte sich die Augen. „Ich hatte ja die größten Ängste ausgestanden, daß uns das Haus über dem Kopf zusammenstürzt!" Bei dem Gedanken an ihr erstes Ehejahr sahen Marty und Clark einander mit einem vielsagenden Lächeln an.

„Jedenfalls ist es mir bitter ernst damit, Melissas Zimmer schön herzurichten", kehrte Marty dann in die Gegenwart zurück. „Belinda mag sanfte Blautöne und Pastellgrün, aber aus leuchtenden Farben macht sie sich nicht viel. Amy wiederum hat Knallrot und Sonnengelb am liebsten; sie würde nie und nimmer etwas Sanftes wählen. Woher soll ich nun wissen, was Melissa gefällt?"

Clark hatte Verständnis für Martys Problem, schien der Angelegenheit jedoch keine große Bedeutung beizumessen.

„Dann suchst du halt Pastellfarben für die Wände, Vorhänge und Bettwäsche aus", schlug er vor, „und die Kissen und Teppiche machst du aus kräftigeren Farben."

Marty sah ihn überrascht an. Vielleicht verstand er sich besser auf solche Dinge, als sie ihm zugetraut hatte.

Sie nickte gedankenverloren und malte sich aus, wie das fertige Zimmer aussehen sollte: Tapeten mit einem zarten Blumenmuster, duftige Vorhänge; an der Gardinenleiste vielleicht eine weiße Spitzenbordüre und eine Tagesdecke mit passendem Spitzenbesatz. Das Bett würden mehrere Kissen aus buntem Stoff zieren ... grün, gelb und vielleicht auch blau; das richtete sich nach dem Tapetenmuster. Die handgeflochtenen Teppiche sollten ebenfalls etwas farbenfroher sein, und ...

Clark riß sie aus ihren Gedanken.

„Ich besorge das Tapezieren und Anstreichen, sobald du mir Bescheid gibst", sagte er. „Du und Belinda, ihr beiden werdet euch mit dem Rest abmühen müssen. Mit Nadel und Faden kann ich nämlich nicht umgehen!"

Marty lächelte ein wenig abwesend über seinen Scherz. Sie war noch immer mit ihren Plänen für das Zimmer beschäftigt.

„Hm", sagte sie dann nachdenklich, „ich glaube, ich nehme nicht nur Belinda, sondern auch Amy zum Einkaufen mit in die Stadt. Sie soll sich nicht ausgeschlossen fühlen, wenn Melissa hier bei uns wohnt."

Clark nickte.

„Hast recht. Immerhin sind Amy und Belinda beinahe wie Schwestern miteinander aufgewachsen. Wir müssen darauf achten, daß Amy sich nicht plötzlich wie das fünfte Rad am Wagen vorkommt."

So war es also beschlossene Sache, daß die beiden Mädchen Marty beim Einkauf der neuen Stoffe begleiten sollten. Marty besprach ihren Plan mit ihrer Schwiegertochter Kate. Diese war erfreut darüber, daß Amy beim Herrichten des Gästezimmers helfen sollte. Auch sie wußte, wie groß die Gefahr war, daß sich eins der drei Mädchen vernachlässigt fühlte. Sie versprach Marty, ihr Bestes zu tun, um mögliche Reibereien unter ihnen zu unterbinden.

Nach der Vormittagshausarbeit weihte Marty die beiden Mädchen in ihr Vorhaben ein. Sie waren begeistert und rannten gleich los, um sich für die Ausfahrt in die Stadt umzuziehen.

Zuerst war die Auswahl der Tapete an der Reihe. Wie Marty schon vermutet hatte, entschied sich Belinda gleich für eine cremefarbige Tapete mit einem zartgrünen Aufdruck. Amy erklärte diese Wahl für „entsetzlich langweilig" und zeigte statt dessen auf eine großgemusterte, fliederfarbene Tapete mit gelben Rosen. Marty wußte sich keinen anderen Rat, als den Tapetenkauf vorerst sein zu lassen, und führte die beiden Mädchen zu den Stoffauslagen. Hier erwartete sie jedoch das gleiche Dilemma. Marty träumte von weißen, zarten Rüschengardinen; Belinda hatte einen duftigen grünen Stoff entdeckt, und Amy bestand auf leuchtendgelber Baumwolle mit violettem Blumenmuster.

„Großmama, denk doch nur, wie gut der zu der fliederfarbenen Tapete passen würde!" rief sie begeistert, während Marty sich innerlich schüttelte. „Weißt du, dann hätten wir die gleichen Farben, nur umgekehrt angeordnet. Auf der Tapete ist das Muster gelb, und der Stoff ..." Sie plauderte unbekümmert weiter, doch Marty begann sich ernsthaft zu fragen, was in aller Welt sie nur tun sollte.

Hätte sie die Mädchen nur daheim gelassen und ihre Auswahl allein getroffen! Sie schlug den beiden vor, eine Teepause im Speiseraum des Hotels einzulegen. Die Mädchen hatten keine Einwände dagegen. Wenn Tee auch nicht zu ihren Lieblingsgetränken gehörte, so wußten sie doch, daß man in dem Hotel das leckerste Gebäck bekommen konnte.

Marty dagegen sehnte sich nach einer belebenden Tasse Tee. Während sie daran nippte, überlegte sie krampfhaft, wie sie die Meinungsverschiedenheiten bezüglich der Einkäufe ausbügeln konnte. Endlich beschloß sie, das Thema ohne Umschweife zur Sprache zu bringen.

„Mir scheint“, begann sie, „daß wir uns nicht recht einig werden können, wie Melissas Zimmer eingerichtet werden soll. Sie ist nun leider nicht hier, um sich die Dinge selbst auszusuchen, und es wäre doch ärgerlich, wenn sie gleich wieder ausziehen müßte, weil ihr das Zimmer nicht gefällt. Trotzdem wär's mir lieber, wenn sie sich ihre Stoffe und Tapeten selbst aussuchen könnte ...“

„Aber das kann sie doch, Mama!“ unterbrach sie Belinda. „Sie könnte doch so lange in meinem Zimmer schlafen, bis ihr eigenes fertig ist; dann könnten wir ihr das Umziehen ersparen.“

Diese Möglichkeit war Marty noch gar nicht in den Sinn gekommen.

„Stimmt, Belinda, du hast recht! Laß mich mal kurz überlegen ...“ Marty dachte nach. Es war tatsächlich das beste, wenn Melissa sich ihre Garnitur selbst aussuchte. Was aber, wenn sie einen ähnlichen Geschmack wie Amy hatte? Na ja, schließlich würde sie nur zwei Jahre bei ihnen wohnen. Um ihrer Enkelin willen würde Marty nahezu jede Farbzusammenstellung in Kauf nehmen. Obendrein konnte sie die Tür notfalls verschlossen halten, tröstete sie sich schmunzelnd.

„Dein Vorschlag ist tatsächlich des Rätsels Lösung!“ lobte sie ihre Tochter. „Du hast ganz recht, wir sollten mit dem Herrichten warten, bis Melissa kommt. Wenn sie sich ihre Tapeten und Stoffe selbst aussuchen kann, wird sie sich auch gleich viel heimischer bei uns fühlen.“

Belinda strahlte.

„Macht es dir auch wirklich nichts aus, dein Zimmer eine Zeitlang mit ihr zu teilen?“ fragte Marty.

„Aber nein!“ versicherte Belinda eifrig. „Ich würde mich sogar sehr freuen, eine Zimmergenossin zu bekommen.“

Amy runzelte die Stirn, wie kein anderer es konnte. Belinda ahnte, daß sie etwas zu bemängeln hatte.

„Du willst sie ja nur in deinem Zimmer haben, damit sie deine beste Freundin wird“, murrte sie.

„Beste Freundin?“ Martys Kopf fuhr in die Höhe. „Melissa ist Belindas Nichte und deine Kusine. Von bester Freundin kann gar keine Rede sein. Ihr seid allesamt miteinander verwandt und sollt alle gleich gut miteinander auskommen.“

Trotzdem warf Amy Belinda einen vernichtenden Blick zu.

Marty leerte ihre Tasse und nahm ihre Tasche.

„Also, dabei bleibt es nun“, sagte sie. „Wir warten, bis Melissa kommt. Ich werde aber schon ein paar Teppiche flechten. Wenn ich sie bunt genug mache, werden sie zu jeder Farbe passen. Das Flechten möchte ich nämlich nicht bis zum letzten Moment aufschieben.“

Die Mädchen knabberten noch immer an ihrem Gebäck.

„Ich gehe schon mal zum Gemischtwarenladen und erledige meine Lebensmitteleinkäufe.“ Marty stand auf. „Wenn ihr mit eurem Gebäck fertig seid, kommt ihr auch dorthin, ja?“

Die beiden Mädchen nickten.

„Und denkt daran, euch anständig zu benehmen“, ermahnte sie Marty, glättete ihr Kleid und machte sich auf den Weg.

Amy sah Belinda vorwurfsvoll an.

„Jetzt bist du mächtig fein raus, nicht wahr?“ sagte sie verdrossen.

„Wieso? Was meinst du?“

„Du freust dich, weil wir mit dem Aussuchen warten, bis Melissa kommt. Und weil sie dann in deinem Zimmer schlafen soll.“

Belinda zuckte mit den Achseln.

„Ja, ich denk’ schon“, gab sie zu. Lügen wollte sie nicht.

„Ich freu’ mich aber gar nicht darüber, daß du’s nur weißt. Ich wollte so gerne beim Aussuchen helfen. Mir gefallen die Farben, die ich ausgesucht habe, und ich wette, sie hätten Melissa auch gefallen."

„Ist schon möglich", meinte Belinda.

„Ich wünschte, mein Zimmer wäre ganz in Gelb und Lila gehalten", fuhr Amy verbissen fort. „Ich habe mir noch nie neue Tapeten und Vorhänge aussuchen dürfen. Mein Zimmer ist schon ewig nicht mehr neu hergerichtet worden – jedenfalls nicht, seitdem ich geboren bin!"

Belinda bezweifelte es, behielt ihre Meinung jedoch für sich.

Amy seufzte tief.

„Und ich darf mir nie neue Sachen für mein Zimmer aussuchen. Mama würden sie auch gar nicht gefallen. Bei ihr muß immer alles grün und weiß sein. Sterbenslangweilig ist es bei mir!"

Belinda selbst hatte nichts gegen Grün und Weiß einzuwenden. Damit wollte sie aber Amy nicht verärgern.

Schweigend aßen sie ihre Törtchen auf. Amy führte die letzten Krumen auf der Spitze eines langen, feingliedrigen Zeigefingers an den Mund. Belinda beobachtete sie dabei. Was für schöne, schlanke Hände Amy hatte! Das war ihr noch gar nicht aufgefallen. Ihr Blick fiel auf ihre eigenen Hände. Ihre schmalen Finger waren nicht so lang wie die Amys, doch sie wirkten kräftig und geschickt. Sie drehte und wendete sie und stellte sich dabei vor, wie sie ein Skalpell oder eine Injektionsspritze hielten. Doch schließlich zwang sie sich, in die Wirklichkeit zurückzukehren.

„Wir müssen gehen", sagte sie. „Mama hat gesagt, sie wird nicht lange brauchen."

Widerstrebend schob Amy ihren leeren Teller von sich und folgte Belinda.

Ungeduldiges Warten

Während der nächsten drei Wochen nahmen selbst die Krankenbesuche mit Larry den zweiten Platz in Belindas Gedanken ein. Melissas bevorstehende Ankunft überschattete alles andere. Was mochte sie nur für ein Mädchen sein? Würden sie einander auf Anhieb mögen? Ob sie gut miteinander auskommen würden? Und ob sie zu dritt ebenso gute Kameradinnen werden würden wie zu zweit?

Belinda war nicht die einzige, die sich Sorgen um die Zukunft machte. Auch Amy steckte voller Fragen und Zweifel und brach zuweilen sogar insgeheim in Tränen aus. Sie hätte wetten können, daß die beiden anderen Mädchen sie ganz und gar im Stich lassen würden, wenn sie erst ein Zimmer in dem großen Farmhaus teilten. „Na wenn schon – mir soll's egal sein!" versuchte sie sich einzureden, doch im Grunde ihres Herzens wußte sie nur zu genau, daß es ihr alles andere als gleichgültig war, was aus ihr wurde.

Marty brachte die Sache mit Amy zur Sprache, als sie gerade mit Belinda in der Küche Kuchenböden ausrollte.

„Freust du dich auch so auf Melissa?"

„Und ob!" erwiderte Belinda. „Ich kann's kaum erwarten, bis sie endlich kommt!"

„Ich habe mir Gedanken über Amy gemacht. Es könnte schwierig für sie werden."

Das konnte Belinda nicht bestreiten.

„Wir müssen uns große Mühe geben, daß sie sich nicht ausgeschlossen fühlt", fuhr Marty fort, und Belinda begriff, daß sie mit „wir" eigentlich eher „ihr" gemeint hatte.

„Hast du dir schon überlegt, wie wir ihr helfen könnten?“ fragte Marty.

Belinda zögerte.

„Nein ... nicht direkt. Aber ... aber ich weiß etwas, was Amy sich wünscht.“

„Was denn?“

„Du kennst doch Amys Zimmer.“

Marty nickte.

„Es ist ganz in Hellgrün und Weiß eingerichtet.“

Wieder nickte Marty. Das Zimmer war schon vor Amys Geburt in diesen Farben ausgestattet worden.

„Aber Amy gefällt Grün und Weiß überhaupt nicht“, brachte Belinda zaghaft vor.

„Ach, tatsächlich?“

„Ja. Sie kann Grün und Weiß nicht ausstehen. Viel lieber hätte sie eine leuchtende Farbe, glaub’ ich; sie würde sich ihr Zimmer ausgefallener wünschen.“

Das konnte Marty sich bei ihrer Enkelin gut vorstellen.

„Mama, meinst du, daß Luke und Kate ihr erlauben würden, sich neue Farben für ihr Zimmer auszusuchen?“

Marty wußte es nicht mit Sicherheit zu sagen. Eins stand jedoch fest: sie selbst würde es schwierig finden, sich bei Amys Vorliebe für seltsame Farbzusammenstellungen wohlzufühlen.

„Ich weiß nicht recht“, antwortete sie ehrlich. „Liegt Amy denn so viel an neuen Farben in ihrem Zimmer?“

„Ich denke schon“, sagte Belinda nachdenklich. „Weißt du, sie ist ein bißchen traurig wegen Melissa.“ Dann beeilte sie sich hinzuzufügen: „Oh, ich meine, sie ist nicht traurig, daß Melissa kommt; sie freut sich genauso auf sie wie ich. Aber traurig ist sie, weil Melissa nicht bei ihr daheim wohnen soll, und ...“

„Ja, das kann ich verstehen.“

Belinda warf ihrer Mutter einen fragenden Blick zu. Verstand sie wirklich, was sie sagen wollte? Zu ihrer Erleichterung las sie Verständnis in Martys Blick.

„Ich werde mit Kate sprechen“, versprach Marty.

„Wenn Papa und ich das Geld für die Tapeten und die Stoffe beisteuern, darf Amy bestimmt das Aussuchen allein besorgen. Sie hat ja bald Geburtstag. Dann könnten wir ihr unseren Beitrag zu ihrer Neuausstattung schenken."

Am liebsten wäre Belinda ihrer Mutter vor Freude um den Hals gefallen, wenn ihre Hände nicht von Mehl und Teig verklebt gewesen wären. Statt dessen strahlte sie Marty glücklich an.

„Danke, Mama!" rief sie begeistert.

Noch zufriedener als Belinda war jedoch Marty über den Verlauf des Gesprächs. Ihre Tochter hatte ein erstaunliches Maß an Nächstenliebe unter Beweis gestellt, indem sie Amys verletzte Gefühle über ihre eigene Vorfreude auf Melissas Ankunft gestellt hatte. Das mußte Marty unbedingt ihrem Mann berichten, sobald sie einen ruhigen Moment für sich hatten. Auch er würde sich über diesen edlen Charakterzug seiner Tochter freuen. Blieb nur noch zu hoffen, daß Kate und Luke ihr Angebot, Amys neue Zimmerausstattung zu bezahlen, auch als Zeichen ihrer Liebe auffassen würden, denn nichts lag ihr ferner, als sich ungebeten in die Erziehung von Lukes Kindern einzumischen.

Bei einer Tasse Kaffee besprach Marty Belindas Vorschlag am nächsten Morgen mit Kate. Diese gab begeistert ihr Einverständnis.

„Ich hätte schon längst ihr Zimmer renovieren lassen sollen", warf sie sich vor.

„Mach dich aber auf eine ungewöhnliche Farbzusammenstellung gefaßt", warnte Marty sie schmunzelnd. „Ich habe nämlich mit eigenen Augen gesehen, welche Stoffe und Tapeten sie für Melissas Zimmer ausgesucht hätte. Hoffentlich magst du's kunterbunt, kann ich da nur sagen!"

Kate lachte herzlich.

„Ja, ich weiß, sie hat eine Vorliebe für Knallbuntes, nicht wahr? Nun, wir werden uns halt daran gewöhnen müssen. – Weißt du, es stimmt schon, was ihr beide, du und Pa, oft gesagt habt. Kinder wachsen so schnell heran, und bevor man sich's versieht, sind sie flügge und aus dem Nest." Kate schenkte Kaffee nach und fuhr nachdenklich fort: „Luke und ich müssen nicht nur dafür sorgen, daß unsere Kinder genug zu essen und anzuziehen haben, wir müssen ihnen auch zuhören, wenn sie sich mitteilen wollen, damit wir sie gründlich kennenlernen, solange wir noch die Gelegenheit dazu haben."

Marty stimmte ihr zu und mußte dabei an ihre eigene Kinderschar denken, die das Elternhaus schon verlassen hatte.

„Du erinnerst dich, daß Amy schon immer gern gezeichnet und gemalt hat, nicht wahr?"

Marty lächelte. Schon als kleines Kind hatte Amy sich mit Wonne an Pinsel und Stift versucht. Die Erwachsenen hatten oft über ihre Farbwahl gelacht, doch die Kleine hatte unbeirrt darauf bestanden, nur die leuchtendsten Farben zu ihren Kunstwerken zu benutzen.

„Ich hab' mit Luke gesprochen", erklärte Kate. „Ich möchte Amy nämlich einen Farbkasten und Malzubehör zum Geburtstag schenken. Damit kann sie nach Herzenslust mit Farben hantieren. Was meinst du?"

Marty fand die Idee wunderbar.

„Das hätten wir schon vor Jahren tun sollen!" sagte sie. „Warum sind wir nur nicht viel eher darauf gekommen?"

„Wir waren wohl zu sehr mit neuen Schuhen und dem Essen, das wir auf den Tisch bringen wollten, beschäftigt", vermutete Kate.

Marty nickte verständnisvoll. Die alltäglichen Bedürfnisse ihrer Familie konnten eine Mutter restlos in Anspruch nehmen.

„Ich glaube, sie wird sich riesig darüber freuen", sagte Marty, nachdem sie weiter über Kates Vorschlag nachgedacht hatte. „Sie hat sich immer schon für bunte, hübsche Dinge begeistert."

„Vielleicht schreinert Luke ihr sogar einen kleinen

Tisch, an dem sie in ihrem Zimmer zeichnen kann", überlegte Kate. „Das wäre ganz wunderbar, meinst du nicht auch?"

„Wann verraten wir's ihr denn?" fragte Marty. Sie konnte es kaum erwarten, ihre Enkelin mit den Plänen für eine neue Zimmerausstattung zu überraschen.

„Laß uns bis zu ihrem Geburtstag damit warten. Es sind nur noch zwei Monate bis dahin, und die Aufregung um Melissas Ankunft wird dann längst vergessen sein. Danach kann sie sich die Stoffe und Tapeten aussuchen, und bis Weihnachten ist ihr Zimmer fertig."

Marty willigte ein, wenn es ihr auch schwerfallen würde, das Geheimnis so lange zu hüten.

Marty weihte ihre Tochter in die Pläne ein. Belinda freute sich beinahe so sehr, als handle es sich um ihr eigenes Zimmer, das neu gerichtet werden sollte. Martys Ungeduld, Amy mit der Neuigkeit zu überraschen, stand jedoch in keinem Vergleich zu der ihrer Tochter. Belinda brannte geradezu darauf, ihrer Kameradin von deren großem Glück zu berichten.

Marty verkürzte sich das Warten auf Melissas Ankunft, indem sie eifrig Pläne für ihre Enkelin aus dem Westen schmiedete: ein Picknick vor Einbruch des Herbstes, ein Besuch bei Ma Graham, ein Rundgang durch die Schule, die sie besuchen würde ... Marty dachte sich zahllose Unternehmungen aus, während sie neue Teppiche für das Gästezimmer flocht.

Belinda fiel das Warten schwer. Jeder Tag schien sich endlos lang hinzuziehen. Obendrein machte Amy ihr Vorhaltungen, nur noch an Melissa zu denken. Immer wieder sprach sie die Befürchtung aus, daß Belinda sie, ihre langjährige Spielkameradin, kaltherzig abschieben würde, um Melissa zu ihrer besten Freundin zu machen. Mehrmals war Belinda versucht, Amy von der großen Geburtstagsüberraschung zu erzählen, biß sich aber stets rechtzeitig auf die Zunge und schwieg.

Belinda war nun besonders dankbar für die Krankenbesuche, zu denen Larry sie abholte. Sie machten die lange Wartezeit ein wenig erträglicher.

Eines Tages brachte der Postbote ein Telegramm. Neugierig scharte sich die ganze Familie um Clark, der es vorlas:

„Melissa kommt am 25. per Postkutsche stop Herzlichst Willie und Missie."

Am 25. August! Bis dahin waren es nur noch zwei Tage! Belinda konnte es kaum fassen. Sie wollte sofort losrennen, um Amy die aufregende Neuigkeit zu berichten, als sie sich eines anderen besann. Amy würde ihren Eifer womöglich mißverstehen. Statt dessen beschloß sie, in ihrem Zimmer gründlich aufzuräumen, bevor Melissa einziehen würde.

Zuerst schob sie ihre Kleider auf einer Seite ihres Schrankes zusammen, damit Melissa ihre Kleider auf der anderen Seite aufhängen konnte. Dann leerte sie die Hälfte der Schubladen ihrer Kommode aus. Sie holte die Holzkiste hervor, die ihr Vater ihr vor Jahren einmal für ihre Puppengarderobe geschreinert hatte, und legte ihre Winterkleider hinein. Die Kiste trug sie in das leere Zimmer, das Arnie und Larry einst gemeinsam bewohnt hatten. Sie war von Herzen froh, daß ihre Mutter dieses Zimmer nicht als Gästezimmer erklärt hatte, bis Ellies ehemaliges Zimmer für Melissa hergerichtet war. „Seltsam, daß Mama das vordere Schlafzimmer immer noch ‚das Jungenzimmer' nennt", dachte Belinda. Es schien ihr nicht einmal in den Sinn gekommen zu sein, Melissa dort unterzubringen.

Nun, Belinda konnte das jedenfalls nur recht sein. Ihre Nichte! Man stelle sich nur vor: bald sollte sie ihre Nichte zum ersten Mal im Leben sehen! Und dabei war diese Nichte ganze neun Monate älter als sie selbst!

Belindas Herz klopfte vor Vorfreude und Aufregung. Sie war ja so gespannt auf Melissa! Nun war es nicht mehr lange bis zu dem großen Augenblick ihrer Ankunft.

Auch Martys Herz klopfte schneller. Wie oft hatte sie

sich danach gesehnt, diese Enkelin aus dem Westen in die Arme schließen zu können – Missies Tochter! Nun war Melissa längst kein kleines Mädchen mehr. Sie hatte eine jüngere Schwester namens Julia, die Marty ebenfalls noch nie gesehen hatte. Melissa war das Kind, das Missie erwartet hatte, als Clark und Marty einen langen, schweren Winter auf der LaHaye-Ranch verbracht hatten. Oh, wie sehr hatten sie gehofft, den Säugling noch vor ihrer Abreise in den Armen halten zu dürfen! Doch Melissa hatte das Licht der Welt erst erblickt, als ihre Großeltern wieder daheim eingetroffen waren. Mit Melissa verbanden Marty daher besondere Gefühle. Und nun war sie schon fast eine junge Dame, ohne daß Marty sie je gesehen hätte.

Melissas Kommen erinnerte Marty schmerzlich daran, wie sehr sie sich nach Missie und Ellie sehnte. Sie wünschte sich oft, sich mit eigenen Augen von dem Wohlergehen ihrer beiden Töchter überzeugen und deren Kinder in die Arme schließen zu können.

Marty dachte schmunzelnd an manche lustige Begebenheit zurück, die sie und Clark mit Melissas Brüdern Nathan und Josia erlebt hatten. Aus den beiden waren inzwischen gewiß längst kräftige Burschen geworden. Dem Alter, in dem sie sich auf Großpapas Schoß eine Geschichte erzählen oder von Großmama ein Gutenachtlied vorsingen ließen, waren sie längst entwachsen. Diese Zeit war endgültig vorbei. Marty dankte Gott für die schönen Tage mit ihren Enkelsöhnen damals im Westen.

Und Julia … Julia war schon zehn Jahre alt. Ob auch Julia eines Tages bei ihren Großeltern zu Gast sein würde? Vielleicht würde auch sie einmal Lehrerin werden wollen. Marty wagte es, darauf zu hoffen.

Auch Ellie hatte nun selbst Kinder. Ihre Tochter Brenda war sieben Jahre alt, und William und Willie, die Zwillinge, waren lebhafte Vierjährige. Ungebetene Tränen stiegen Marty in die Augen. Wie gern würde sie diese Bürschchen und ihre Schwester einmal persönlich kennenlernen! Sie wußte ja kaum mehr von ihnen als ihre Namen.

Doch Melissa – Melissa war so etwas wie ein Pfand, ein Vorschuß auf das, was später kommen würde, ein kleiner Teil von Martys Lieben im fernen Westen. Ob sie Missie sehr glich? Oder eher Willie? Marty besaß noch nicht einmal ein Bild von ihrer Enkelin.

Wäre es nicht wunderbar, wenn die ganze Verwandtschaft aus dem Westen einmal zu einem großen Familientreffen kommen könnte? Nun, Melissa würde sicher von einem jeden berichten – vorausgesetzt, daß sie keine allzu schweigsame Natur war. Vielleicht war sie eher schüchtern veranlagt. Immerhin kannte sie ja keinen Menschen hier. Wie schon so oft in den vergangenen Tagen spürte Marty ein Flattern in der Magengegend. Sie neigte den Kopf und faltete die Hände.

„Lieber Vater im Himmel“, betete sie, „bitte hilf, daß Melissa wohlbehalten bei uns ankommt, und laß uns schnell miteinander bekannt werden – und gib ihr Mut, daß sie sich nicht fürchtet …“

Melissa

Im ganzen Haus herrschte Hochbetrieb. Marty hatte schon wiederholt nach dem Auflauf im Backofen gesehen. Belinda hatte ihr Zimmer, das sie ab heute mit ihrer Nichte teilen sollte, blitzblank geputzt und aufgeräumt. Amy war fast jede halbe Stunde zu Marty in die Küche gerannt, um zu fragen, wann es denn endlich Zeit zur Abfahrt sei. Selbst Clark ging ein wenig ruhelos in der Stube auf und ab. Nur die beiden Pferde draußen vor der Kutsche warteten geduldig.

Endlich waren die Zeiger an der Wanduhr weit genug vorgerückt, daß die Familie sich auf den Weg zur Stadt machen konnte, ohne viel zu früh dort einzutreffen. Alle nahmen in der Kutsche Platz, und Clark ließ die Pferde lostraben.

„Was mag sie bloß für ein Mädchen sein?“ fragte Amy wohl zum hundertsten Mal.

Belinda seufzte tief. Wenn sie nur die Antwort wüßte! Es wäre viel leichter, ihre Nichte willkommen zu heißen, wenn sie eine genauere Vorstellung von ihr hätte.

„Glaubst du, daß sie spindeldürr ist? Oder eher zu dick?“ wollte Amy wissen.

„Ich hab' keine Ahnung“, antwortete Belinda geduldig.

„Aber raten kannst du“, beharrte Amy.

„Also schön“, gab Belinda mit einer Spur von Gereiztheit zurück, „dann rate ich halt, daß sie ganz normal aussieht – weder zu dick noch zu dünn.“

Einen Moment schwieg Amy.

„Ob sie wie ihre Mama aussieht? Oder vielleicht eher wie ihr Papa?“ fuhr sie dann fort.

„Woher sollen wir das denn wissen? Wir haben sie ja noch nie gesehen."

„Hat Tante Missie denn nie geschrieben, wem sie gleicht?"

Belinda dachte nach, wußte die Frage aber nicht zu beantworten. Sie beugte sich vor und zupfte ihre Mutter am Ärmel.

„Mama, hat Missie uns nicht geschrieben, wem Melissa ähnlich sieht?"

Auch Marty überlegte eine Zeitlang, bevor sie antwortete. Sie hatte sich die kleine Melissa eigentlich immer als ein Abbild ihrer Mutter vorgestellt.

„Nein", sagte sie zögernd, „nicht daß ich wüßte, aber ich denke, sie wird ihrer Mutter nachschlagen. Gibt keinen Grund, warum es nicht so sein sollte."

Das wollte Belinda nicht recht einleuchten, doch sie widersprach nicht.

„Weißt du", flüsterte Amy unerbittlich, „sie könnte furchtbar dick sein. Vielleicht ist sie sogar geradezu häßlich!"

Belinda fiel ein, was ihre Mutter vor ein paar Tagen gesagt hatte. Melissas Verhalten sei viel wichtiger als ihr Aussehen, hatte Marty gemeint. Ob Melissa schwierig im Umgang war? Belinda wußte von ihren Eltern, daß Melissa als kleines Mädchen von den Cowboys ihres Vaters mit Aufmerksamkeiten regelrecht überschüttet worden war. Die Männer mochten auch die Jungen gern, doch Melissa war ihr erklärter Liebling, und sie hatten sich zu ihren großen Beschützern erklärt. So gesehen war es durchaus möglich, daß Melissa verwöhnt war wie die Prinzessin auf der Erbse.

Plötzlich sehnte sich Belinda danach, aussteigen und sich in die Geborgenheit ihres Zimmers daheim zurückziehen zu können. Vielleicht war es ein Fehler gewesen, ihr Zimmer mit dem Gast teilen zu wollen. Vielleicht wäre es überhaupt besser gewesen, wenn Melissa im Westen geblieben wäre, anstatt hier zur Schule zu gehen. Vielleicht ...

Doch da riß Amy sie wieder aus ihren Gedanken.

„Wenn sie bloß keine Sommersprossen hat!"

„Warum soll sie denn keine Sommersprossen haben?"

Amy warf den Kopf zurück und schaute Belinda finster an.

„Du hast gut reden!" beschwerte sie sich. „Du hast nämlich zufällig keine. Wenn du welche hättest, würde dir schnell aufgehen, wie schlimm das ist." Amy hatte seit jeher die Sommersprossen verabscheut, mit denen ihr Gesicht übersät war.

Belinda verdrehte ungeduldig die Augen. Unzählige Male hatte sie sich schon Amys Klagen über ihre Sommersprossen anhören müssen. Diese Gespräche führten einfach zu nichts, fand Belinda.

„Und du hast auch nicht viele", entgegnete sie. „Ich weiß wirklich nicht, warum du so viel Aufhebens darum machst."

„Wenn du welche hättest, dann wüßtest du ..."

„Schluß jetzt mit dem Gezänk!" ermahnte sie Marty.

Belinda und Amy tauschten einen schuldbewußten Blick aus. Letztere murmelte noch etwas vor sich hin, und Belinda sah zur Seite. Wenigstens würde Amy nun für eine Weile Ruhe geben.

Der Frieden war jedoch nur von kurzer Dauer.

„Wie groß mag sie wohl sein?"

„Sie ist schon vierzehn."

„Ich meine nicht ‚alt', ich meine ‚groß'. Wie lang aufgeschossen ist sie?"

Belinda zuckte mit den Achseln. Sie wußte die Antwort ebensowenig wie Amy. Wann wollte sie endlich mit der ewigen Fragerei aufhören? Vielleicht wären sie besser beraten gewesen, wenn sie Amy zu Hause gelassen hätten.

Amy spielte mit dem Band, das ihren langen, kastanienbraunen Zopf zusammenhielt. So sehr Amy Belinda auch zuweilen zusetzte, so mußte sie deren schöne Haarfarbe einfach bewundern. Nußbraunes Haar zu großen, dunkelblauen Augen war schon eine Seltenheit.

„Du siehst deiner Mama auch nicht ähnlich", entfuhr es Belinda.

Amys Kopf fuhr in die Höhe. In ihren hübschen Augen lag ein fragender Ausdruck. Auch Marty auf dem vorderen Sitz horchte auf.

Belinda beeilte sich, ihre unbedachte Bemerkung zu erklären.

„Ich wollte damit sagen, daß du ... also, du siehst deiner Mama auch nicht ähnlich – jedenfalls nicht ihr allein. Du hast ihre Augen und ihr Kinn, find' ich, aber nicht ihre Haarfarbe, und auch nicht ihre Gesichtsform."

„Mama sagt, die Haarfarbe hätte ich von Großmama Warren", gab Amy zurück und warf einen Zopf über ihre Schulter.

Belinda nickte.

„Und das Gesicht hab' ich von meinem Papa", fuhr Amy fort.

„Ja, von deinem Papa", dachte Marty im stillen. „Und der hat's von seinem Papa." Manchmal, wenn auch selten, erinnerte sie etwas an Amy – eine Geste oder ein Gesichtsausdruck – an Lukes Vater Clem, Martys ersten Mann.

„Siehst du, genauso könnte Melissa auch etwas von anderen Familienmitgliedern geerbt haben", erklärte Belinda. „Sie braucht ihrer Mama oder ihrem Papa überhaupt nicht ähnlich zu sehen, jedenfalls nicht ganz und gar."

Amy zog die Stirn in Falten. Widerstrebend hörte sie auf, Fragen zu stellen, auf die niemand eine Antwort wußte.

Endlich kamen sie in der Stadt an. Bis zur Ankunftszeit der Kutsche würden sie noch geraume Zeit warten müssen. Marty hoffte inständig, daß die Kutsche ohne Verspätung eintreffen würde.

„Wie wär's mit einer Eiswaffel für euch beide?" schlug

Clark den Mädchen vor und holte ein paar Münzen aus der Tasche hervor. Belinda und Amy nahmen das Geld strahlend entgegen und stürmten los.

Marty warf Clark einen dankbaren Blick zu. Er wußte genau, wie leicht unruhige Kinder sie aus der Fassung bringen konnten.

„Sie sind halt zum Platzen gespannt, weiter nichts", beschwichtigte er sie. „Wenn die Kutsche erst da ist, werden sie sich schon wieder fangen."

„Das hoffe ich auch", seufzte Marty. „Wenn nur alles glattgeht mit den drei Mädchen! Ich könnte das ewige Gezänk nicht aushalten, wenn sich zwei von ihnen gegen die dritte verbündeten."

„Das sind ungelegte Eier, Marty. Mach dir nur keine Sorgen darum!" tröstete Clark, indem er das Gespann an der Latte festband.

Marty stand gedankenverloren da.

„Vielleicht hätten wir zuerst ein paar Erkundigungen einziehen sollen, Clark", meinte sie. „Immerhin wissen wir so gut wie nichts über dieses Mädchen."

„Wir wissen genug, scheint mir", sagte Clark gelassen und führte Marty über die Straße. „Wir wissen, daß sie unsere Enkelin ist und daß sie eine Unterkunft braucht, damit sie hier zur Schule gehen kann. Das reicht eigentlich voll und ganz, find' ich."

Wieder seufzte Marty und hob ihre Röcke ein Stück, um sie vor dem Straßenstaub zu schützen. Bestimmt hatte Clark recht; blieb nur zu hoffen, daß sie keine unangenehme Überraschung erwartete.

Marty erledigte ein paar Einkäufe in dem Gemischtwarenladen am Ort. Im Grunde benötigte sie nicht viel an Lebensmitteln, doch das Einkaufen vertrieb ihr die Zeit bis zur Ankunft der Kutsche. Als die Lebensmittel bezahlt und verpackt waren, beschloß sie, sich ein wenig bei den Stoffballen umzusehen. Vielleicht würde Melissa ein paar neuc Schulkleider brauchen. Missie hatte zwar nichts in ihrem Brief davon erwähnt, doch es konnte nicht schaden, sich vorsichtshalber einen Überblick über die Ware zu verschaffen.

Der bedruckte Stoffballen, den Amy für die Vorhänge und die Bettdecke in Melissas Zimmer ausgewählt hatte, lag noch immer im Regal. Marty hatte es kaum anders erwartet. Sie konnte sich nicht vorstellen, daß dieser Stoff je verkauft würde. Marty überlegte, ob sie ihn heimlich erstehen sollte und ihn bis zu Amys Geburtstag zu verstecken, entschied sich jedoch dann dagegen. Bei Amys wechselhaftem Geschmack konnte man nie sicher sein, ob sie in zwei Monaten noch immer Gefallen daran finden würde.

Wo mochten die Mädchen nur stecken? Marty sah auf die Wanduhr des Geschäfts. Die beiden waren schon seit geraumer Zeit unterwegs. Wenn sie nur keine Dummheiten gemacht hatten! Marty legte den Ballen blaugewürfelten Tuchs ins Regal zurück und machte sich auf den Weg, um die Mädchen zu suchen.

Es dauerte nicht lange, bis sie sie entdeckt hatte. Vor der Postkutschenstation saßen beide auf einer Bank und ließen die Beine baumeln, während sie sich aufgeregt miteinander unterhielten.

„Sie scheinen sich ja wieder versöhnt zu haben." Marty atmete erleichtert auf. Sie kehrte um und ging zu den Stoffballen zurück. Unter den Stoffen fand sie mehrere ausgesprochen hübsche Muster. Marty beschloß, genügend Material für ein Kleid für Belinda zu kaufen. Das Mädchen wuchs zusehends aus ihren Kleidern und Schürzen heraus. Marty konnte sich einfach nicht zwischen zwei Stoffen entscheiden, so daß sie am Ende beide nahm. Belinda konnte gut und gern zwei neue Kleider gebrauchen, überlegte sie, und wenn sie sich heute beide Stoffe ausmessen ließ, würde ihr eine weitere Fahrt in die Stadt erspart bleiben.

Der Kauf der Stoffe und der passenden Garne nahm mehrere Minuten in Anspruch. Marty war froh, die lange Wartezeit genutzt zu haben. Sie plauderte eine Weile mit der Ladenbesitzerin, während diese die Stoffe abmaß. Dabei stellte Marty entsetzt fest, daß ihre Stimme kaum weniger aufgeregt klang, als die Belindas und Amys.

Marty trat mit ihren Einkäufen auf die Straße und ging wieder auf die Kutschstation zu. Clark war schon dort. Er saß neben dem Mietstallbesitzer auf dem Bürgersteig und unterhielt sich mit ihm. Marty zwang sich, langsamer zu gehen. Sie benahm sich ja geradezu wie ein Schulmädchen! Was sollte nur Melissa von ihrer Großmutter denken?

Sie beschloß, ihre Einkäufe unter den Sitzen der Familienkutsche zu verstauen. Clark erbot sich, es für sie zu tun, doch sie lehnte ab. Auch Belinda bot eifrig ihre Hilfe an. Schließlich sprang auch Amy auf, um ihr beim Tragen zu helfen.

„Laßt nur, ich komm' schon allein zurecht", versicherte ihnen Marty. „Wir haben noch jede Menge Zeit. Ich trag' die Pakete schon selbst zur Kutsche. Das hält mich wenigstens beschäftigt."

Als sie zurückkehrte, hatten sich andere zu den Wartenden an der Station gesellt. Die meisten waren Marty völlig unbekannt, doch einige waren Nachbarn und Bekannte aus der Kleinstadt. Man begrüßte einander und unterhielt sich.

„Erwarten Sie jemanden mit der Kutsche?" erkundigte sich Frau Colson, die Frau des neuen Gemüsehändlers.

Marty konnte sich nicht vorstellen, ohne Grund hier in der Sommerhitze auf dem staubigen Gehsteig zu stehen, doch sie schenkte Frau Colson ein freundliches Lächeln und berichtete ihr, daß ihre Enkelin aus dem Westen käme, um hier zur Schule zu gehen.

„Wie nett für Sie!" erwiderte Frau Colson. „Meine Schwester kommt auch mit der Kutsche. Ihr Mann ist vor zwei Monaten gestorben, und sie weiß einfach nichts mit sich anzufangen."

Marty murmelte eine Beileidsbekundung.

„Ich hoffe nur, sie macht uns das Leben nicht schwer",

gestand Frau Colson. „Manche Leute meinen, die ganze Welt müßte mit ihnen trauern, wenn jemand gestorben ist. Zum Trübsalblasen habe ich weder die Zeit noch ..."

Ihre Worte gingen in den Hurrarufen der Wartenden unter. Die Postkutsche war gerade um die Ecke gerollt! Wenn Marty auch nicht in das Jubeln der Menge einstimmte, so war sie doch bis zum Zerbersten gespannt. Eine Sekunde lang wurde ihr schwindling, so daß sie an Clarks Arm Halt suchte.

Clark schien ihre innere Erregung zu spüren. Er strich ihr beruhigend über die Hand, die auf seinem Arm ruhte.

„Wenn Melissa nur nicht die Kutsche verpaßt hat!" durchfuhr es Marty plötzlich. „Und was tun wir, wenn sie es sich im letzten Moment noch anders überlegt hat und daheim geblieben ist?" Doch dann schob sie diese Gedanken beiseite. Belinda, die dicht an sie gedrängt stand, zitterte vor Aufregung.

„Mama", sagte sie und zupfte ihre Mutter am Ärmel, wie sie es als kleines Kind oft getan hatte, „Mama, woran werden wir sie eigentlich erkennen?"

Marty sah ihre Tochter ratlos an. Sie wußte keine Antwort. Immerhin sollte sie ihre Enkelin nun zum ersten Mal im Leben sehen, und es war ihr schlichtweg nicht in den Sinn gekommen, ein Erkennungszeichen auszumachen. Sie hatte eben angenommen, sie würden sie auf Anhieb erkennen; irgendwie würden sie gleich wissen, wer sie war. Was sollten sie nur tun, wenn sie sie nun nicht erkannten? Wie peinlich, wenn sie nach ihr fragen müßten! Marty brach der kalte Schweiß aus, doch dann beantwortete Clark auch schon Belindas Frage.

„Bestimmt werden nicht gerade Scharen von vierzehnjährigen Mädchen aus der Kutsche steigen, die alle allein reisen", meinte er zuversichtlich.

Belinda atmete erleichtert auf. Marty zog sie an sich und schloß sie in die Arme. Sie wußte nicht zu sagen, welches der beiden Herzen schneller klopfte.

Inmitten einer aufgewirbelten Staubwolke kam die

Kutsche zum Stehen. Der Kutscher warf dem Stallbesitzer die Zügel zu und sprang vom Bock herunter. Die Tür öffnete sich, und ein gutgekleideter Herr stieg aus. Der Mann war Marty fremd, so daß ihr Blick ihm nicht folgte.

Eine behäbige Frau stieg als nächste aus der Kutsche. Marty warf Frau Colson einen Blick zu, doch diese schenkte der Reisenden keine Beachtung. Ein Mann ging statt dessen auf sie zu und nahm sie mit einer Umarmung in Empfang.

Martys Herz pochte wie wild.

Ein jüngerer Mann stieg gerade aus der Kutsche. Er blickte kurz um sich und nahm dann sein Gepäck auf, um sich auf den Weg zum Hotel zu machen.

Marty spürte, wie Belinda am ganzen Körper zitterte. Die Spannung war beinahe unerträglich.

Und dann stieg eine junge Dame – nein, ein Kind ... oder war sie doch schon eine erwachsene Dame? – die Stufen herab. Unter ihrem Hut quoll eine dichte, braune Lockenpracht hervor, und tiefbraune Augen schauten sich suchend in der Menge der Wartenden um. Marty wollte schon den Kopf schütteln. „Nein, sie kann es auch nicht sein“, dachte sie. „Missie ist doch blond!“ Doch dann lächelte das Mädchen sie an, und Marty erkannte Missies Lächeln in ihren Zügen. Das konnte niemand anders als Melissa sein!

Clark mußte sie vor Marty erkannt haben. Er war schon auf sie zugegangen und streckte ihr die Hand entgegen, um ihr die Reisetasche abzunehmen. Anstelle der Tasche landete jedoch das Mädchen selbst in Clarks Armen. Mit einem Jubelruf warf sie sich ihm entgegen. Nun trat auch Marty näher. Mit tränenüberströmtem Gesicht nahm sie das junge Mädchen in die Arme. Alle Zweifel, alle Bedenken zerstreuten sich wie Blätter im Wind, während sie ihre Enkelin in den Armen hielt. Plötzlich kam es ihr vor, als habe sie das Mädchen schon eh und je gekannt. „Sie ist ein Goldschatz!“ freute sich Marty. „Endlich dürfen wir unsere Melissa bei uns haben!“

Erste Eindrücke

Bei einer lebhaften Unterhaltung verging die Heimfahrt wie im Flug. Melissa schien sich auf Anhieb unter ihren Verwandten wohlzufühlen und erzählte ihnen munter von ihren Reiseerlebnissen. Sie richtete jedem einen besonderen Gruß von Missie und Willie aus und berichtete von ihren Geschwistern Nathan, Josia und Julia. Sie sprach auch von der neuen Scheune ihres Vaters und dem großen Gemüsegarten ihrer Mutter unten beim Brunnen. Marty sog die Neuigkeiten förmlich in sich auf. Sie stellte ihrer Enkelin unzählige Fragen, ohne sich satt hören zu können. Clark hörte dem Gespräch schmunzelnd zu. Welcher der beiden mochte wohl zuerst die Luft ausgehen?

Belinda und Amy kamen kaum zu Wort. Belinda machte das nicht viel aus. Sie hörte aufmerksam zu, um soviel wie möglich über ihre Angehörigen im Westen zu erfahren. Amy dagegen fiel das Schweigen schwer. Wie so oft, sehnte sie sich danach, an dem Geschehen teilzuhaben. Auch ihr brannten tausend Fragen unter den Nägeln.

Schließlich versetzte sie Belinda einen ungeduldigen Rippenstoß.

„Sie haben uns restlos vergessen!" beschwerte sie sich.

Belinda selbst hatte nichts an der Lage der Dinge auszusetzen. Immerhin würden ihr noch zwei ganze Jahre bleiben, um sich mit Melissa zu unterhalten. Obendrein würde sie ihr Zimmer mit ihr teilen und daher sicher bald die Gelegenheit zu einer ausgiebigen Plauderei mit ihr haben.

Amy schien ihre Gedanken erraten zu haben.

„Dir kann das natürlich egal sein", forderte sie Belinda heraus. „Sie wohnt ja bei euch. Sie schläft sogar in deinem Zimmer. Du kannst dich tagein, tagaus mit ihr unterhalten."

„Hör mal, sie bleibt doch zwei Jahre hier!" erinnerte Belinda sie.

„Zwei Jahre", seufzte Amy theatralisch. „Zwei Jahre lang kein Wort mit euch wechseln!"

„Nun sei nicht so albern!" gab Belinda zurück. Sie hatte Amys schlechte Laune gründlich satt.

„Siehst du, du kannst mich ja jetzt schon nicht mehr leiden!"

„Ich kann dich wohl noch leiden!" zischte Belinda.

„Nein, kannst du gar nicht. Das hab' ich gleich geahnt, daß es so kommen würde. Ich wußte, daß du sie besser leiden kannst als mich."

„Jetzt hör aber endlich auf mit dem Unsinn!" schimpfte Belinda. „Ich kenn' sie ja noch nicht einmal. Wenn du dich weiter so dumm aufführst, dann mag dich am Ende wirklich niemand mehr leiden!"

Amy schaute beleidigt zur Seite, und Belinda spitzte wieder die Ohren, um dem Gespräch zu folgen. Melissa saß zwischen ihren Großeltern, damit man sich auf dem Heimweg ausgiebig unterhalten konnte.

„... und Mutter hat gesagt, ich soll's euch aushändigen, sobald ich hier ankomme", sagte Melissa gerade. „Ich hoffe, sie hat damit gemeint, sobald ich bei euch daheim ankomme. Es ist nämlich tief unten in meinem Koffer!"

Sie strahlte förmlich vor Munterkeit. Belinda hatte noch nie jemanden gekannt, der seine Mutter nicht „Ma" oder „Mama" nannte. „Mutter" klang irgendwie so erwachsen!

„Und Julia schickt euch ein Spitzendeckchen, das sie selbst gehäkelt hat", sprach Melissa weiter.

„Erzähl uns doch mehr über Julia!" bat Marty. „Ist sie dir sehr ähnlich?"

„Aber nein, ganz und gar nicht!" lachte Melissa. „Nun, sic hat braune Augen wie ich; wir haben wohl allesamt Papas braune Augen geerbt. Julia ist blond, eher wie Mutter, und sie ist furchtbar still. Mutter meint, Gott muß gewußt haben, daß *eine* Plapperliese in der Familie ausreicht – und die bin ich!"

Wieder lachte Melissa ihr helles, fröhliches Lachen, das den warmen Sommertag noch lieblicher erscheinen ließ.

„Julia ... Julia hat ein Herz wie Gold", sagte sie dann nachdenklich. „Nie denkt sie an sich selbst; sie hilft Mutter, ohne erst darum gebeten zu werden, und sie hat Tiere gern, und ... und ... ich werd' sie ganz schrecklich vermissen", fügte sie hastig hinzu. Ihre Stimme verriet Heimweh.

„Aber Mutter hat gemeint, die Zeit wird wie im Flug vergehen", fuhr Melissa tapfer fort. „Ich hoffe, sie behält recht. Ich werde sie nämlich allesamt ganz arg vermissen. Ich bin noch nie von zu Hause weg gewesen, nicht einmal für eine einzige Übernachtung. Früher haben wir oft gebettelt, daß Papa uns mit in die Stadt nimmt, aber das hat er nie getan. Nur Mutter ist mitgefahren. Sie hat alle unsere Einkäufe für uns erledigt. Papa mag die Stadt nicht sehr, glaube ich. Aber auf dem Weg hierher habe ich eine Menge interessanter Dinge gesehen. Stellt euch nur vor ..." Damit war sie wieder bei ihrem unterhaltsamen Reisebericht von Menschen, Orten und Begebenheiten auf der Durchquerung des halben Kontinents.

Marty wurde wieder an ihre eigene Reise in den Westen erinnert. Ja, sie konnte sich vorstellen, daß Melissa allerhand Denkwürdiges erlebt hatte.

„... und ein junger Mann dort hat mir angeboten, mein Gepäck zu tragen", sagte Melissa gerade, „aber meine Eltern hatten mir streng verboten, mit Fremden zu sprechen. Deshalb habe ich so höflich wie möglich abgelehnt. Er schien es mir aber nicht übelzunehmen."

„Und deine Brüder?" erkundigte Marty sich. „Wie geht es Nathan und Josia?"

„Bestens! Nathan ist schon größer als Papa, und Joe – er läßt sich lieber Joe als Josia nennen – wird ihn auch bald überragen. Er schießt bestimmt sogar noch höher auf als Nathan. Das sagt Mutter jedenfalls oft."

„Ach du liebe Zeit!" dachte Marty im stillen. „Wer hätte das gedacht? Die beiden waren noch so klein, als wir bei ihnen zu Besuch waren!"

„Papa hilft Nathan, eine eigene Ranch anzuschaffen. Sie liegt nicht weit von unserer entfernt. Und Joe hält auch schon eine eigene Herde. Er hängt an den Tieren, aber er überlegt, ob er später Papas Partner werden soll, anstatt sich eine eigene Viehzucht aufzubauen. Ihn zieht nichts in die Ferne; er bleibt am liebsten daheim. Das sagt Mutter oft."

„Hat Nathan schon ein Mädchen?" wollte Clark wissen.

„Wir machen uns einen Spaß daraus, in seiner Gegenwart von der Tochter meiner Lehrerin zu sprechen. Elisa ist in Joes Alter. Nathan will sich aber noch nicht festlegen", antwortete Melissa.

„Und wie geht's deinem Papa?"

„Prächtig. Er ist froh, daß Opa LaHaye jetzt bei uns im Westen lebt, aber zur Zeit wohnt Opa bei Onkel Nathan. Er ist zu uns gekommen, um sich von mir zu verabschieden. Allesamt sind sie gekommen: Onkel Nathan, Tante Callie und die Kinder. Sie lassen euch herzlich grüßen."

„Ist Smutje noch in euren Diensten?"

„Oh, Smutje gehört zur Familie. Wir würden ihn nie gehen lassen!"

Marty konnte nur zu gut verstehen, warum Melissa so sehr an Smutje hing. Er war Willies und Missies Kindern beinahe wie ein Großvater gewesen.

„Wie viele von den Männern, die wir damals kennengelernt haben, leben noch auf eurer Ranch?"

Melissa überlegte. Da sie nicht genau zu sagen wußte, welche von den Cowboys schon damals bei ihrem Vater eingestellt gewesen waren, zählte sie sie der Reihe nach auf.

„Nun", begann sie langsam, „da ist Jake und Browny und Clyde und Tom und Hooper."

„Die müssen neu sein", warf Marty ein. „Tom und Hooper kennen wir nicht."

„Und dann haben wir Shorty und Burt und Charlie."

„Die kennen wir auch nicht. Ist Smith noch da?"

„Nein, Smith ist gegangen, als ich noch klein war."

„Ist Wong noch immer euer Koch?"

„Wong? Nein, Wong ist gestorben. Vor fünf Jahren. Sein Freund Yen Su aus San Francisco kocht jetzt für die Familie."

„Oh, das tut mir aber leid, daß Wong nicht mehr lebt!" sagte Marty. „Wir haben ihn sehr gern gehabt."

„Mutter auch. Sie konnte sich anfangs kaum an Yen Su gewöhnen."

„Woran ist Wong denn gestorben?"

„Das wissen wir nicht genau. Er hat sich geweigert, einen Arzt aufzusuchen. Lieber wollte er seine eigene Medizin einnehmen, hat er gesagt, aber er ist immer schwächer geworden. Smutje hat ihn monatelang gepflegt, aber er ist nicht mehr gesund geworden."

Alle schwiegen. Marty dachte an den freundlichen Chinesen zurück. Ob er je den Heiland Jesus Christus persönlich angenommen hatte?

„Sieh mal, dort liegt unsere Farm!" sagte Clark zu Melissa.

„Wie schön! Ihr habt aber ein großes Haus! Unseres ist aus Stein und so flach gebaut. Eures wirkt viel größer – und so weiß ist es! Wie hübsch! Mutter hat mir gesagt, es würde mir auf Anhieb gefallen."

„Du sollst natürlich ein eigenes Zimmer bekommen", erklärte Marty, „aber zuerst muß es neu gerichtet werden, und wir haben uns gedacht, daß du die Stoffe und Tapeten bestimmt gern selbst aussuchen würdest. Deshalb sollst du in der Zwischenzeit in Belindas Zimmer schlafen – wenn dir das nichts ausmacht."

Melissa wandte sich an Belinda und schenkte ihr ein strahlendes Lächeln.

„Aber gern! Wir werden bestimmt eine Menge Spaß

miteinander haben“, sagte sie. „Julia und ich teilen auch ein Zimmer daheim. Ich hatte schon befürchtet, ich würde mich hier einsam fühlen.“ Dann fügte sie hinzu: „Ist dir das auch wirklich recht, Belinda? Ich meine, du bist doch an ein eigenes Zimmer gewöhnt …“

„Klar ist mir's recht“, versicherte ihr Belinda ohne Zögern. Am liebsten hätte sie ihr gesagt, wie sehr sie sich schon auf ihre neue Zimmergenossin gefreut hatte, daß sie die Tage bis zu ihrer Ankunft gezählt und gehofft hatte, Melissa würde während der ganzen zwei Jahre ihr Zimmer mit ihr teilen. Doch der Blick, den Amy ihr zuwarf, hielt sie davon ab, und sie beschloß, es dabei bewenden zu lassen.

„Eigentlich wollten wir die ganze Verwandtschaft zum Abendessen einladen, damit du sie allesamt gleich kennenlernst“, erklärte Marty, „aber dann haben wir überlegt, daß uns dazu noch genug Zeit bleibt. Du würdest dir die Namen doch nicht auf einmal merken können!“ Sie lachte. „Heute sind wir deshalb nur zu fünft. Amy ißt auch mit uns.“

Melissa warf auch Amy ein herzliches Lächeln zu. Diese bemühte sich, es zu erwidern, wenn es auch ein wenig schief wurde. Melissa wandte sich wieder zu ihrer Großmutter um.

„Mutter sagt, daß Onkel Luke und Tante Kate gleich nebenan wohnen. Das ist ja äußerst praktisch, nicht wahr?“

„Und ob!“ lächelte Marty. „Du wirst sie früh genug kennenlernen.“

Clark brachte das Gespann zum Stehen und half allen beim Aussteigen. Nur Amy sprang selbständig aus der Kutsche. Mit einem verächtlichen Stirnrunzeln sah sie über ihre Schulter hinweg zu, wie Melissa sich von Clark über das Kutschrad helfen ließ.

„Das Gepäck hol' ich später“, sagte Clark und begann, die Pferde auszuspannen. Die anderen gingen derweil schon ins Haus.

Melissa ging staunend in der Stube auf und ab.

„Genau so hat Mutter es mir beschrieben“, sagte sie ein ums andere Mal. „Ja, Mutter hat mir schon davon erzählt.“ Marty ahnte, daß Missie ihre Tochter gründlich auf ihre neue Umgebung vorbereitet haben mußte.

Belinda wurde gebeten, Melissa ihr Zimmer zu zeigen. Sie lud Amy ein, mit ihnen ins obere Stockwerk zu kommen, doch diese schüttelte den Kopf. Sie würde Marty lieber beim Tischdecken helfen, sagte sie. Belinda vermutete, daß Amys schlechte Laune noch immer nicht verflogen war, doch sie ließ keine Bemerkung darüber fallen.

Belinda ging zu dem Zimmer voran. Melissa war von ihrer neuen Unterkunft begeistert. Dann zeigte Belinda ihr das Zimmer, das sie später allein bewohnen sollte, und erklärte ihr, daß sie die Tapete und die Vorhänge selbst aussuchen dürfe.

„Das ist ja wunderbar!“ Melissa war begeistert. „Mutter bestimmt bei uns daheim immer, wie alles eingerichtet wird. Ich bin noch kein einziges Mal in der Großstadt gewesen. Wann fahren wir denn zum Einkaufen?“

Belinda wußte nicht recht, was sie darauf antworten sollte. Ob die Auswahl an Stoffen in der kleinen Stadt wohl zu kärglich für Melissa sein mochte?

„Wir fahren auch nicht oft in die Großstadt“, sagte sie zaghaft. „Wir begnügen uns mit dem, was wir hier am Ort kaufen können.“

„Gibt es denn solche Dinge hier?“ fragte Melissa überrascht.

Belinda nickte. Selbstverständlich führte der Gemischtwarenladen Tapeten und Stoffe!

„Mutter muß immer in die Großstadt fahren, wenn sie etwas für das Haus oder den Haushalt braucht. In den Geschäften am Ort gibt es nur ganz einfache, schlichte Ware.“

Belinda hoffte inständig, daß Melissa die Auswahl an Meterwaren nicht allzu „schlicht“ finden würde.

„Euer Ort hat bestimmt die gleiche Ware zu bieten wie unsere Großstadt“, versicherte Melissa ihr. „Und außerdem darf ich mir alles selbst aussuchen. Das wird ein riesiger Spaß werden!“

Beim Abendessen ging es munter zu. Melissa bestritt fast das ganze Tischgespräch, da jeder in der Runde ihr zahllose Fragen zu stellen hatte.

Nach der Mahlzeit las Clark einen Abschnitt aus der Bibel vor, und die Familie betete gemeinsam.

„Genauso halten wir's daheim“, sagte Melissa.

Anschließend begann sie, das Geschirr vom Tisch zu räumen.

„Möchtest du lieber abwaschen oder abtrocknen?“ fragte sie Belinda.

Marty freute sich über die Hilfsbereitschaft des jungen Mädchens. Sie warf Clark einen Blick zu. Auch er schien es bemerkt zu haben und erwiderte ihren Blick mit einem Kopfnicken.

„Du mußt mir sagen, was ich zu tun habe“, fuhr Melissa fort. „Daheim hatten Julia und ich eine Liste. Manchmal haben wir die Arbeiten getauscht, damit es uns nicht langweilig wurde. Mutter hatte nichts dagegen, solange wir alles ordnungsgemäß erledigten.“

Belinda nickte. Sie war dankbar, die Küchenarbeit mit jemandem teilen zu können.

„Und du, Amy? Was möchtest du am liebsten übernehmen?“ fragte Melissa.

„Ich wohne doch gar nicht hier“, protestierte diese. Sie hatte nicht im geringsten die Absicht, sich zu zusätzlicher Hausarbeit einteilen zu lassen; daheim wartete schon genug auf sie.

„Ach ja, richtig. Du wohnst in dem Holzhaus dort drüben, nicht wahr? Das ist bestimmt interessant. Ich habe noch nie in einem Holzhaus gewohnt, aber meine Mutter hat früher einmal in einer Grashütte gewohnt. – Ich habe vorhin nur gemeint, was du heute abend übernehmen möchtest.“

„Also schön, ich räume das Geschirr wieder ins Regal zurück."

Luke kam, um Clark beim Ausladen des Gepäcks zu helfen. Melissa schien eine Ausstattung mitgebracht zu haben, die für drei junge Mädchen ausreichen würde. Einer ihrer Koffer war besonders schwer.

„Menschenskinder!" ächzte Luke. „Was mag sie nur hier eingeschmuggelt haben? Gold vielleicht?"

„Hab' nicht allzu viele Goldbarren auf den Straßen liegen sehen, als ich im Westen war", gab Clark zurück.

„Dann hat sie ein paar Rinder von daheim mitgebracht", scherzte Luke.

Die beiden Männer trugen das Gepäck in Belindas Zimmer. Nun konnte Melissa mit dem Auspacken beginnen. Belinda zeigte ihr die leeren Schubfächer und die freie Schrankhälfte, die für sie bestimmt waren. Dann ließen sich Belinda und Amy auf dem einen der beiden Betten nieder, um Melissa beim Auspacken zuzuschauen.

Belinda befürchtete, daß Melissas Garderobe niemals in dem Schrank Platz finden würde. „Sie muß ja Dutzende von Kleidern mitgebracht haben", dachte sie insgeheim mit einer Spur von Neid.

Melissas Ausstattung war von erstklassiger Qualität. Marty würde sich kaum um zusätzliche Schulkleider für sie sorgen müssen. Den meisten Platz beanspruchten jedoch nicht Melissas Kleidungsstücke. Im Grunde genommen besaß sie nicht mehr an Kleidung als Belinda. Das Schwerste an ihrem Gepäck waren ganze Stapel von Büchern. Bücher schienen zu Melissas kostbarsten Schätzen zu gehören. Belinda und Amy starrten sie mit großen Augen an.

„Wo hast du die denn alle her?" fragte Amy geradeheraus.

„Geschenkt bekommen", erwiderte Melissa. „Ich mag Bücher sehr. Deshalb bitte ich meine Eltern immer, wenn sie in die Stadt fahren, mir eins mitzubringen. Und zu Weihnachten und zum Geburtstag wünsche ich mir auch nur Bücher."

Behutsam strich Belinda mit der Hand über den Ledereinband eines Buches.

„Und ihr? Mögt ihr Bücher auch so gern?“

Belinda nickte nur, doch Amy rief begeistert: „Und wie! Aber so viele hab’ ich noch nie auf einmal gesehen!“

„Ihr dürft euch gern meine Bücher ausleihen, wenn ihr möchtet“, sagte Melissa.

„Oh, wirklich? Das ist ja prima! Was ist dieses denn für ein Buch?“ Damit sprang Amy von dem Bett, um eins der Bücher, das ihr Interesse geweckt hatte, aus dem Koffer zu holen.

„Das ist ein Buch über die Tierwelt“, erklärte Melissa.

„Oh, welch schöne Bilder!“ rief Amy bewundernd.

„Illustrationen“, korrigierte sie Melissa sanft.

„Wie macht man denn solche Bilder bloß?“ wollte Amy wissen. Melissas Einwurf schien sie nicht einmal gehört zu haben.

„Ein Künstler hat sie gezeichnet.“

„Gezeichnet? Du meinst mit einem Bleistift etwa?“

„Vielleicht auch mit Ölfarben oder Tinte.“

„Gezeichnet also“, murmelte Amy überwältigt. „Dabei sehen sie so ... so echt aus!“

Melissa wurde nach unten gerufen, um ihre Tante Kate und ihre drei Vettern zu begrüßen. Amy blieb derweil auf der Bettkante sitzen. Sie konnte sich kaum von den Illustrationen in dem Buch losreißen. Daß es überhaupt möglich war, solche wirklichkeitsnahen Zeichnungen anzufertigen! Ob sie es auch einmal versuchen sollte? Die Zeichnungen nahmen sie restlos gefangen. Mit großen Augen betrachtete sie die Kunstwerke. Wenn sie doch auch nur ein solches Buch hätte! Ihr Blick wanderte wieder zu dem Koffer. Wer hätte gedacht, daß ihre Base aus dem Westen solche Schätze mitbringen würde! Und obendrein hatte sie ihr erlaubt, sich die Bücher auszuborgen! Ach, es war kaum zu fassen!

Clark und Marty ahnten, wie müde Melissa nach der

langen Reise sein mußte. Als sie ihr vorschlugen, zeitig zu Bett zu gehen, widersprach sie nicht. Zum Unterhalten würde ihnen auch morgen noch genug Zeit bleiben.

Luke, Kate und die Kinder hatten sich verabschiedet. Amy hatte das Buch mit den Tierzeichnungen fest an sich gedrückt. Sobald sie ihrer Mutter am nächsten Morgen nicht mehr helfen mußte, würde sie wiederkommen, hatte sie versprochen.

Marty saß inmitten der Geschenke, die Missie ihrer Tochter für ihre Lieben daheim mitgegeben hatte. Es war ein rundherum schöner Tag gewesen – der Anfang einer glücklichen Zeit mit ihrer Enkelin aus dem Westen.

Melissa folgte Belinda die Treppe zum oberen Stockwerk hinauf. In dem Schlafzimmer lagen noch immer die Bücher auf dem Fußboden verstreut. Melissa räumte sie rasch zusammen. Sie war dankbar, die erste Nacht nicht allein in einem anderen Zimmer verbringen zu müssen. Julia fehlte ihr, und ihre Eltern. Selbst nach ihren beiden großen Brüdern, die von früh bis spät ihre Späße mit ihr trieben, sehnte sie sich.

Belinda stand schüchtern da. Sie hatte noch nie ein Zimmmer mit jemandem geteilt.

„In welchem Bett möchtest du schlafen?" fragte sie schließlich.

„Such du dir doch zuerst eins aus", antwortete Melissa. „Es ist schließlich dein Zimmer."

„Mir ist's egal.

„Dann nehme ich das hintere", entschied Melissa. „So machen Julia und ich es daheim auch."

Schweigend schlüpften die beiden Mädchen in ihre Nachthemden, sprachen ihr Abendgebet und legten sich in die frisch bezogenen Betten. Dann wünschten sie einander eine gute Nacht, und endlich kehrte Stille ein.

Melissas Gedanken flogen in ihre Heimat zurück, von der sie nun viele Meilen getrennt war. Sie dachte an ihr Elternhaus, an ihre Lieben und ihr Zimmer daheim.

Belinda dagegen dachte über die Wochen und Monate

nach, die nun vor ihnen lagen. Würde sie sich gut mit Melissa verstehen? Ob sie sich schnell miteinander anfreunden würden? Und wie würde Amy sich verhalten? Sie schien ihre helle Freude an den Büchern gehabt zu haben. Belinda hoffte, daß auch Amy bald froh sein würde, daß Melissa gekommen war.

Es dauerte nicht lange, bis Melissas tiefe, gleichmäßige Atemzüge anzeigten, daß sie schon fest schlief, während Belinda immer noch der Kopf schwirrte. Alles war so neu und so ... so ungewohnt. Es dauerte lange, bis auch Belinda eingeschlafen war.

„Sie ist ein nettes Mädchen, findest du nicht auch?" fragte Marty, als sie und Clark zu Bett gegangen waren.

Clark lachte leise.

„Nett – aber außergewöhnlich gesprächig!"

„Sie hatte ja auch 'ne Menge zu erzählen. Ehrlich gesagt, ich bin froh, daß sie keine von den ganz Schweigsamen ist. Hätt's nicht aushalten können, wenn sie uns nichts über Missie und ihre Familie erzählt hätte!"

„Schweigsam ist sie wahrhaftig nicht", meinte Clark und lachte wieder.

„Und hübsch ist sie obendrein", fuhr Marty fort. „Diese dunklen Augen und die glänzenden dunklen Haare! Das Lächeln hat sie aber von ihrer Mutter geerbt, wenn sie auch eine ganz andere Haarfarbe hat."

„Stimmt."

„Und ihre Ausstattung ist tipptopp in Ordnung. Also völlig überflüssig, daß ich ihr vor Schulbeginn noch ein paar Kleider nähe."

„Missie hätte sie kaum hergeschickt und von dir erwartet, ihr einen Berg Kleider zu nähen."

„Nein, wohl kaum. Das hätte ich mir eigentlich denken können."

Clark strich ihr über die Hand. Er hatte natürlich recht gehabt, als er ihr schon vor Wochen gesagt hatte, sie solle sich nur nicht zu sehr sorgen.

Eine Weile hingen beide ihren Gedanken über ihre „neue“ Enkelin nach.

„Sie ist kein bißchen hochnäsig“, meinte Marty dann.

„Hast du's vielleicht anders erwartet?“

„War mir nicht recht sicher. Du weißt doch, daß die Cowboys sie schon immer wie 'ne kleine Prinzessin behandelt haben.“

„Hm, verwöhnt scheint sie mir zum Glück nicht zu sein“, meinte Clark. Wieder verfielen die beiden Eheleute in ein nachdenkliches Schweigen.

„Eins ist mir aber gleich an ihr aufgefallen“, fuhr Clark dann fort.

„Was denn?“

„Hast du nicht auch gemerkt, wie gebildet sie ist?“

Marty überlegte. Wenn sie sich recht besann, war ihr auch etwas an dem Mädchen aufgefallen; sie hatte es nur nicht in Worte ausdrücken können.

„Sie ist Belinda immerhin ein Schuljahr voraus“, sagte sie schließlich.

„Das ist es nicht allein. Sie redet so ... sie drückt sich geradezu gewählt aus – gar nicht wie jemand aus dem Westen.“

„Ihre Eltern hatten schließlich beide eine gute Schulbildung.“

„Stimmt, aber sie redet noch gebildeter als ihre Eltern. Ist dir das nicht auch aufgefallen?“

„Ich weiß nicht recht ...“

„Dann wirst du's noch feststellen“, sagte Clark.

„Vielleicht hat es auch damit zu tun, daß sie Lehrerin werden will.“

„Missie ist doch auch Lehrerin gewesen.“

Marty dachte nach. Melissas Ausdrucksweise war tatsächlich weitaus gepflegter, als es in diesem Haus üblich war. Aber schließlich konnte es keinem von ihnen schaden, ein wenig mehr auf ein gutes Englisch zu achten. Besonders Belinda und Amy würde es guttun.

„Weißt du, was aus dem großen Koffer zum Vorschein

gekommen ist?“ fragte Marty. „Ich meine den Koffer, den ihr beiden mit Ächzen und Stöhnen nach oben geschleppt habt.“

„Was denn? Ziegelsteine?“

„Bücher waren's.“

„Bücher?“

„Der Koffer war zur Hälfte voller Bücher“, erzählte Marty. „Hab's mit eigenen Augen gesehen. Und unseren beiden Mädchen hat sie gleich erlaubt, sich davon auszuleihen. Hast du nicht gesehen, wie Amy eins davon an sich gedrückt hat, als wollte sie's nie wieder hergeben?“

„Ein Bücherwurm ist sie also“, sagte Clark. „Vielleicht redet sie deshalb so gebildet.“

„Möglich ist's schon“, meinte Marty. Dann fügte sie hinzu: „Glaubst du, Melissas Lehrerin könnte auch dahinter stecken? Erinnerst du dich noch an Henrys Frau Melinda? Die hat doch auch immer so gebildet gesprochen.“

„Ich wette, da hast du recht. Melinda bringt ihren Schülern bestimmt bei, sich gepflegt auszudrücken. Melissa wird bald merken, daß es hier ein bißchen anders zugeht“, sagte Clark. Er schwieg einen Moment, bevor er weitersprach. „Wir müssen Rücksicht auf sie nehmen. Der Aufenthalt bei uns wird eine gewaltige Umstellung für sie bedeuten.“

„Das wird's allerdings“, pflichtete Marty ihm bei. „Es wird uns aber nicht schwerfallen, Rücksicht auf sie zu nehmen. Ich hab' sie ja jetzt schon ins Herz geschlossen!“

Clark strich seiner Frau sanft eine Haarsträhne aus der Stirn.

„Ich für meinen Teil bin auch froh, daß sie gekommen ist“, sagte er. „So lernen wir sie endlich mal kennen! Das macht einen froh und traurig zugleich, meinst du nicht auch?“

Marty mußte ihm recht geben. Wie immer, hatte er ihre Gedanken richtig erraten.

Basen und Vettern

Der Rest der Familie konnte es kaum erwarten, Melissa auch endlich zu begrüßen und kennenzulernen. Nach dem Gottesdienst am Sonntag war daher ein großes Familientreffen bei Clark und Marty vorgesehen. Vor der Kirche waren sie ihrer Verwandten aus dem Westen schon kurz vorgestellt worden, doch Marty vermutete, daß Melissa nach dieser flüchtigen Begegnung die vielen Namen nie behalten würde, und es war ihr doch sehr daran gelegen, daß das Mädchen bald ihre Verwandten hier kennenlernte.

Melissa hatte schon einen dicken Brief an ihre Eltern abgeschickt. Darin berichtete sie von ihren Erlebnissen auf der langen Reise und von der großen Freude, ihre Großeltern endlich kennenzulernen. Eine ganze Seite hatte sie über Belinda geschrieben, während ihr Onkel Luke und dessen Familie eine weitere Seite in Anspruch nahmen.

Marty hatte das Sonntagsessen schon sorgfältig im voraus geplant. Die Erwachsenen sollten an dem großen Küchentisch essen, während die Kinder sich mit ihren Tellern auf der Veranda hinter dem Haus niederlassen durften. Marty konnte sich nicht entscheiden, zu welcher Gruppe sie Melissa zählen sollte. Würde sie lieber mit den Kindern oder den Erwachsenen essen? Marty überlegte noch hin und her, als Clark sie aus ihren Gedanken riß.

„Könnte nicht schaden, wenn Melissa ihre Vettern und Basen noch vor Schulbeginn kennenlernt. Wenn sie die nämlich erst mal kennt, dann kennt sie schon die halbe Schule!“ Er lachte über seinen Scherz.

Wenn das auch übertrieben war, widersprach Marty

ihm nicht. Mit seinen Worten hatte er ihr geholfen, sich zu entscheiden. Am Sonntag würde Melissa mit dem Jungvolk auf der Veranda essen, beschloß sie. Mit den Erwachsenen wäre die Tischrunde ohnehin schon mehr als gedrängt. Mary und Jane bestanden immer darauf, mit den Erwachsenen zu essen. Damit würden sie zu zwölft an dem großen Tisch sitzen, so daß kein einziges freies Plätzchen übrigblieb. Marty gab Belinda Anweisungen, wie sie den Tisch decken sollte.

Bald trafen auch schon die ersten Gespanne ein. Der Hof war von einem fröhlichen Stimmengewirr erfüllt, als die Vettern und Basen einander begrüßten.

Melissa, die in der Küche damit beschäftigt war, Apfeltorten in Stücke zu schneiden, hörte den Trubel.

„Mutter würde ein Königreich darum geben, hier bei uns sein zu können, meinst du nicht auch?" sagte sie lächelnd zu ihrer Großmutter.

Marty lächelte zurück. Ja, Missie wäre bestimmt für ihr Leben gern heute hier.

Arnie und seine Familie betraten als erste das Haus. Clark machte Melissa mit ihnen bekannt.

„Arnie und Anne hast du schon vor der Kirche die Hand geschüttelt. Sie haben drei kleine Lausbuben. Die drei ähneln sich wie ein Ei dem anderen – bloß unterschiedlich groß sind sie. Silas ist der Älteste der Rasselbande. Es ist dieser große Bursche da mit der Sahnetorte."

Silas nickte schüchtern. Melissa begrüßte ihn freundlich.

„Der nächste heißt John. Nenn ihn bloß nicht Johnny! Ihm macht's zwar nichts aus, aber seine Mama wird etwas dagegen einzuwenden haben." Clark warf Anne ein verschmitztes Augenzwinkern zu, und sie lächelte über seinen gutmütigen Scherz.

John begrüßte seine Base mit einem treuherzigen Blick. Melissa mochte ihn auf Anhieb.

„Und dieser kleine Kerl – wollt' sagen: dieser große Kerl hier ist Andrew."

Andrew grinste kurz und hüpfte ungeduldig auf einem Bein. Melissa vermutete, daß er viel lieber wieder zu seinen gleichaltrigen Vettern ins Freie gestürzt wäre, als seine Base aus dem Westen höflich begrüßen zu müssen. Er umarmte sie dennoch geschwind und stob davon.

Larrys Familie kam als nächste ins Haus. Abbie trug eine große Schüssel mit Kartoffelsalat in den Händen. Melissa hatte die ganze Familie schon vor der Kirche begrüßt und erinnerte sich noch an alle Namen. Auch Thomas und Aaron konnten es kaum erwarten, endlich draußen spielen zu dürfen. Aaron war der Jüngste von allen. Lukes Sohn Julian und Thomas waren etwa gleichaltrig. Während Aaron Melissa gleich die runden Ärmchen zu einer Umarmung entgegenstreckte, trat Thomas schüchtern einen Schritt zurück.

Luke und Kate gesellten sich ebenfalls dazu. Von ihren Kindern war nur Amy in die Küche gekommen, doch Melissa hatte Dan, Davey und Julian schon bei anderer Gelegenheit kennengelernt.

Schließlich trafen auch Nandry und Josh ein. Mary und Jane begrüßten Melissa auf ihre zurückhaltende, schüchterne Art. Sie waren wie ihre Mutter ziemlich schweigsam veranlagt, doch allmählich tauten sie auf und wurden Melissa gegenüber gesprächiger. Mary machte sich in der Küche zu schaffen, während Jane ihren kleinen Schützling Aaron umsorgte. Aaron genoß die Aufmerksamkeit, mit der er als der Jüngste der Schar überschüttet wurde. Er bettelte darum, auf Großpapas Gartenschaukel schaukeln zu dürfen, und Jane ließ ihn gern gewähren.

Gerade war das Essen aufgetragen, als Dan einen weinenden Davey ins Haus führte. Davey war die Treppe hinuntergestürzt und hatte sich an der Stirn verletzt. Onkel Larry hatte ihn jedoch bald verarztet, und die Mahlzeit konnte beginnen.

Die Mütter füllten ihren Kindern, die auf der Veranda essen sollten, die Teller. Selbst Aaron durfte heute draußen essen. „Ich ganz allein!“ verkündete er stolz und hockte sich vor die unterste Verandastufe, auf der sein Teller stand. Belinda versprach, den Kleinen im Auge zu behalten. Melissa genoß das fröhliche Miteinander. Sie hätte ihren Platz unter ihren Basen und Vettern auf der Veranda um nichts in der Welt tauschen mögen.

Über das Stimmengewirr auf der Veranda hinweg erzählten Dan und Silas abwechselnd Witze, mit denen sie einander übertrumpfen wollten. Obwohl ihre Witze weder neu noch hinreißend waren, lachte ihre Zuhörerschaft belustigt.

Amy hatte ihre liebe Not, ihre Brüder zur Ordnung zu rufen. Dan benahm sich zu albern, Davey war unachtsam und Julian wieder einmal ganz unmöglich. Sie stöhnte, als sie sich auf den Weg in die Küche machte, um einen Lappen für seine verschüttete Milch zu holen.

John saß neben Melissa. Er betrachtete sie einen Augenblick neugierig und fragte dann geradeheraus: „Hast du ein Pferd für dich ganz allein?“

Melissa nickte. „Ja, drei sogar.“

„Drei Pferde? Menschenskinder! Gehören die alle dir?“

„Ja.“

„Wie heißen sie denn?“

„Sandy war mein erstes Pferd. Es ist schon ziemlich alt. Mein Schwarzer heißt Pepper, ein wirklich hübsches Tier. Star hat einen weißen Flecken auf der Stirn. Sie ist Peppers Mutter.“

„Sagenhaft!“ sagte John bewundernd.

„Und du? Hast du auch ein Pferd?“

„Nein – jedenfalls keins, das mir allein gehört. Wir haben ein Pony, aber das gehört uns allen zusammen.“

„Magst du Pferde?“

Das Leuchten in Johns Augen unterstrich seine Antwort.

„Und wie!“ sagte er. „Ich hätt' furchtbar gern ein eigenes Pferd.“

„Ich habe ein Buch über Pferde", sagte Melissa. „Das kannst du dir gern einmal anschauen."

John war begeistert.

„Darin steht beschrieben, welche verschiedenen Arten es gibt und wie man sie dressiert. Ich hole es dir, wenn wir mit dem Essen fertig sind", versprach sie. Nun konnte John es kaum erwarten, bis der Moment gekommen war.

Wie versprochen, holte Melissa das Buch, sobald alle ihre Teller geleert hatten. Mehrere der Vettern und Basen scharten sich um Melissa und John, um ihnen über die Schultern zu spähen.

„Ich habe noch mehr Bücher mitgebracht", sagte Melissa zu den anderen Kindern. „Wollt ihr sie auch sehen?"

Die Antwort war ein begeistertes „Jaaaa!" Melissa wandte sich an Belinda.

„Ist es dir recht, wenn wir alle zusammen in dein Zimmer gehen?" fragte sie. Belinda gab gern ihr Einverständnis, und Melissa ging voran. John bekam das Pferdebuch ausgehändigt, während die übrigen sich jeweils ein Buch aussuchen durften. Bald saßen alle in ein Buch vertieft auf dem Fußboden.

„Woher hast du bloß die vielen Bücher?" wollte Silas wissen. „So viele haben wir nicht mal in der Schule!"

„Ich habe sie geschenkt bekommen", erklärte Melissa und strich liebevoll über den Ledereinband eines ihrer Lieblingsbücher.

Noch nie hatte an einem Sonntagnachmittag eine solche Stille im Haus geherrscht. Bald bettelte der eine oder andere von den Jüngeren, ein Buch vorgelesen zu bekommen, und Melissa tat ihnen gern den Gefallen. Die ganze Schar hatte ihre Augen auf sie geheftet und hörte gebannt zu. Die Erwachsenen am Tisch unterbrachen ihre Unterhaltung und fragten sich, wo die Kinder nur stecken mochten.

„Es ist ja mucksmäuschenstill im ganzen Haus", bemerkte Larry. „Das bedeutet entweder, daß sie allesamt eingeschlafen sind oder etwas angestellt haben!"

Kate beschloß nachzuschauen. Sie ging die Treppe hinauf und spähte in Belindas Zimmer. Dort saß die ganze Kinderschar auf dem Fußboden und hörte gespannt zu, während Melissa ein Buch vorlas. Kate wollte ihren Augen nicht trauen. Auf Zehenspitzen ging sie wieder die Treppe hinunter.

„Ihr werdet's nicht glauben, was ich gerade gesehen habe!" verkündete sie den anderen am Tisch. „Die ganze Rasselbande sitzt in Belindas Zimmer und läßt sich von Melissa vorlesen!"

„Das ist doch unmöglich!" meinte Larry.

„Ehrenwort", beharrte Kate. „Allesamt sitzen sie auf dem Fußboden wie festgewachsen."

„Das Mädchen hätten wir schon vor Jahren hierher einladen sollen", sagte Luke augenzwinkernd. „Die hätte uns allen eine Menge graue Haare ersparen können!"

Ein fröhliches Gelächter war die Antwort.

Marty mußte sich einfach mit eigenen Augen davon überzeugen, was in Belindas Zimmer vor sich ging. Wie Kate berichtet hatte, saßen die Kinder auf dem Fußboden und auf den Betten und hörten Melissa gebannt zu. Keins von ihnen rührte sich, als Marty in das Zimmer spähte.

„Na, so was!" wunderte sie sich im stillen. „Wer hätte das gedacht?"

Sie stieg die Treppe wieder hinab und erzählte den übrigen, daß Kate die reine Wahrheit gesagt hatte.

„So was habe ich mein Lebtag noch nicht gesehen", sagte sie. „Allesamt sitzen sie da und sagen keinen Ton!"

„Melissa scheint tatsächlich das Zeug zur Lehrerin zu haben", meinte Arnie. „Wenn sie's schafft, meine drei Lausbuben zu bändigen, dann kann sie's mit jedem aufnehmen!"

„Und mit langen Vorreden hat sie sich auch nicht aufgehalten", warf Larry ein. „Sie scheint sich auf der Stelle mit allen angefreundet zu haben."

„Amy hat sie gleich am ersten Tag schon eins von ihren Büchern geliehen", sagte Kate. „Ich habe das Mädchen noch nie so hingerissen erlebt. Abgemalt hat sie die Bilder darin, eins nach dem anderen. Keins läßt sie aus. Ein paar davon sind ziemlich schwer zu zeichnen, aber sie macht ihre Sache prima." Nachdenklich sah sie aus dem Fenster. „Neuerdings beklagt sie sich auch nicht mehr über ihre Küchenarbeit. Sie weiß genau, daß sie anschließend wieder zeichnen gehen darf. Sie kann es ja kaum abwarten, sich wieder ans Zeichnen zu machen!"

Martys Augen füllten sich mit Tränen.

„Ich bin so froh, daß Melissa hier ist", sagte sie leise. „Wie wird sie Missie fehlen! Ist doch ein allerliebstes Ding, unsere Melissa."

Luke nickte.

„Ja, sie ist wirklich ein nettes Mädchen, Ma, aber wir müssen uns davor hüten, zuviel von ihr zu erwarten."

Marty sah ihn verwundert an.

„Wie meinst du das?"

„Nun, sie ist immerhin auch nur ein Mensch. Ein paar Fehler und Schwächen sollten wir ihr zugestehen. Wir sind schließlich auch keine Engel, und von ihr sollten wir das genausowenig erwarten."

Marty wurde nachdenklich. Luke hatte natürlich recht. Melissa war gewiß nicht frei von Schwächen; sie hatten sie nur noch nicht entdeckt. Nun, Marty würde ihre Enkelin jedenfalls liebbehalten, ganz gleich, was auch geschehen mochte. Außerdem konnte Marty sich beim besten Willen nicht vorstellen, daß Missies Tochter sie je enttäuschen würde.

Trotz des mißglückten Anfangs auf der Heimfahrt von der Kutschstation schienen sich die drei Mädchen inzwischen bestens zu verstehen, stellte Marty zu ihrer großen Erleichterung fest. Hin und wieder taten sich zwei von ihnen zusammen, um gemeinsam etwas zu unternehmen, doch das geschah nie, um die Dritte auszuschließen. Tauchte das dritte Mädchen auf, so wurde es stets sogleich bereitwillig aufgenommen. Soweit Marty gesehen hatte, gab es weder Geheimnistuerei noch Gemeinheiten unter den dreien, und Marty dankte Gott herzlich dafür.

Jedes der Mädchen war anders veranlagt. Amy war lebhaft und hatte eine künstlerische Ader. Sie handelte oft unbedacht und bereute manches hitzig dahingesagte Wort im nachhinein. So unumwunden sie den anderen ihre Meinung sagte, so zögerte sie doch nie, um Verzeihung zu bitten, wenn sie spürte, daß sie jemanden mit ihren Worten verletzt hatte.

Belinda war seit jeher mitfühlend und warmherzig gewesen. Es traf sie zutiefst, wenn ein scharfes Wort fiel. Sie war nicht nachtragend und bot bereitwillig ihre Hilfe an. Es machte ihr Freude, Dinge mit anderen zu teilen. Zuweilen verursachte ihr Mitgefühl ihr großen Kummer, und sie litt unsäglich, wenn sie andere krank oder bedrückt sah. Andererseits fiel es ihr nicht leicht, ein unbedachtes Wort zu vergessen. Oft trug sie Amys ungestüme Ausbrüche tagelang mit sich umher. Sie verzieh ihr stets, doch manchmal konnte sie vor Kummer kaum essen oder Schlaf finden.

Melissa hatte etwas von beiden. Sie war gern unter Menschen und hörte ihnen aufmerksam zu. Sie begegnete anderen mit Offenheit und Wärme, ohne sie je bevormunden so wollen, wie Amy es leicht passierte. Sie war geschickt im Vermitteln, wählte ihre Worte bedachtsamer als Amy und benutzte sie niemals als Waffe gegen andere. Melissa liebte Geselligkeit, während Belinda manche Stunde allein verbrachte, um ihren Gedanken nachzuhängen. Amy wiederum wollte nur mit anderen zusammensein, wenn ihr gerade danach zumute war.

So verbrachten die drei Mädchen manche Stunde miteinander und lernten einander als Freundinnen zu schätzen. Marty sah darin eine große Bereicherung für alle drei.

An dem Tag, als Melissa ihre neue Tapete und die Gardinenstoffe aussuchen sollte, begleiteten sie Belinda und Amy. Marty hatte insgeheim bezweifelt, ob es wirklich angebracht sei, drei Mädchen zum Auswählen einer einzigen Zimmerausstattung mit in die Stadt zu nehmen, doch Amy und Belinda wollten sich dieses Ereignis nicht entgehen lassen. Außerdem hatte Melissa sich ausgebeten, daß die beiden mitkommen durften. Clark reichte Marty die Zügel des Gespanns mit einem vielsagenden Lächeln. Er schien ihre Bedenken zu erraten.

Die Mädchen waren mit Feuereifer bei der Sache. Schon unterwegs redete Amy von nichts anderem als der Auswahl der Stoffe in dem Gemischtwarenladen.

„Also, ich hab' einen herrlichen Stoff entdeckt", erklärte sie Melissa begeistert. „Er wird dir gefallen. Ganz bestimmt!"

„Hör mal, Amy", ermahnte Belinda sie, „Melissa soll sich ihre Stoffe allein aussuchen. Wir machen ihr keine Vorschriften,welchen sie nehmen soll."

„Tu' ich ja auch gar nicht!" verteidigte sich Amy hitzig und warf ihre Zöpfe über die Schultern. „Ich werd' ihr doch wohl den hübschen Stoff zeigen dürfen, den wir neulich gesehen haben!"

„Aber natürlich darfst du das", schlichtete Melissa. „Und du, Belinda, darfst mir deinen Lieblingsstoff auch zeigen."

„Ich habe keinen ausgesucht", sagte Belinda. „Mama und ich haben gemeint, du sollst dir deinen Stoff allein aussuchen."

„Und das werde ich auch", sagte Melissa begeistert. „Ich freue mich schon unbändig! Heute abend schreibe ich gleich einen Brief an meine Eltern."

„Ich wette, der bunte Stoff wird dir gefallen. Das Farbenspiel darauf ist so lebhaft!" rief Amy. Den Ausdruck „lebhaftes Farbenspiel" hatte Amy in einem von Melissas Büchern über Kunst entdeckt.

„Vielleicht mag Melissa keine ‚lebhaften Farbenspiele' in ihrem Zimmer", wandte Belinda ein.

„Ach, Lindy!" stöhnte Amy ungeduldig. „Hältst du sie etwa für ein Kleinkind? Sie wird's uns schon selbst sagen, ob ihr der Stoff gefällt oder nicht."

Marty befürchtete eine größere Auseinandersetzung zwischen den Mädchen.

„Am besten suchen wir zuerst die Tapete aus", entschied sie und trieb die Pferde zur Eile an. „Die Stoffe kommen später an die Reihe."

Wenn sie gehofft hatte, die Lage mit ihrem kleinen Ablenkungsmanöver gerettet zu haben, so sollte sie sich getäuscht haben. Amy begann erneut, Melissa Vorschläge zu machen. Belinda schwieg stirnrunzelnd, und Marty sah sich gezwungen, das Thema zu wechseln, um wieder Frieden herzustellen.

„Sieh mal, Melissa, dort drüben ist die Schule", sagte sie und deutete auf ein weißes Gebäude hinter einer Baumgruppe. „Möchtest du einen Blick durchs Fenster tun? Die Tür ist bestimmt noch abgeschlossen, aber durchs Fenster kannst du dir vielleicht einen kleinen Eindruck verschaffen."

Martys Plan erwies sich als erfolgreich – wenigstens vorübergehend. Die Mädchen unterhielten sich nun eifrig über die Schule. Marty seufzte erleichtert auf. Sie würden also kurz bei der Schule haltmachen, doch bis zur Stadt war es noch ein weiter Weg. Wie sollte sie es nur anstellen, daß die Mädchen sich nicht wieder in die Haare gerieten?

Schulbeginn

Völlig erschöpft reichte Marty Clark die Zügel, als sie wieder daheim angekommen waren. Mit fragendem Blick half er ihr beim Aussteigen.

„Später erzähl' ich's dir", flüsterte sie, und er nickte.

Die drei Mädchen trugen Bündel und Pakete, die sie in der Stadt erstanden hatten, ins Haus.

„Wann tapezierst du das Zimmer?" erkundigte sich Amy bei ihrer Großmutter. „Ich helf' dir dabei!"

„Großpapa besorgt das Tapezieren", stellte Marty klar, „und wenn er Hilfe braucht, wird er sich Luke holen."

„Schade!" schmollte Amy. „Wir drei könnten doch auch helfen. Dann brauchte Papa es nicht zu machen."

„Großvater fängt gleich morgen früh damit an", fuhr Marty fort. Um keinen Preis der Welt würde sie es zulassen, daß drei junge Mädchen beim Tapezieren mitmischten. Eines vielleicht, aber auf keinen Fall drei!

„Und die Vorhänge?" fragte Amy stirnrunzelnd.

„Die Vorhänge und die Bettdecke nähe ich selbst", entschied Marty.

„Dann bleibt ja gar nichts für uns übrig!" beschwerte sich Amy.

„Ihr habt doch das Aussuchen besorgt", erinnerte Marty sie. Die Wahl der Stoffe hatte sich als eine langwierige Angelegenheit erwiesen. Belinda hatten die zarten Pastelltöne gefallen, wenn sie es auch nicht ausdrücklich gesagt hatte. Amy dagegen hatte sich unmißverständlich für die „lebhaften Farbenspiele" ausgesprochen, doch Melissa hatte sich nicht beirren lassen und sich für einen blaugewürfelten Stoff für die Vorhänge und die Bettdecke entschieden. Die Tapete, die sie dazu ausgesucht hatte, war mit einem winzigen Blumenmuster in Blau bedruckt. Die Zierkissen, Gardinenschleifen und Bordüren sollten aus einem leuchtendblauen Stoff genäht werden.

Marty war Melissas Wahl gegenüber ein wenig skeptisch eingestellt. Ein Zimmer, das ausschließlich in Blau und Weiß gehalten war, würde leicht langweilig wirken, befürchtete sie. Dennoch ließ sie Melissa gewähren. Immerhin hatten sie ihr die freie Wahl zugesagt, und dabei sollte es auch bleiben.

„Ich übernehme gern die Küchenarbeit, während du nähst“, erbot sich Melissa, und Marty nickte dankbar.

„Können wir denn gar nichts in dem Zimmer tun?“ bettelte Amy.

„Doch, das könnt ihr!“ seufzte Marty müde. „Wenn euer Großvater mit dem Tapezieren fertig ist, könnt ihr den Fußboden scheuern und die Möbel wieder aufstellen.“

Amy verzog das Gesicht.

„Vielleicht läßt Melissa euch beide helfen, die Möbel neu anzuordnen“, fuhr Marty fort. Doch auch dadurch war Amy nicht aufzumuntern. Nach ihrer mürrischen Miene setzte sie schnell eine ergebene auf, als Marty ihr einen strengen Blick zuwarf. Amy wußte, daß ihre Großmutter es ernst gemeint hatte. Es war unmißverständlich die Aufgabe der Mädchen, das Zimmer gründlich zu putzen und die Möbel wieder aufzustellen, nachdem die anderen Arbeiten erledigt waren. Einen Augenblick bereute Amy ihr Betteln darum, helfen zu dürfen.

„Klar, machen wir!“ entgegnete Belinda. „Das Putzen wird ein Riesenspaß werden! Wir stellen die Möbel so auf, wie Melissa es möchte.“

Amy gab sich geschlagen. Es blieb ihr keine andere Wahl, als sich zu fügen und mitzumachen. Nun ja, vielleicht würden sie dabei sogar tatsächlich ihren Spaß haben.

Das Tapezieren der Wände begann. Marty nähte die Vorhänge, die Bettdecke und die kleinen Zierkissen, während die Mädchen die Hausarbeit übernahmen.

Melissa bügelte die neuen Vorhänge auf das sorgfältigste. Belinda scheuerte den Fußboden, und Amy staubte die Möbel ab, lief aufgeregt im ganzen Haus umher und teilte Anweisungen und Ratschläge aus.

Luke, der gekommen war, um sich nach dem Stand der Dinge zu erkundigen, half seinem Vater beim Aufstellen des Betts und der schweren Kommode. Er sparte den Mädchen gegenüber nicht mit Lob über die geleistete Arbeit und überließ ihnen das Anordnen der übrigen Möbel. Zu Martys großer Erleichterung waren die drei sich einig, daß das Bett unter dem Fenster aufgestellt werden sollte, damit das Kopfende von den neuen Vorhängen eingerahmt wurde. Die Kommode fand ihren Platz an der Nordwand, und der Schreibtisch, den Clark schreinerte, sollte neben dem Bücherregal in der Ecke an der Tür untergebracht werden.

Bis zum Wochenende war das Zimmer einzugsbereit. Es tat Belinda leid, ihre Zimmerkameradin zu verlieren, doch Melissas Zimmer lag ihrem direkt gegenüber, und außerdem wußte sie im Grunde, daß es besser für beide war, ein eigenes Zimmer zu bewohnen. Belinda würde hin und wieder für sich sein wollen und die Stille in ihrem Zimmer brauchen, sagte sie sich.

Als das Zimmer fertig eingerichtet war, mußte Marty zugeben, daß Melissa eine gute Wahl getroffen hatte. Die gewürfelten Vorhänge und die leuchtendblauen Akzente paßten gut zu der zartgemusterten Tapete. Auch das Bücherregal und die bunten Flechtteppiche trugen zu dem freundlichen, gemütlichen Aussehen des Zimmers bei. Das ganze Zimmer wirkte einladend, hell und luftig.

Müde zog Marty sich am Abend in ihr Schlafzimmer zurück. Sie war froh, Melissa die Auswahl ihrer Zimmerausstattung überlassen zu haben, doch nun war sie dankbar, daß sie ein solches Unternehmen vorerst nicht zu wiederholen brauchte. Bei drei jungen Mädchen, die aufgeregt durch das ganze Haus liefen, um sich ungezählte Male nach ihren Fortschritten beim Nähen zu erkundigen, war ihre Geduld zuweilen hart auf die Probe gestellt worden. Obwohl die Mädchen bereitwillig die Küchenarbeit übernommen hatten, zog Marty es im Grunde vor, das Kommando dort selbst zu führen. Manche Arbeit, die die Mädchen allzu hastig erledigt hatten, mußte sie wiederholen. Ja, Marty war froh, daß alles nun vorüber war. Wohlig streckte sie ihre von den Anstrengungen der Woche schmerzenden Arme und Beine unter ihrer warmen Decke aus.

In wenigen Tagen würde sich die ganze Kinderschar bis auf den kleinen Julian wieder auf den Schulweg machen, um ein neues Schuljahr zu beginnen. Dann würde eine erholsame Ruhe im Haus einkehren. Marty sah dieser Zeit sowohl mit Dankbarkeit als auch einem leisen Bedauern entgegen. Die Jahre vergingen unfaßbar schnell. Bald würde auch Belinda erwachsen sein und ihr Elternhaus verlassen. Wie einsam es dann um sie werden würde! Sie dachte an das geschäftige Treiben der vergangenen Woche zurück. Zugegeben, den Trubel und die vielen Stunden angestrengter Arbeit konnte Marty nicht mehr so glänzend wie einst verkraften, doch gegen ein stilles, langweiliges Leben wollte sie die Gegenwart keinesfalls eintauschen.

Der Morgen des ersten Schultags brachte nicht weniger Unruhe, Tumult und Lärm mit sich als die Woche, in der Melissas Zimmer neu ausgestattet worden war. Die beiden Mädchen brauchten unendlich lang zum Ankleiden. Melissa zog sich dreimal um, bis sie sich endlich für ein zartgelbes Kleid mit blauem Blumenmuster entschied. Belinda wählte ein rosafarbenes Kleid. Beide probierten mehrere Frisuren aus, bis sie schließlich auf ihre schlichte Alltagsfrisur zurückkamen. Aufgeregt rannten sie zwischen ihren Zimmern hin und her, so daß Marty es kaum erwarten konnte, bis sie sich auf den Weg machten.

Amy kam in ihrem neuen grünen Kleid, um die beiden zur Schule abzuholen, und endlich fiel die Tür hinter ihnen ins Schloß. Jede von ihnen wirkte frisch und seltsam gelassen, während Marty der Kopf noch von dem Trubel schwirrte. Draußen gesellten sich auch Amys Brüder zu den Mädchen, und zu fünft zogen sie dann los. Marty konnte sie durch das Küchenfenster schwatzen hören. Am ersten Schultag herrschte immer eine große Aufregung. Wenn sie wieder nach Hause kamen, konnten sie es kaum erwarten, ihren Eltern ausführlich von den Erlebnissen des ersten Schultags nach den langen Ferien zu berichten. Während des übrigen Schuljahres, das wußte Marty aus Erfahrung, wurde der Familie kaum noch eine Neuigkeit mitgeteilt.

Marty wandte sich vom Fenster ab, schenkte sich noch eine Tasse Kaffee ein und sank erschöpft auf einen Küchenstuhl. Da öffnete sich die Tür einen Spaltbreit, und Clark steckte den Kopf herein.

„Ist die Luft rein?“

Marty schmunzelte.

„Sie sind alle weg, wenn du das meinst.“

„Meine Güte, die veranstalten vielleicht einen Volksaufstand! Kaum auszuhalten war's! Ich glaub', ich werde langsam alt.“ Damit betrat Clark die Küche und warf seinen abgetragenen Arbeitshut in eine Ecke. „Hast du noch Kaffee übrig?“

Martys Blick fiel auf den Hut in der Ecke. Ihr Mann beantwortete die unausgesprochene Frage in ihrem Blick: „Reine Verschwendung, ihn großartig an den Haken zu hängen. Ich muß gleich wieder aufs Feld.“

Marty wollte aufstehen, um die Kaffeekanne zu holen, doch Clark bedeutete ihr mit erhobener Hand, sich nicht zu bemühen. Er trug seine Tasse an den Herd, auf dem der Kaffeekessel noch dampfte, und schenkte sich eine Tasse der heißen, dunklen Flüssigkeit ein. Dann setzte er sich zu Marty an den Tisch.

„Na, war es sehr schlimm?“ erkundigte er sich besorgt.

„Hm, ziemlich. Es war ein Kunststück, die Ruhe zu bewahren.“

„Am ersten Schultag hat schon immer ein großer Trubel im Haus geherrscht, wenn ich mich recht erinnere, aber meinst du nicht auch, daß es diesmal besonders schlimm war?“

„Ja, das mag schon sein ... Vielleicht haben wir nur vergessen, wie's war; ich weiß auch nicht genau.“ Marty nippte an ihrer Tasse. „Vielleicht hängt es auch damit zusammen, daß Melissa dieses Jahr mit zur Schule geht. Die beiden anderen Mädchen reißen sich ja beinahe darum, sie ihren Schulfreundinnen vorzustellen. Außerdem bekommen sie eine neue Lehrerin. Das ist immer eine aufregende Sache, finde ich.“

„Machte aber einen netten Eindruck, die Dame“, gab Clark zurück.

„Um so besser“, sagte Marty. „Damit ist der Kampf schon halb gewonnen.“

Marty leerte ihre Tasse, blieb jedoch sitzen, um ihrem Mann noch eine Weile Gesellschaft zu leisten.

„Kommst du jetzt wenigstens ein bißchen zur Ruhe?“ fragte er.

Ihr Blick wanderte zu dem Berg schmutzigen Geschirrs auf dem Tisch und von da durch die ganze Küche, die noch die Spuren der Frühstücksvorbereitungen und der Pausenbrote zeigte. Eine Antwort war überflüssig. Clark konnte sich mit eigenen Augen von ihrer nächsten Aufgabe überzeugen.

„Zumindest wirst du's ruhiger dabei haben“, meinte er.

„In ein paar Tagen werden die Mädchen sich beruhigt haben“, versicherte ihm Marty. „So ist es jedes Jahr. Bald läuft wieder alles in festen Geleisen, so daß wir uns geradezu langweilen, sollst mal sehen!“

Clark nickte.

„An deiner Stelle“, fuhr Marty fort, „würde ich mich aber in den entferntesten Winkel zurückziehen, wenn die Schule aus ist. Sie kommen nämlich noch aufgedrehter wieder, als sie losgezogen sind. Sie meinen, sie müßten alles haarklein erzählen, was sie am ersten Tag erlebt haben: wer was getan hat, wer dies und das gesagt hat und wer was bekommen hat."

Mit einem Augenzwinkern berichtigte sie sich dann: „Wenn ich's mir recht überlege, sollte ich dich vielleicht doch hier im Haus behalten, damit du mir beim Zuhören helfen kannst."

Clark lachte.

„Vielen Dank für die Einladung", sagte er und stellte die leere Tasse auf den Tisch zurück, „aber ich glaube, ich habe heute auf dem Mühlacker zu arbeiten."

Marty erhob sich widerstrebend von ihrem bequemen Stuhl und begann, das Geschirr abzuräumen.

„Und du?" erkundigte sich Clark. „Wie wirst du dich vor dem Überfall retten?"

„Hast du nicht zufällig ein paar Steine auf dem Mühlakker, die längst schon hätten gesammelt werden müssen?" fragte sie zurück.

Wieder lachte Clark und hob seinen Hut vom Boden auf.

„Irgendwie werden wir's schon schaffen", sagte er zuversichtlich. „So ist's doch bisher immer gewesen."

Marty wußte, daß er recht hatte. Sie machte sich an die Arbeit. Nach dem Geschirr wartete ein Berg schmutziger Wäsche auf sie.

„Ich glaube, heute erledige ich was, wobei ein kleiner Steppke mir helfen kann", sagte Clark schmunzelnd. „Ich habe nämlich das Gefühl, daß der Tag sonst überhaupt kein Ende nimmt für den kleinen Julian."

Nun war es an Marty zu lächeln. Zugegeben, der Tag würde Julian mächtig lang werden, aber damit hatte Clark einen willkommenen Vorwand, ein paar Stunden mit seinem Enkelsohn zu verbringen.

Je weiter die Zeiger der Wanduhr vorrückten, desto ungeduldiger wurde Marty. Bald war es an der Zeit, daß die Kinder von der Schule nach Hause kamen. Immer wieder trat sie ans Fenster, um Ausschau zu halten. Endlich kündete das Gebell des Hofhunds die Ankunft der Rasselbande an.

Marty stellte mehrere Gläser auf den Tisch und füllte sie mit Milch. Sie wußte nicht, wie viele bei ihr haltmachen würden; auch Kates Kinder würden es gewiß eilig haben, die Neuigkeiten des ersten Schultags bei ihrer Großmutter loszuwerden.

Marty hörte, wie der kleine Jacob draußen seine Brüder und die Mädchen aufgeregt begrüßte. Amy kam als erste in die Küche gestürzt, gefolgt von Belinda und Melissa. Die Jungen hatten sich derweil auf den Heimweg zu ihrem Elternhaus gemacht.

„Großmama!" rief Amy. „Dreimal darfst du raten, was heute in der Schule passiert ist!"

„Wie wär's, wenn du's mir einfach sagst?" gab Marty zurück und schob frische Zuckerplätzchen von dem Backblech auf einen Teller. „Im Raten war ich nämlich noch nie besonders gut."

„Wir haben eine neue Lehrerin!"

Marty hob den Kopf.

„Aber das wußten wir doch schon längst", sagte sie verwundert. „Weißt du's denn nicht mehr? Wir haben uns groß und breit darüber unterhalten. Dein Großvater hat ihr doch beim Einzug geholfen."

Die neue Lehrerin war vor kurzem Witwe geworden. Sie hatte die Stelle an der Schule dankbar angenommen. Sobald sie sicher sein konnte, daß sie angestellt war, hatte sie sich in dem Lehrerhaus eingerichtet, und Clark hatte gemeinsam mit ein paar anderen Männern ihre ganzen Möbel aus dem Nachbarort, aus dem sie stammte, hergeholt.

Die Mädchen tauschten vielsagende Blicke und kicherten hinter vorgehaltener Hand. Marty begriff beim besten Willen nicht, was sie so amüsierte.

„Ich weiß, ihr habt uns von der Lehrerin erzählt", erklärte Belinda ihr, „aber wir haben nicht gewußt, daß sie auch eine Familie hat."

„Sie hat eine Familie? Das wußte ich gar nicht. Ich dachte, sie wäre ganz allein …“

War sie auch“, beeilte sich Belinda klarzustellen. „Ihre Familie war wohl bei den Großeltern oder einer Tante.“

„Wie schön, daß sie nicht allein ist“, meinte Marty und füllte die Milchgläser auf.

Wieder warfen sich die Mädchen vielsagende Blicke zu.

„Was hat sie denn für eine Familie?“ erkundigte sich Marty ahnungslos.

Nun kicherten alle drei Mädchen.

Amy hatte sich als erste wieder gefaßt.

„Einen Jungen“, keuchte sie.

„Einen Jungen?“ Marty sah von einem kichernden Mädchen zum anderen. Selbst Melissa benahm sich wie eine alberne Erstkläßlerin. Von ihr hatte Marty ein wenig mehr Reife erwartet.

„Na, hat dieser Junge vielleicht drei Ohren und nur ein Auge, oder was ist mit ihm los?“ fragte sie weiter.

„Nein, ’türlich nicht“, sagte Amy. „Es ist bloß … er ist so, also, er ist wirklich toll!“

„Nun sei aber nicht kindisch, Amy!“ schalt Belinda. „Jungen sind nicht ‚toll‘!“

„Also, dann ist er eben …“ versuchte Amy es noch einmal, aber Melissa führte den Satz zu Ende: „sagenhaft.“ Sie seufzte tief und verdrehte die Augen.

Wieder fingen die drei Mädchen an zu kichern. Allmählich begriff Marty, um was es hier ging. Ihr Seufzen war noch tiefer als Melissas. Wie sollte sie nur mit drei jungen Mädchen zurechtkommen, die sich allesamt in denselben Jungen verliebt hatten?

„Er wird dir gefallen, Mama“, erklärte Belinda. „Er ist so höflich und so groß und so … so …“

„Einfach sagenhaft“, wiederholte Melissa.

Erneutes Stöhnen, Seufzen und Kichern.

„Mir scheint, dieser junge Bursche hat einen gewaltigen Eindruck auf euch gemacht“, meinte Marty. „Bleibt nur zu hoffen, daß seine Mama ihm in nichts nachsteht.

Ihr habt noch kein Wort darüber verlauten lassen, wie euch eure neue Lehrerin gefällt."

Allgemeines Schweigen.

„Sie ist nett", sagte Belinda endlich, „und Jackson behandelt sie so ... so ..."

„So charmant", sagte Melissa.

„Ja, charmant."

Außer der Tatsache, daß sie nett war, sollte Marty wohl nichts über die neue Lehrerin in Erfahrung bringen.

Amy nahm sich noch ein Plätzchen.

„Er ist überhaupt nicht gemein zu seinen kleinen Brüdern", sagte sie. Jemand, der seine jüngeren Brüder freundlich behandelte, war in Amys Augen fast ein Held.

„Ach, Brüder hat er auch?"

„Ja, zwei. Und er streitet sich nicht mit ihnen. Sie kommen zu ihm, wenn sie ihre Aufgaben nicht allein lösen können."

„Wie alt sind sie denn?" erkundigte sich Marty.

„Der eine ist im ersten Schuljahr und der andere im vierten, und sie mögen Jackson wirklich gern; das sieht man schon daran, wie sie ..."

Marty wurde es allmählich leid, in jedem zweiten Satz etwas über diesen Jackson hören zu müssen.

„Und habt ihr ansonsten überhaupt nichts in der Schule erlebt? Könnt ihr an nichts anderes als an diesen Jackson denken?

Melissa stand auf und ging auf Marty zu.

„Ach Großmama", sagte sie, „er sieht wirklich gut aus. Groß, breite Schultern, blonde Haare und einen winzigen Punkt auf dem Kinn, eine Art Grübchen. Und ein guter Schüler ist er auch. Er hat nur noch ein Schuljahr vor sich, weil seine Mutter ihm dann selbst nichts mehr beibringen kann. Dann will er woanders zur Schule gehen und einen Beruf erlernen – Bankier vielleicht oder etwas Ähnliches, wenn sie sich das leisten können. Sein Vater ist nämlich gestorben, an Schwindsucht, weißt du, und da haben sie nicht viel Geld, so daß er sich vielleicht auch irgendeine

Arbeit suchen muß. Er ist erst sechzehn, aber er ist so stark, daß er bestimmt eine Arbeit finden würde, und dann ..."

„Momentchen mal!" Marty hob beschwörend die Hand. Melissa verstummte mitten im Satz.

Einen Augenblick herrschte Schweigen, während Marty die drei Mädchen der Reihe nach ansah.

„Er ist bestimmt ein netter junger Mann", sagte sie dann, „aber es muß doch noch mehr geben, was ihr mir erzählen könnt, oder nicht?"

Die drei Mädchen machten ratlose Gesichter. Endlich kam Belinda eine Idee.

„Ich habe die Lehrerin mit ihrer Familie zum Abendessen eingeladen", verkündete sie.

„Was sagst du da?" Marty fuhr auf dem Absatz herum. „Zum Abendessen?"

„Natürlich nicht für heute", fügte Belinda hastig hinzu. „Einfach nur für irgendwann."

Marty schwieg. Ihre Tochter hatte ihr einen gewaltigen Schrecken eingejagt.

„Du lädst doch immer unsere Lehrerinnen ein – irgendwann einmal", sagte Belinda vorwurfsvoll. „Da dachte ich eben, am besten sag' ich ihr gleich heute schon Bescheid."

„Aha", nickte Marty und schob einen frischen Holzscheit in den Ofen. „Ich hoffe bloß, ihr habt eure neue Lehrerin und ihre beiden Söhne genauso freundlich und höflich aufgenommen wie diesen Jackson", bemerkte sie stirnrunzelnd.

Drei Köpfe senkten sich.

„Und ich hoffe, ihr habt euch wie richtige junge Damen benommen und euren Eltern keine Schande bereitet", fuhr Marty fort und sah jeder der drei in die Augen.

Die Mädchen tauschten einen verstohlenen Blick aus.

„Und hoffentlich seid ihr euch darüber im klaren, daß die Schule zum Lernen da ist und nicht für Unfug und Kindereien."

Die Mädchen erwiderten Martys Blick betreten. Sie beschloß, es bei diesen Ermahnungen bewenden zu lassen.

„Und wie hat's dir in deiner neuen Schule gefallen, Melissa?" wechselte sie das Thema.

„Gut", erwiderte Melissa höflich.

„Waren die anderen nett zu dir?"

„Ja, das waren sie!" nickte Melissa lebhaft.

„Na, bestens! Und sind deine Schulkameraden in Ordnung?"

Wieder brach ein Kichern aus. Marty bereute ihre letzte Frage.

„Ihr mögt also allesamt diesen Jackson furchtbar gern, stimmt's?"

Keine der drei gab eine Antwort, wenn ihre Augen es auch eingestanden, daß Marty recht hatte.

„Und er mag uns auch", brachte Amy schüchtern vor.

„Euch alle drei?"

Die Mädchen nickten.

„Also schön", sagte Marty und rieb sich die Holzspäne von den Händen, „dann haben wir ja nichts zu befürchten. Hab' noch nie von einem jungen Burschen gehört, der gleich drei Mädchen auf einmal den Hof machte. Solange dieser berühmte Jackson sich nicht eine von euch aussucht, brauchen wir uns keine Sorgen zu machen."

Die Mädchen sahen einander mit großen Augen an. Hatte Marty zu sich selbst gesprochen, oder hatte sie sie direkt gemeint? Sie wußten es nicht genau, aber Marty hatte ihnen mit ihren Worten zu denken gegeben. Ob Jackson sich mit allen drei Mädchen anfreunden würde? Oder würde er sich eine von ihnen zur besonderen Freundin aussuchen? Und für welche würde er sich in diesem Fall entscheiden? Und wie würden die übrigen zwei sich dazu stellen? Mit ernsten Mienen wandten sich die drei wieder ihren Milchgläsern zu.

„So, jetzt wird's aber höchste Zeit, daß ihr euch umzieht, damit ihr eure Hausarbeit erledigen könnt", ermahnte sie Marty.

Herbst

Ein geschäftiger Tag folgte nun auf den anderen. Für Marty brachte der Herbst viel Arbeit mit sich. Das Gartenobst und das Gemüse mußte geerntet und eingekocht werden, und die Beete wollten winterfest gemacht werden. Auch Belinda und Melissa blieb wenig Muße. Tag für Tag machten sie sich gemeinsam auf den Schulweg. Die Lehrerin forderte ihnen ihre gesamte Aufmerksamkeit ab. Wieder daheim angekommen, zogen sie sich gleich für die Küchenarbeit um, die sie erwartete. Amy, Dan und David begleiteten sie stets auf dem Schulweg.

Clark steckte nun mitten in der Ernte. Luke und er bewirtschafteten die Äcker gemeinsam, und wenn sie daheim mit der Arbeit fertig waren, halfen sie oft einem Nachbarn beim Einbringen der Ernte. Als die Erntezeit endlich vorüber war, blies bereits ein scharfer Wind über das Land. Der Winter lag in der Luft.

In einem Punkt sollte Marty sich getäuscht haben. Sie hatte erwartet, daß die drei Mädchen allmählich wieder Vernunft annehmen würden. Statt dessen kamen sie noch immer vollkommen aufgeregt nach Hause. Ihre Gespräche drehten sich stets nur um Jackson. Bald hatte Marty es gründlich satt, sich ständig anhören zu müssen, was Jackson heute wieder gesagt oder getan hatte.

Marty hatte noch immer keine Gelegenheit gehabt, Jackson und seine Mutter kennenzulernen. Sie hatte gehofft, die ganze Familie würde sonntags die Gottesdienste in der kleinen Kirche am Ort besuchen, doch die Browns zog es statt dessen zu der Gemeinde in ihrem Heimatort. Sonntag für Sonntag spannten sie die Pferde an und legten fünfzehn Meilen zurück, um ihre langjährigen Freunde begrüßen zu können.

Marty tat ihr Bestes, um sich nicht von den drei kichernden, albernen Mädchen aus der Fassung bringen zu lassen, wenn sie sich nach der Schule über nichts anderes als Jackson unterhielten. Wenn Marty ihnen zugehört hätte, würde sie manches Bewundernswerte über ihn erfahren haben, teils Wahres, teils Erdichtetes. Marty hörte jedoch längst nicht mehr zu, wenn von Jackson die Rede war. Sie hatte die Schwärmereien gründlich satt. Sie konnte das hingerissene Augenverdrehen kaum noch ertragen. Wenn es doch nur diesen Jackson nicht gäbe! Ihre drei Mädchen waren um seinetwillen nicht mehr wiederzuerkennen.

Sie hatte sogar schon erwogen, den Mädchen zu verbieten, in ihrer Küche von Jackson zu sprechen, doch das würde der ganzen Angelegenheit nur noch größere Bedeutung beimessen und die Lage verschlimmern. Immerhin handelte es sich hier ja nur um eine Entwicklungsphase. Wenn es nicht Jackson wäre, den die Mädchen um die Wette anhimmelten, dann würde es eben einen anderen jungen Mann treffen.

Noch immer hatte Marty die Lehrerin und ihre Söhne nicht zum Essen eingeladen. Wenn der Herbst auch immer ein schier unerträgliches Maß an Arbeit mit sich gebracht hatte, so hatte sie bisher doch in jedem Jahr die Zeit für Gäste gefunden. Die Browns dagegen hatten noch keine Einladung erhalten. Selbst Clark war das aufgefallen.

„Lädst du dieses Jahr die Lehrerin nicht ein?“ fragte er eines Abends, als die beiden sich für die Nacht in ihr Schlafzimmer zurückgezogen hatten.

Martys Kopf fuhr in die Höhe. Mit seiner Frage hatte er sie in die Enge gedrängt.

„Natürlich lade ich sie ein!“ gab sie ein wenig gereizt zurück. „Hab' halt immer so viel zu tun gehabt.“

Clark spürte, daß er sie an einem empfindlichen Punkt getroffen hatte. Er wußte nicht recht, was er sagen sollte. Deshalb zog er es vor zu schweigen.

Marty bereute ihre gereizte Antwort schnell. Clark hatte es immerhin nicht böse gemeint, und wie sollte er auch ahnen, daß ihr davor graute, diesen Jackson zum Essen einzuladen, um anschließend endloses Schwärmen, Schwelgen und Augenverdrehen ertragen zu müssen? Eingestehen mochte sie ihm gegenüber ihre Befürchtungen allerdings nicht. Es klang einfach zu albern.

Seufzend schlüpfte sie in ihr Nachthemd. Die Mädchen hatten ihr ohnehin schon arg zugesetzt, die Browns endlich einzuladen. Viel länger würde sie es nicht hinausschieben können. Jeden zweiten Tag, so schien es, berichteten sie ihr, welche von den Nachbarn die Browns zum Essen eingeladen hatten. Marty konnte es sich nicht leisten, noch länger mit ihrer Einladung zu warten, ohne kaltherzig und abweisend zu erscheinen. Vielleicht hatten die Nachbarn keine Töchter, die unablässig von einem hochgewachsenen, gutaussehenden, höflichen jungen Burschen schwärmten. Wieder stieß Marty einen tiefen Seufzer aus.

„Hast du was auf dem Herzen?“ fragte Clark.

„Ach, es ist dieser Jackson.“

„Den Sohn von der Lehrerin, meinst du?“

„Du hast also auch schon von ihm gehört?“

„Wie kann man in diesem Haus wohnen, ohne von ihm zu hören?“ gab Clark mit einem wissenden Schmunzeln zurück.

Marty fühlte sich schon ein wenig besser. Sie konnte sogar über Clarks Bemerkung lachen.

„Stimmt! Es ist kaum noch auszuhalten, meinst du nicht auch? Manchmal geht mir das ewige Gerede über diesen Jackson so auf die Nerven, daß ich schreien könnte! ‚Jackson hat dies gesagt, Jackson hat jenes gesagt‘, heißt es ständig, und wenn er nichts weiter als ‚sieht nach Regen aus‘ gesagt hat, dann ist es schrecklich lustig oder unglaublich gescheit, nur weil Jackson es gesagt hat.“

Clark lachte.

„Weißt du, es sind eben junge Mädchen“, sagte er. „Unsere anderen haben sich auch irgendwie durch dieses Alter gekämpft.“

„Wirklich?“ fragte Marty nun ernster. „Ich versuche schon die ganze Zeit, mich zu erinnern, wie's früher war. Ich wüßte nicht, daß Nandry oder Cathy oder Missie oder Ellie sich je so albern aufgeführt hätten. Oder doch?“

Clark dachte nach, während er sein künstliches Bein ablegte. Dabei bemühte er sich, die Erleichterung, die ihm das verschaffte, zu verbergen.

„Nein, wenn ich's mir recht überlege, waren die anderen eigentlich nie so vernarrt“, sagte er schließlich und rieb sich den wehen Beinstumpf.

„Sie haben zwar auch von den jungen Burschen in der Schule erzählt, aber so kindisch wie diese drei hier waren sie wahrhaftig nicht. Verstehen tu' ich's nicht, und gefallen tut's mir erst recht nicht“, schloß Marty.

„Vielleicht liegt's ja daran, daß die drei fast im selben Alter sind. Da will die eine die andere übertrumpfen.“

Ja, vielleicht war es das tatsächlich. Vielleicht wären sie viel vernünftiger, wenn sie einander nicht ständig mit ihren Geschichten und Lobeshymnen über Jackson neu anspornten. Marty schlug die Decke zurück und schüttelte die Kissen auf.

„Wie ich die Sache sehe“, fuhr Clark fort, „bleibt uns nichts anderes übrig, als die Ohren steif zu halten und zu beten, daß unser Kleeblatt bald wieder Vernunft annimmt. Und um ein besonderes Maß an Geduld, daß wir uns bis dahin nicht von dem ewigen Gerede über diesen berühmten Jackson um den Verstand bringen lassen.“ Er grinste verhalten. „Irgendwann geht alles vorüber, weißt du. Nur Mut!“

„Da hast du recht“, stimmte Marty mit einem erneuten Seufzer zu. „Und ich werde die Lehrerin jetzt auch endlich zum Essen einladen, es gehe, wie es wolle!“

Die beiden Eheleute knieten gemeinsam zum Abendgebet nieder. Sie beteten für ein jedes Familienmitglied, baten um Hilfe bei besonderen Nöten in der Nachbarschaft und schließlich um Weisheit und Verständnis im Umgang mit ihren Mitmenschen.

Amy feierte ihren Geburtstag. Familie Davis samt Melissa wurden zu dem großen Festessen eingeladen. Für Amy war ihr Geburtstag immer ein höchst bedeutsames Ereignis. Ein paar Monate lang war sie nun „genauso alt" wie Belinda, was ihr ungeheuer wichtig war.

Auch Amys Brüder hatten sich schon auf diesen Tag gefreut. Ein Geburtstag war fast so schön wie Weihnachten, und außer dem Festessen und dem Geburtstagskuchen gab es Geschenke, die sie für ihr Leben gern auszupacken halfen. Clark und Marty hatten dem Geburtstagskind einen Gutschein geschenkt, auf dem zu lesen stand, daß sie sich auf Kosten ihrer Großeltern eine neue Zimmerausstattung aussuchen durfte. Amy machte einen Luftsprung vor Freude, daß ihre nußbraunen Zöpfe nur so tanzten. Marty war überzeugt, daß sie ihrer Enkelin kein schöneres Geschenk hätten machen können.

Auch das Geschenk ihrer Eltern ließ Amys Herz höher schlagen. Aus der Verpackung kam eine Schachtel mit Malzubehör und ein Anleitungsbuch dazu zum Vorschein. Amy konnte ihr Glück kaum fassen. Nun brannte sie darauf, sich gleich an dem ersten Bild zu versuchen. Marty fragte sich insgeheim, wie oft die ganze Familie zu den unpassendsten Momenten gebeten werden würde, für ein Porträt Modell zu sitzen.

Trotz der überschäumenden Vorfreude ihrer Enkelin graute es Marty ein wenig vor der versprochenen Fahrt in die Stadt, wo Amy sich ihre neue Zimmerausstattung aussuchen sollte; dennoch nahm sie die erste Gelegenheit dazu wahr. Amy bestand darauf, daß Belinda und Melissa ebenfalls mitkamen. Marty seufzte. Es würde ein langer und anstrengender Tag werden – falls Amy sich nicht für die Stoffe entschied, die sie schon vor Monaten ausgesucht hatte. Sonst würden die Einkäufe innerhalb kurzer Zeit erledigt sein.

Doch es sollte anders kommen. Amy hatte sich auf einen Stoff mit einem „lebhaften Farbenspiel“ versteift. Marty fragte sich im stillen, ob es überhaupt einen „lebhafteren“ Stoff als den mit violetten Blumen bedruckten geben konnte, doch schweigend ertrug sie das langwierige Suchen und Vergleichen. Amy brauchte lange, um sich zwischen einem leuchtendgelben Stoff mit roten Blumen und grünen Ranken und einem rauchblauen mit violetten und grünen Farbtupfern zu entscheiden. Marty hätte es nie für möglich gehalten, daß solche Stoffe überhaupt hergestellt wurden.

Endlich entschloß sich Amy für den rauchblauen Stoff und begann dann die Suche nach einer passenden Tapete. Marty befürchtete, daß das ganze Zimmer zu dunkel wirken würde; langweilig würde es allerdings kaum sein.

Tatsächlich fand sich eine Tapete mit gleicher Farbgebung. Auf einen blauen Hintergrund war ein Blumenmuster in Violett und Grün gedruckt.

Amy war mit ihrer Wahl äußerst zufrieden. Ihr Vater tapezierte die Wände, während ihre Mutter die Vorhänge säumte und Marty die Bettdecke steppte. Amy hielt in ihrem „neuen“ Zimmer Einzug und rief ein ums andere Mal, wie „lebhaft“ alles wirkte. Selbst Marty mußte überrascht zugeben, daß der Raum tatsächlich recht wohnlich und einladend aussah. Sie war froh, sich jetzt wieder ihren anderen Pflichten widmen zu können. Der Winter stand vor der Tür, und noch immer hatte sie die Lehrerin nicht eingeladen.

Ein Unglück

Außer Jackson hatte Belinda kaum andere Interessen, doch die Krankenbesuche mit Larry waren ihr außerordentlich wichtig. Noch immer nahm er sie zu seinen Patienten mit, wenn er es für angebracht hielt. Seitdem die Schule wieder begonnen hatte, waren diese Besuche seltener geworden, und Belinda hätte sich gewiß sehr darüber gegrämt, wenn sie nicht so sehr mit Melissa, ihren Schulaufgaben und natürlich Jackson beschäftigt gewesen wäre. Dennoch begrüßte sie ihren Bruder stets freudig, sobald er sein Gespann vor dem Haus zum Stehen gebracht hatte.

Amy konnte noch immer kein rechtes Verständnis für Belindas medizinisches Interesse aufbringen. Es wollte ihr einfach nicht in den Sinn, wie jemand sich freiwillig dem Anblick von Blut und Wunden aussetzen konnte. Melissa dagegen bewunderte Belinda sehr, wenn sie auch keine Lust hatte, sie zu diesen Hausbesuchen zu begleiten. Statt dessen übernahm sie bereitwillig einen großen Teil von Belindas Küchenarbeit, wenn diese mit ihrem Bruder zu einem Patienten unterwegs war. Melissa erkundigte sich stets nach dem Ergehen des Kranken, sobald Belinda zurückkehrte, doch manchmal wurde sie bei Belindas Berichten ein wenig bleich.

Ein heftiger, eisiger Wind wehte, als Larrys Gespann eines Samstagmorgens in den Hof gefahren kam. Belinda stürzte ihm entgegen, um ihn zu begrüßen.

„Zieh dir schleunigst etwas Wärmeres an!“ schalt er sie. „Du läufst ja daher, als wären wir im Hochsommer! Demnächst werde ich noch an dein Krankenbett gerufen, weil du dich kräftig erkältet hast.“

Belinda tat seine Ermahnung mit einem Achselzucken ab.

„Wohin fahren wir denn heute?“ wollte sie wissen.

„Zu den Simpsons. Ich dachte, es ist an der Zeit, daß du einen Knochenbruch siehst. Beeil dich aber! So ein Knochenbruch ist eine schmerzhafte Angelegenheit. Wir wollen den armen Jungen nicht unnötig warten lassen.“

Belinda lief ins Haus zurück, um ihren warmen Mantel zu holen und sich von ihrer Mutter zu verabschieden.

„Wir richten einen Knochenbruch!“ rief sie ihr im Hinausgehen über die Schulter zu. „Es wird bestimmt nicht lange dauern.“

Larry hatte das Gespann schon gewendet, und wenig später trabten die Pferde auch schon zum Hof hinaus. Unterwegs erklärte Larry seiner Schwester die Struktur des menschlichen Knochens und lehrte sie die Fachausdrücke für alle größeren Knochen des Skeletts. Er wiederholte die Namen, bis sie sie auswendig sagen konnte. Dann beschrieb er ihr die unterschiedlichen Arten von Knochenbrüchen und deren jeweilige Behandlung. Belinda hörte aufmerksam zu.

„Um was für einen Bruch handelt es sich bei Simpsons?“ fragte sie. Sie konnte es kaum erwarten, den Bruch mit eigenen Augen zu sehen zu bekommen.

„Das weiß ich nicht. Man hat mir nur ausrichten lassen, ein Junge der Familie Simpson hätte sich beim Holzfällen einen Knochen gebrochen.“

„Und welchen Knochen hat's erwischt?“

„Auch das weiß ich nicht. Ich vermute, es ist das Bein. Verletzungen beim Holzfällen treffen meistens das Bein“, antwortete Larry und trieb die Pferde zur Eile an.

Zum ersten Mal seit Wochen war Jackson völlig aus Belindas Gedanken verschwunden.

„Nimmst du ihn mit in die Stadt?“ fragte sie.

„Nicht nötig. Wenn der Knochen erst gerichtet ist, ist der Junge zu Hause am besten aufgehoben. Ich werde dann öfters bei ihm nach dem Rechten schauen.“

„Ich glaube, ich kenne die Simpsons gar nicht", sagte Belinda.

„Sie sind neu hier. Sie wohnen auf der ehemaligen Coffins-Farm."

„Ach, wirklich? Schicken sie ihre Kinder zu uns in die Schule?"

„Über die Familie weiß ich rein gar nichts."

„Schön, wenn die Kinder in unsere Schule gingen – falls sie überhaupt Kinder haben, heißt das", sagte Belinda.

Larry lenkte das Gespann über die zerfurchte, von Gras überwucherte Einfahrt auf die schlichte Holzhütte zu. Belinda kletterte gerade über das Wagenrad, als sie einen entsetzlichen Schrei hörte. Auch Larry erstarrte vor Schreck. Ohne sich umzublicken, griff er nach seiner schwarzen Arzttasche und eilte ins Haus.

„Binde die Pferde an!" wies er Belinda über die Schulter hinweg an.

Das Mädchen zitterte am ganzen Leib. Larry hatte zwar gesagt, daß Knochenbrüche schmerzhaft sein konnten, doch sie hätte es sich nicht träumen lassen, daß jemand vor Schmerzen so durchdringend schreien würde. Ein erneuter Schrei zerriß die Luft. Belinda löste sich aus ihrer Erstarrung und wand die Zügel der Pferde um den Pfahl. Larry würde ihre Hilfe brauchen. Sie hatte keine Zeit zu verlieren.

Als sie jedoch die Tür der Holzhütte erreicht hatte, war der Eingang von einer rundlichen Frau in einer schmutzigen Schürze versperrt. Belinda sah, daß ihre Augen rotgeweint und ihre Stirn schweißnaß waren.

„Der Doktor hat gesagt, du sollst draußen bleiben", sagte sie müde.

Belinda begriff nicht. Larry hatte sie eigens mitgenommen, damit sie etwas über Knochenbrüche lernte. Vielleicht brauchte er ihre Hilfe sogar dringend, und nun stellte sich diese Frau ihr in den Weg.

„Aber ..." stotterte Belinda und versuchte, über die Schultern der Frau in das Innere der Hütte zu spähen.

„Kein besonders schöner Anblick da drin“, sagte die Frau. Sie zitterte am ganzen Körper.

Wieder ertönte ein Schrei. Einen Augenblick wurde Belinda schwach, und auch sie fing an zu zittern. In ihrem ganzen Leben hatte sie noch nie solche Schmerzensschreie gehört. Aus der kleinen Wohnstube drangen gedämpfte Geräusche zu ihr. Was in aller Welt mochte dort vor sich gehen? Larry würde sie womöglich dringend brauchen.

Mit einer flinken Bewegung duckte sie sich und schnellte an der Frau vorbei in die Stube, aus der die Schreie kamen. Larry hatte schon seinen schweren Mantel und seine Jacke abgelegt. Mit aufgerollten Hemdsärmeln stand er über eine Gestalt auf dem Bett gebeugt. Neben ihm standen ein Mann und ein Junge, die sich gemeinsam bemühten, die sich windende Gestalt auf dem Bett ruhig zu halten. Dem Mann stand der kalte Schweiß auf der Stirn, und die Lippen des Jungen bebten.

„Ich hab’ doch gesagt, du sollst draußen bleiben!“ sagte Larry, ohne sich umzudrehen.

Belinda holte tief Luft, um das heftige Zittern zu unterbinden. Allmählich hatten ihre Augen sich an die Dunkelheit im Inneren der Stube gewöhnt. Nur durch ein kleines, verschmutztes Fenster fiel schwaches Tageslicht. Belinda sah auf Larrys kräftigen Rücken. Unter seinem dünnen Hemd arbeiteten die Muskeln, während er dem unruhigen Patienten eine Arznei verabreichte. Obwohl sie eine Welle der Übelkeit überkommen wollte, schluckte Belinda tapfer und machte einen Schritt nach vorn.

„Ich dachte, vielleicht brauchst du meine Hilfe“, sagte sie entschlossen.

„Wirst du’s denn schaffen?“

„Ich denk’ schon“, antwortete sie und schluckte wieder.

„Ich brauche Hilfe, dringend sogar, aber ich möchte nicht, daß …“

„Was soll ich tun?“ unterbrach Belinda ihn.

„Hol mir eine Lampe. Ich muß besseres Licht haben.“

Larry hatte den Blick nicht von dem verletzten jungen Mann auf dem Bett abgewandt.

Wieder schluckte Belinda und eilte aus der Stube. Larry brauchte eine Lampe. Sie durfte ihn nicht warten lassen. Er brauchte ihre Hilfe.

In der Küche fand sie die Frau. Den Kopf hatte sie müde an die Wand gelehnt. Ihr ganzer Leib wurde von Schluchzen geschüttelt. Gern hätte Belinda ihr ein tröstendes Wort gesagt, doch dazu hatte sie jetzt keine Zeit.

„Wir brauchen eine Lampe“, sagte sie mit fester Stimme, doch die Frau schien sie nicht einmal wahrgenommen zu haben.

Belinda sah sich um. Auf dem Regal neben dem Herd stand eine Lampe. Sie hob sie herunter und schüttelte sie, um den Brennstoffvorrat zu prüfen. Ja, es war noch genug Öl vorhanden. Hastig zündete sie den Docht mit einem Streichholz an und lief in die Stube zurück.

Der Verletzte auf dem Bett schrie nun nicht mehr. Er wälzte sich auch nicht mehr hin und her. Belinda seufzte erleichtert. Die Arznei, die Larry ihm eingeflößt hatte, schien schon gewirkt zu haben. Sie kam mit der Lampe näher und hielt sie vor Larry.

Erst jetzt sah sie den Patienten. Es war kein gebrochenes Bein, über das Larry sich beugte. Einen gebrochenen Arm konnte man es auch nicht nennen. Bis zur Unkenntlichkeit entstellt, war nur noch ein blutiges Etwas aus zerrissenem Fleisch und Knochensplittern zu sehen. Belindas Magen verkrampfte sich. Das Zimmer begann sich um sie zu drehen. Mit einer Hand suchte sie verzweifelt Halt an dem Bettpfosten, während sie mit der anderen die Lampe umklammert hielt. Unter Aufbietung aller Kraft kämpfte sie gegen einen Ohnmachtsanfall an. Endlich kehrten ihre Sinne wieder, doch Belinda war nahe daran, ihr Frühstück zu verlieren. In Wellen überkam sie die Übelkeit. Sie riß sich mit Macht zusammen. Larry hatte keine Zeit, sich auch noch um sie zu kümmern. Er würde ihre Hilfe brauchen. Der Fall war ernst.

Der junge Bursche lag nun reglos da. Die Arznei hatte ihm das Bewußtsein genommen. Larry beugte sich über die blutigen Reste seines Arms, um sie genauer zu untersuchen. Belinda hielt die Lampe so still, wie sie nur konnte. Dabei kehrte ihr Blick gegen ihren Willen immer wieder auf die Verletzung zurück.

Endlich richtete sich Larry auf und sah dem hochgewachsenen Mann, der seinen Sohn noch immer mit den Händen festhielt, direkt in die Augen.

„Es tut mir leid", sagte Larry sanft, „aber ich muß den Arm abnehmen, wenn Ihr Junge am Leben bleiben soll."

Der Mann schluchzte heftig auf. Mit der einen Hand bedeckte er sein Gesicht und weinte haltlos. Die andere Hand lag noch immer auf der Schulter seines verletzten Sohnes. Larry strich dem Jungen, der neben ihm stand, über den Arm.

„Du kannst jetzt gehen, mein Junge", sagte er leise.

Der Junge stürzte aus der Stube. Belinda bemerkte gerade noch, daß er nicht einmal eine Jacke trug. Draußen war es bitter kalt.

„Ich brauche viel kochendes Wasser und saubere Tücher", sagte Larry zu dem Mann. „Machen Sie sich keine Sorgen! Ihr Junge spürt keine Schmerzen."

Der Mann wischte sich mit dem zerrissenen, schmutzigen Ärmel über das Gesicht und machte sich dann daran, Larry das Gewünschte zu bringen. Belinda kam näher mit der Lampe. Larry sah sich in der ärmlichen Stube um. Die Bettwäsche war verschmutzt, doch er konnte den Jungen unmöglich in seine Praxis in der Stadt transportieren.

„Ich brauch' deine Hilfe, Belinda. Wirst du's schaffen?"

Belinda nickte. Ihre bleichen Züge waren fest entschlossen.

„Stell die Lampe auf den kleinen Tisch dort und schiebe ihn so dicht wie möglich an das Bett heran. Du mußt mir bei der Operation helfen."

Belinda stellte die Lampe ab, wie Larry es angeordnet hatte, und nahm dann ihren Platz neben ihm ein.

Der Rest des Vormittags verschwamm in Belindas Erinnerung. Mechanisch befolgte sie Larrys Anweisungen. Sie reichte ihm seine Instrumente an, stützte hier und rückte dort zurecht. Alles erschien ihr wie ein böser Alptraum. Als der Junge sich einmal regte, mußte Belinda ihm mehr Chloroform verabreichen. Mit zitternden Händen hielt sie das mit dem Narkosemittel getränkte Tuch über seine Nase und seinen Mund. Larry beobachtete den Patienten dauernd und sagte ihr, wann sie das Tuch entfernen sollte.

Die Operation zog sich über Stunden hin. Als der Armstumpf schließlich sauber verbunden war und Larry seine Instrumente wieder eingepackt hatte, war Belinda zum Umfallen erschöpft. Auch Larry war müde. Abgespannt lehnte er den Kopf gegen den Bettpfosten. Seine Hände zitterten. Belinda hatte ihn noch nie so erschöpft gesehen.

Er gönnte sich keine lange Rast. Wieder wandte er sich seinem Patienten zu, um dessen Puls zu fühlen.

„Behalte ihn gut im Auge und ruf mich, wenn du eine Veränderung siehst", ordnete er an. „Ich bringe dies hier raus." Damit wickelte er die Reste des Arms in Tücher, um sie darin zu beseitigen.

Belinda setzte sich auf die Bettkante. Zum ersten Mal betrachtete sie den Patienten genauer. Er war noch jung, höchstens siebzehn oder achtzehn Jahre alt, vermutete sie. Alle Farbe war aus seinem Gesicht gewichen. Belinda hatte noch nie jemanden so bleich gesehen. Wie lange die Narkose wohl noch anhalten würde? Sein Atem ging in flachen, aber regelmäßigen Zügen. Was würde er spüren, wenn er aufwachte? Mehrere Tage, vielleicht sogar wochenlang würde er noch arge Schmerzen an dem Arm spüren, den er nun nicht mehr besaß. Belinda dachte an den Schock, der ihm bevorstand, wenn er von der Operation erfuhr. Wie schrecklich, daß so etwas einem jungen Mann geschehen mußte! Ausgerechnet jetzt, in seiner Jugend, hatte er einen Arm verloren.

Belinda dachte an ihren Vater, der vor Jahren, bevor sie selbst überhaupt geboren war, ein Bein verloren hatte. Es war nicht einfach für ihn gewesen, das wußte sie. Ihre Mutter hatte ihr von den Schmerzen und dem Schock erzählt, die er damals durchmachen mußte. Aber Vater war zu jenem Zeitpunkt ein erwachsener Mann gewesen; er hatte die Reife dazu gehabt, sich mit seinem Verlust abzufinden. Und er hatte sich an Jesus, seinen Heiland, geklammert. Der Glaube an ihn hatte ihren Vater durch diese schwere Zeit getragen. Ob der junge Bursche hier auf dem Bett auch ein Gotteskind war? Belinda war zuversichtlich. Ohne den Blick von dem bleichen Gesicht abzuwenden, begann sie flüsternd zu beten.

„Lieber Gott“, flehte sie, „ich kenne diesen Jungen nicht. Ich weiß nicht, ob er dein Kind ist, aber er braucht dich, o Gott! Er braucht dich, damit er diesen gräßlichen Unfall hinnehmen kann. Er braucht dich, damit er wieder gesund wird.“

Ohne zu überlegen, streckte sie die Hand aus und strich ihm das wirre Haar aus der bleichen, schweißbedeckten Stirn. „Eine hübsche Haarfarbe hat er – pechschwarz und fast so glänzend wie eine Rabenfeder“, ging es ihr durch den Kopf. Das Gesicht war fein und ebenmäßig, die Nase gerade und wohlgeformt. Trotz der fahlen Gesichtsfarbe war der Junge ausgesprochen gutaussehend, dachte Belinda plötzlich. Beschämt zog sie ihre Hand zurück. Was erlaubte sie sich, das Gesicht eines fremden Jungen zu streicheln? Die Wangen wurden ihr vor Verlegenheit heiß.

Larry kehrte mit den Eltern des Verletzten zurück. Seine Augen sahen Belinda forschend an. Ihr Anblick schien ihn zu erleichtern.

„Du kannst gehen“, sagte er sanft zu ihr. „Ich bleibe jetzt bei ihm.“

Die Frau beugte sich schluchzend über ihn, während Belinda lautlos die Stube verließ. Sie wußte nicht recht, wohin sie gehen sollte. Draußen war es eigentlich zu kalt, um sich dort aufzuhalten. Dennoch war ihr nach frischer Luft zumute. Sie nahm ihren Mantel, zog ihn fest um sich und trat ins Freie.

In dem Schuppen hinter dem Haus war ein Stapel Brennholz. Belinda beschloß, einen Armvoll Holz in die Hütte zu tragen, um eine Kanne Kaffee zu kochen – falls sie das Kaffeepulver und einen Kessel auftreiben konnte. Gewiß würde ein wenig Ablenkung der ganzen Familie nur guttun. Vielleicht würden sie sich nach einer Tasse Kaffee schon besser fühlen.

Belinda ließ sich Zeit. Es tat gut, sich nach der Anstrengung die Füße ein wenig zu vertreten. Sie ging in dem Hof auf und ab.

„Ziemlich heruntergekommen sieht's hier aus", dachte sie dabei im stillen. Sie hatte völlig vergessen, daß das Anwesen mehrere Jahre lang unbewohnt gewesen war. Die neuen Besitzer hatten eine Menge Arbeit vor sich. Die Gebäude waren verwahrlost, die Weidezäune hingen schräg, und der Garten war trotz des ersten Winterschnees von Unkraut überwuchert.

Belinda fragte sich, wo sich der Unfall ereignet haben mochte. Larry hatte von einem Unfall beim Holzfällen gesprochen. Ob der Junge gerade damit beschäftigt gewesen war, noch vor Einbruch des Winters das Brennholz für seine Familie zu beschaffen? Dort, am Rande des hinteren Felds, stand eine Baumgruppe. Ob es dort passiert war?

Schließlich ging Belinda zu dem kleinen Schuppen zurück, wo das Brennholz gelagert war. Sie bückte sich, um einen Armvoll Holzscheite für den Küchenherd zu holen. Ihre Augen hatten sich noch nicht an die Dunkelheit gewöhnt, als plötzlich ein Geräusch sie aufschreckte. Sie fuhr zusammen. Es war der jüngere Bruder des Verletzten, der in der Ecke hockte. Belinda hatte sich schnell wieder gefaßt.

„Entschuldige", sagte sie. „Ich hab' dich gar nicht gesehen."

Der Junge schwieg. Er war, wie Belinda befürchtet hatte, ohne seine Jacke aus dem Haus gelaufen.

„Du frierst bestimmt arg“, sagte Belinda. Wenigstens hatte er Schutz vor dem scharfen Wind gesucht.

Noch immer schwieg der Junge. Er hielt seine Knie fest umklammert.

Belinda versuchte ein Lächeln.

„Deinem Bruder wird's bald besser gehen“, sagte sie.

Nun brach der Junge in ein haltloses Schluchzen aus. Belinda hätte ihn gern getröstet, wußte aber nicht recht, was sie tun sollte. Sie ließ ihn einfach weinen.

Nach ein paar Minuten wischte er sich schließlich die Tränen mit dem geflickten Hemdsärmel aus dem Gesicht.

„Dann wird er also nicht sterben?“ fragte er ungläubig.

„Aber nein!“ sagte Belinda. „Doktor Larry ist bei ihm. Alles wird wieder gut.“

Erneut brach der Junge in Tränen aus. Als er sich wieder gefaßt hatte, wischte er sich das Gesicht trocken und sah Belinda mit seinen großen, dunklen Augen an.

„Ich hab' ja solche Angst gehabt, daß er sterben muß“, sagte er mit unsicherer Stimme. „Ich dachte, daß man mit so einem Arm ... mit so einem Arm ...“ Er verstummte.

Eine Zeitlang schwiegen beide.

„Wird sein Arm bald wieder heilen?“ fragte der Junge dann leise.

Belinda wußte nicht, was sie sagen sollte. Stand es ihr zu, dem Jungen von der Operation zu erzählen? War das nicht eher Larrys Aufgabe oder die seiner Eltern?

„Wird er wieder heil?“ fragte der Junge noch einmal. Belinda entschied, daß sie ihm die Wahrheit einfach nicht vorenthalten durfte. Damit würde sie alles nur noch schlimmer machen. Sie trat näher an ihn heran, hockte sich neben ihn und sah ihm in die Augen.

„Nein, das wird er nicht“, sagte sie langsam, „aber dein Bruder wird wieder gesund.“

Er sah sie verwundert an.

„Wie meinst du das?“ fragte er.

„Der Doktor ... der Doktor mußte den Arm abnehmen, damit ... damit dein Bruder am Leben bleibt."

„Er hat den Arm doch nicht etwa abgeschnitten?" Aus seinen Augen schrie das Entsetzen.

Belinda nickte.

„Aber das würde er nie wollen! Lieber würde er sterben! Begreifst du denn nicht? Lieber würde er sterben!"

Der Junge sprang auf die Füße. Er sah Belinda herausfordernd an. Seine Stimme hatte sich zu einem zornigen Schreien gesteigert. Belinda befürchtete, daß er sie in seinem Ausbruch angreifen würde, doch dann sank er in sich zusammen und warf die Arme um sie, während seine schmale Gestalt von heftigem Schluchzen geschüttelt wurde.

Es gab nichts, womit Belinda ihn trösten konnte. So hielt sie den schluchzenden Jungen einfach in ihren Armen und weinte mit.

Viel später als erwartet, kehrten Larry und Belinda nach Hause zurück. Marty hatte schon ein ums andere Mal aus dem Fenster gesehen, um nach ihnen Ausschau zu halten. Sie atmete erleichtert auf, als sie endlich Larrys Gespann in der Einfahrt hörte.

Trotz der späten Stunde kam Larry mit Belinda ins Haus. Er mußte dringend ein Wort mit seinen Eltern reden.

Marty nahm sie an der Tür in Empfang. Beide machten einen abgespannten Eindruck. Etwas Unvorhergesehenes mußte geschehen sein.

„Es war nicht bloß ein einfacher Knochenbruch", teilte Larry ihr leise mit.

„Wie wär's mit einer Tasse Tee und einem Butterbrot?" bot Marty ihm an.

„Gern", sagte Larry und zog sich den schweren Mantel aus, um dann Belinda aus ihrem Mantel zu helfen.

„Brauchst du mich noch, Mama?" fragte Belinda müde.

„Nein ... nein, ich glaube kaum, Kind“, antwortete Marty und warf Larry einen Blick zu.

„Dann geh’ ich gleich zu Bett.“

„Möchtest du nicht auch erst ein Butterbrot?“

„Nein, danke. Ich bin nicht hungrig, Mama. Nur müde.“

Larry bedeutete ihr mit den Augen, Belinda gewähren zu lassen.

Marty zog ihre Jüngste an sich und gab ihr einen Kuß auf die Stirn. Belinda war dankbar für diese Geste der Geborgenheit in den Armen ihrer Mutter. Dazu war sie froh, daß Melissa heute bei Amy übernachtete. Ihr war einfach nicht danach zumute, alle möglichen Fragen über ihren Besuch beantworten zu müssen.

Larry setzte sich an den Tisch. Clark ließ sich neben ihm auf einen Stuhl fallen und schüttelte den Kopf, als Marty auch ihm eine Tasse Tee anbot. Marty machte sich am Herd zu schaffen. Wenig später schob sie ein Tellerchen mit einer Brotscheibe, mit selbstgemachter Butter bestrichen und mit Bratenresten belegt, vor ihren Sohn auf den Tisch. Dann füllte sie zwei Tassen mit heißem Tee und setzte sich neben ihn.

„Mir scheint, das war kein einfacher Fall“, sagte Clark.

Larry nickte.

„Kann mich nicht erinnern, je etwas so Schlimmes gesehen zu haben.“

„Kein Knochenbruch also?“

„Vollkommen zerfetzt war der Arm, kaum noch zu erkennen.“

„Hat Belinda ...“ begann Marty, doch Larry unterbrach sie.

„Ich habe ihr ausrichten lassen, draußen zu bleiben, aber sie ist trotzdem gekommen. Hat gemeint, vielleicht brauchte ich ihre Hilfe.“ Er trank einen Schluck Tee und schwieg ein paar Augenblicke. „Ich habe tatsächlich Hilfe gebraucht. Wüßte nicht, wie ich ohne sie zurechtgekommen wäre.“

„Sie hat es ... ansehen können?“

„Zuerst ist sie beinahe ohnmächtig geworden. Ich hab's gesehen, wie sie dagegen gekämpft hat, aber dann hat sie sich zusammengerissen und mir bei der ganzen Operation geholfen. Sie hat alles genau befolgt. Mächtig tapfer hat sie sich geschlagen. Ich war richtig stolz auf sie."

Marty schauderte. Sie schob ihre Tasse von sich. Nun war ihr nicht mehr nach Tee zumute. Vor ihrem inneren Auge sah sie wieder das bis zur Unkenntlichkeit verletzte Bein ihres Mannes.

„Sie ist nicht aus Zucker, eure kleine Tochter", sagte Larry anerkennend.

„War es denn nicht zuviel für sie?" fragte Clark.

„Ich hätte sie nie bei so etwas zuschauen lassen; nicht in ihrem Alter. Ich hätte sie fortgeschickt, wenn ich gekonnt hätte – wenn ich sie nicht so dringend gebraucht hätte, um dem Jungen das Leben zu retten. Niemand anders hätte mir dabei helfen können. Belinda kennt meine Instrumente, so daß sie sie anreichen konnte. Es war ein hartes Stück Arbeit. Ich hoffe und bete, daß es nicht zu schlimm für ein Mädchen in ihrem Alter war. Aber ich denke, sie wird's überstehen. Wir haben eine tüchtige Krankenschwester an ihr, würde ich sagen."

Marty hatte den Worten ihres Sohnes sowohl mit Stolz als auch mit Bedenken zugehört. Während der nächsten Tage würde sie Belinda im Auge behalten. Vielleicht würde es ihr gelingen, sie dazu zu bringen, über ihr Erlebnis zu sprechen.

„Und der Patient?" fragte Clark. „Wie geht's ihm?"

„Er ist erst siebzehn", sagte Larry mit tiefem Mitgefühl. „Er wird sich erholen – jedenfalls körperlich. Er ist nicht mehr in Lebensgefahr, falls sich keine Komplikationen einstellen. Ob er die Sache aber innerlich überwindet, das wird sich erst mit der Zeit herausstellen. Es wird hart werden, aber das brauche ich dir nicht zu sagen."

Clark nickte ernst.

„Ich habe eine Bitte an dich, Pa. Würde es dir wohl was ausmachen, ihn gelegentlich zu besuchen? Würdest du mal bei ihm hereinschauen – in ein paar Tagen vielleicht, damit er sich zuerst ein bißchen an sein Schicksal gewöhnen kann?“

Clark willigte ein.

„Und Pa“, fügte Larry leise hinzu, „vielleicht ist's besser, wenn du dazu dein künstliches Bein ausnahmsweise daheim läßt.“

Clark nickte nur. Er verstand.

„So“, sagte Larry und stand auf, „jetzt wird's Zeit für mich, nach Hause zu fahren. Abbie macht sich bestimmt schon Sorgen.“ Larry warf seinen Eltern einen nachdenklichen Blick zu. „Aber zuerst sage ich meiner kleinen Schwester noch schnell gute Nacht.“

Die neuen Nachbarn

Wie sie sich vorgenommen hatte, beobachtete Marty ihre Jüngste während der nächsten Tage sorgfältig. Das Mädchen machte zwar keinen verstörten Eindruck, doch sie wirkte stiller als gewöhnlich. Sie beteiligte sich nicht einmal an den Gesprächen der beiden anderen Mädchen über ihren Held Jackson. Mit einem Schlag, so erschien es Marty, war sie erwachsen geworden. Marty wußte nicht recht, ob sie sich darüber freuen oder grämen sollte. Immerhin war Belinda noch sehr jung, und der Gedanke, daß die Kindheitsjahre ihrer Tochter durch eine tragische Erfahrung verkürzt würden, bereitete ihr Kummer.

Als Melissa in das große Farmhaus zurückkehrte, wollte sie gleich wissen, was Belinda bei ihrem letzten Krankenbesuch erlebt hatte. Belinda beantwortete ihre Fragen so kurz wie möglich. Ein Junge war beim Holzfällen am Arm verletzt worden, berichtete sie Melissa, und Larry hatte ihm den Arm abnehmen müssen.

Melissa verzog das Gesicht und warf einen scheuen Blick auf ihren Großvater. Sie wußte, auf welch tragische Weise er vor Jahren sein Bein verloren hatte.

„War es gräßlich anzusehen?“ fragte sie schaudernd.

„Ja“, sagte Belinda nur und ging nach draußen, um die Wäsche von der Leine zu holen.

Clark und Marty warteten ein paar Tage, bevor sie die Pferde anspannten und sich auf den Weg zu ihren neuen Nachbarn machten. Clark fühlte sich ein wenig unbeholfen mit seinem Krückstock. Er hatte ihn schon lange nicht mehr benutzt.

Unterwegs zu der ehemaligen Coffins-Farm fielen nur wenige Worte. Ein eisiger Wind wirbelte Schneeflocken durch die Luft. Marty fror. Was mochte sie nur bei den neuen Nachbarn erwarten? Was würden sie sagen? Womit sollte sie sie trösten? Dabei wußte sie doch nur zu gut, daß Worte nicht ausreichten, um in einem solchen Kummer Trost zu schenken.

„Bald wird's richtig Winter werden, scheint mir", bemerkte Clark und trieb die Pferde zur Eile an. Marty schauderte vor Kälte. Der Gedanke an den bevorstehenden Winter paßte irgendwie zu ihrer Stimmung.

Als Clark das Gespann in die Hofeinfahrt lenkte, fiel ihm gleich der verkommene Zustand des Anwesens ins Auge.

„Eine unbewohnte Farm verfällt, ehe man sich's versieht", meinte Clark, und Marty nickte schweigend.

Clark band die Pferde fest. Beide hatten erwartet, daß jemand kommen würde, um sie zu begrüßen, doch nichts rührte sich. Clark ging voran. Mühsam quälte sich eine dünne Rauchsäule aus dem Schornstein gegen den Wind und das Schneetreiben an. Marty zog ihren Mantel fester um sich.

Clark klopfte energisch an die Tür. Von innen drangen gedämpfte Schritte an sein Ohr, doch die Tür blieb verschlossen. Er klopfte erneut. Daraufhin wurde die Tür einen Spaltbreit geöffnet, und das bleiche Gesicht eines jungen Mannes erschien. Er wirkte unbehaglich und zurückhaltend.

„Was möchten Sie?" fragte er.

„Wir sind Nachbarn – wohnen ein Stück weiter südlich von euch", antwortete Clark. „Wir sind auf einen kurzen Besuch gekommen."

Die Tür öffnete sich ein Stück weiter. Marty konnte den Verband an dem Armstumpf erkennen. Spuren von Blut waren darauf zu sehen. Marty erschauderte. Sie war nicht recht auf das gefaßt, was nun auf sie zukam.

„Außer mir ist niemand daheim", sagte der junge Bursche. Noch immer schien er zu zögern, die Besucher in die Stube zu bitten.

„Dann nehmen wir halt solange mit dir vorlieb, wenn's recht ist", sagte Clark munter und schob Marty vor sich in das Innere der Hütte.

Der Junge trat beiseite, um sie hereinzulassen. Es war offensichtlich, daß er ihnen nur aus Höflichkeit Einlaß gewährte. Der junge Mann tat Marty leid.

Nun wandte er sich an sie.

„Setzen Sie sich doch!" brummte er.

Clark half Marty aus ihrem schweren Mantel und schob ihr den angebotenen Stuhl zurecht. Dann ging er durch die Stube auf den Stuhl am Fenster zu. Sein Krückstock pochte dabei mit jedem Schritt auf dem Holzfußboden. Früher einmal war das Klopfen des Krückstocks ein vertrautes Geräusch für Marty gewesen, doch nun, nach all den Jahren mit dem künstlichen Bein, klang es fremdartig und beinahe gespenstisch.

Der Junge hatte den Krückstock bemerkt. Marty sah, wie er erschrak.

Clark setzte sich und legte den Krückstock beiseite. Dann wandte er sich an den jungen Mann.

„Ich glaub', wir sind einander noch nicht vorgestellt worden", begann er. Als der Junge stumm blieb, fuhr er fort: „Man hört, dein Vater hat die Farm erst vor kurzem gekauft."

„Wir pachten sie bloß", antwortete der Junge. „Zum Kaufen haben wir kein Geld."

Clark ließ es dabei bewenden.

„Hab' von deinem Unfall gehört. Tut uns sehr leid, das Ganze. Arge Schmerzen, stimmt's?"

Ein tiefer Schatten legte sich über die dunklen Augen des Jungen. Marty fragte sich, ob er Clark herausfordern würde, doch dann fiel sein Blick wieder auf Clarks Beinstumpf. Schweigend nickte er nur.

„Das Schlimmste dürfte bald vorüber sein", sagte Clark aufmunternd. „Dann kannst du nachts auch wieder schlafen."

Wieder nickte der Junge. Noch immer sagte er kein

Wort. Marty schloß daraus, daß er nicht über den Verlust seines Armes sprechen mochte.

„Möchten Sie Tee?“ fragte der Junge.

„Aber gern!“ antwortete Marty beinahe ein wenig zu fröhlich. Der junge Bursche ging an ein Regal und hob die Teekanne herunter, um die Teeblätter einzufüllen. Der Kessel auf dem Feuer dampfte schon, und er goß das heiße Wasser in die Kanne. Dabei verschüttete er etwas von dem Wasser, so daß es zischend auf der Herdplatte verdampfte. Es war ihm anzusehen, daß er es nicht gewohnt war, nur mit einem Arm zu hantieren.

„Kann ich dir ein bißchen helfen …“ begann Marty und wollte gerade von ihrem Stuhl aufstehen, als sie Clarks Blick auf sich spürte. Geschwind setzte sie sich wieder und strich eine unsichtbare Falte in ihrem Rock glatt.

Der Junge machte sich an den Tassen im Regal zu schaffen. Bald hatte er drei Tassen auf den Tisch gestellt, doch als er sich daran machte, mühsam ein paar Scheiben von einem trockenen Brotlaib abzuschneiden, sah Marty beiseite. Sie konnte es nicht ertragen, ihm bei dieser einfachen Aufgabe zuzuschauen.

In ihren Augen brannten die Tränen. „Warum? Warum muß ein so junger Mensch einen solchen Verlust erleiden?“

Marty ließ ihren Blick durch die enge Stube schweifen, um sich von dem traurigen Schicksal des jungen Burschen abzulenken.

Die Stube war dunkel und spärlich ausgestattet. Die wenigen Möbel darin waren alt und geschmacklos. Der Holzfußboden schien schon seit längerer Zeit nicht mehr gründlich geputzt worden zu sein. Schmutziges Geschirr stand auf der winzigen Anrichte. Der Herd war von verkohlten Essensresten übersät. Weder die Wände noch die Fenster zierte irgendein hübscher Gegenstand. Marty schauderte erneut und richtete den Blick wieder auf den Jungen. Es war nicht schwer zu erraten, daß die Familie an Armut litt. Martys Herz füllte sich mit Mitleid, doch entschlossen schüttelte sie es ab. Gewiß wollten diese Leute nicht bemitleidet werden.

„Schieben Sie sich die Stühle doch näher ran", sagte der Junge und stellte das Brot und den Tee auf den Tisch. „Unsere Butter ist alle, fürchte ich", sagte er. Es klang nicht wie eine Entschuldigung, eher wie eine sachliche Feststellung.

Clark half seiner Frau mit ihrem Stuhl, bevor er seinen eigenen an den Tisch schob. Marty hätte liebend gern den Tee ausgeschenkt, biß sich jedoch auf die Zunge. Der Junge besorgte das Ausschenken selbst. Dabei verschüttete er etwas von dem Tee, doch niemand sagte etwas darüber.

„Woher stammt ihr eigentlich?" begann Clark ein Gespräch.

„Wir sind gerade aus dem Westen zurückgekommen", erklärte der Junge. „Davor hat Pa in einer Eisenwarenhandlung gearbeitet. Hat gemeint, im Westen können wir ein besseres Leben führen, aber wir haben wohl 'ne Pechsträhne erwischt."

„Tut mir leid, das zu hören", sagte Clark.

„Mein Pa ist krank geworden; eine Art Lungenfieber. Ma und ich konnten das Land nicht allein bewirtschaften. Als er sich endlich halbwegs wieder erholt hatte, waren wir bankrott. Unser Land haben wir verloren. Pa hat in mehreren Städten nach Arbeit gesucht, aber er hat kaum was Richtiges gefunden. Schließlich haben wir's aufgegeben und sind hierher zurückgekommen. Für 'ne weitere Bahnfahrt hat unser Bargeld nicht gereicht. Ein Mann in der Stadt hat uns von dieser Farm hier erzählt. Hat gemeint, hier könnten wir billig wohnen – bloß ein paar Dollar im Monat. Dafür müßte das Haus ein bißchen auf Vordermann gebracht werden. Das Land können wir allerdings nicht pachten. Einer von den Söhnen bewirtschaftet es wohl noch selbst."

Damit mußte der Junge wohl Josh meinen, den Schwiegersohn der Familie Coffins. Clark und Marty hatten gehört, daß Josh neben seinem eigenen Land auch die Felder seines Schwiegervaters bewirtschaftete.

Mit seiner Schilderung der Dinge hatte der Junge keineswegs Mitleid erwecken wollen. Er hatte schlicht und einfach Auskunft gegeben, weiter nichts.

„Wo stecken deine Eltern denn gerade?“ erkundigte Clark sich.

„Sie sind beim Holzfällen“, antwortete der Junge. „Der Besitzer hat uns erlaubt, so viele Bäume abzuholzen, wie wir wollen. Wir brauchen Brennholz, und Pa hat gemeint, was an Holz übrigbleibt, könnten wir verkaufen.“

Beim Holzfällen! Sowohl sein Pa als auch seine Ma! Und das alles, um die Familie den eisigen Präriewinter über mit ausreichend Brennholz zu versorgen. Marty schüttelte unwillkürlich den Kopf. Das Holzfällen hatte diesen jungen Burschen hier schon seinen Arm gekostet.

„Ich hab' einen ganzen Keller voller Gemüse und Obst“, sagte Marty schließlich. „Hab' schon hin- und herüberlegt, was ich mit dem überflüssigen Vorrat anfangen soll. Wenn ich's einfach im Keller liegenlasse, verdirbt's mir am Ende samt und sonders. Wir bringen's euch gern her, wenn ihr's gebrauchen könnt.“

Clark war der Ausdruck des jungen Mannes nicht entgangen. Die Familie wollte keine Almosen. Der Junge warf Marty einen Blick zu, und sie stotterte: „Im Austausch gegen ein paar Holzstämme, versteht sich ... ich meine, wenn ihr überhaupt tauschen möchtet.“

Der Junge schien erleichtert zu sein.

„Ja, ich denk' schon“, sagte er ruhig. „Ich werd' mit Pa sprechen.“

Marty fragte sich insgeheim, wozu in aller Welt sie die Holzstämme nur brauchen könnten, als Clark das Gespräch schon fortsetzte.

„Ich gehöre zum Schulausschuß hier am Ort“, sagte er. „Hast du Geschwister, die alt genug sind, um in die Schule zu gehen?“

„Einen Bruder hab' ich. Der gehört eigentlich in die Schule, aber Pa braucht ihn hier. Er ist auch beim Holzfällen."

Martys Kopf fuhr in die Höhe. „Clark, tu doch endlich was!" Sie schaute ihn flehend an, sagte aber nichts.

Sie tranken ihren Tee und aßen das Brot dazu. Clark tunkte sein Brot unbekümmert in seine Tasse ein. Marty wünschte sich den Mut, es ihm gleichzutun. Das trockene Brot schmeckte reichlich altbacken.

Marty warf einen Blick zum Fenster hinaus. Das Schneegestöber war dichter geworden. Sie mußte an den Mann, seine Frau und den Jungen draußen im Wald denken, wo sie Bäume fällten.

„Ich möchte einen Vorschlag machen", sagte Clark schließlich. „Daheim hab' ich einen guten Vorrat an Brennholz, aber an grünem Holz fehlt's mir. Ich würde gern mit deinem Pa Holz tauschen, wenn's ihm recht ist. Das grüne Holz brauche ich nicht dringend; damit hat's bis zum Frühjahr Zeit. Das Brennholz könnte ich euch aber jetzt schon liefern. Dann liegt's bei mir nicht im Weg."

Der Junge wirkte erleichtert.

„Ich denk' schon, daß Pa tauschen würde", sagte er zögernd.

„Dann bleibt's also dabei." Clark stand auf.

Sie bedankten sich bei dem Jungen für den Tee und schlüpften wieder in ihre warmen Mäntel. Clark wollte Marty gerade zu dem wartenden Gespann führen, als der junge Mann sie aufhielt.

„Ich hab' gar nicht nach Ihrem Namen gefragt", sagte er.

„Clark. Clark und Marty Davis."

„Wirklich? Mein Doktor heißt auch Davis."

„Ja, ich weiß. Das ist unser Sohn." In Clarks Stimme schwang unverhohlener Stolz. Ein Schatten legte sich über die dunklen Augen des Jungen.

„Du fragst dich sicher, warum er deinen Arm nicht heil

gemacht hat, anstatt ihn abzunehmen, stimmt's?" fragte Clark leise.

Der Junge wandte sich ab. Er schluckte. Mühsam kämpfte er gegen die Tränen an, die ihm in die Augen steigen wollten. Erst nach einer Weile wagte er eine Antwort.

„Nein ... nein, eigentlich nicht. Ma und Pa haben mir gesagt, daß er überhaupt keine Wahl hatte." Wieder schluckte er und rang um seine Fassung. „Er ... er ist schon ein paarmal wieder hier gewesen. Ein guter Doktor ist er. Es war nicht seine Schuld."

Clark legte ihm nur schweigend eine Hand auf die kräftige Schulter.

Als sie sich gerade zum Gehen wenden wollten, sprach der Junge weiter.

„Ma sagt, da war auch ein Mädchen ... sie hat dem Doktor geholfen. Ma sagt, ich verdanke ihnen beiden mein Leben. Sie wissen nicht zufällig, wie sie heißt? Ich hab' vergessen, den Doktor nach ihr zu fragen."

„Belinda", antwortete Clark. „Belinda heißt sie. Sie geht manchmal mit Larry Krankenbesuche machen. Möchte Krankenschwester werden."

„Belinda", wiederholte der Junge. „Sie ... sie hat 'ne Menge für mich getan. Irgendwann möchte ich mich bei ihr bedanken."

Clark nickte.

„Das wird sich einrichten lassen, denke ich." Mit diesen Worten folgte er Marty in die eisige Kälte hinaus.

Ein Gespräch zwischen Mutter und Tochter

Marty hoffte von einem Tag zum andern, daß aus ihrer Tochter wieder das unbekümmerte Mädchen würde, das sie erst vor kurzem noch gewesen war. Doch Belinda war noch immer verschlossen und still.

„Du, Clark", sagte Marty eines Abends, bevor sie zu Bett gingen, „die Sache steigt mir allmählich über den Kopf. Unsere Belinda ist von einem Tag auf den andern erwachsen geworden. Hältst du's für möglich, daß sie noch ein bißchen von ihrer Kindheit zurückbekommt? Mir ist die ganze Veränderung viel zu plötzlich."

Clark zog Marty an sich und hielt sie in seinen Armen. Er strich ihr über das lange, offene Haar, das ihr über die Schultern fiel.

„Mir ist's auch aufgefallen", sagte er. „Dieser Unfall scheint ihr doch arg zugesetzt zu haben."

„Glaubst du, sie grämt sich noch immer so?"

„Sie scheint sich 'ne Menge Gedanken darüber zu machen; irgendwie ist sie ernster geworden."

„Was sie hinter sich hat, würde auch jeden Erwachsenen zum Nachdenken bringen", meinte Marty.

„Einfach ist's nicht, zuzusehen, wie sie so schnell erwachsen wird. Das weiß ich. Aber, ehrlich gesagt, ich mag sie so, wie sie ist. Sie ist … sie ist ein feiner Kerl, meinst du nicht auch?"

Marty lächelte.

„Sie war immer schon dein kleiner Liebling. Ich hätte mir an einer Hand ausrechnen können, daß sich das nicht ändert, nur weil sie einen gewaltigen Satz nach vorn gemacht hat." Sie klopfte ihm sachte auf die Wange. „Natürlich findest du, daß sie ein feiner Kerl ist. Das versteht sich doch von selbst!"

„Ich finde – hm, sie scheint Amy weit voraus zu sein. Sie wirkt irgendwie viel erwachsener, sogar erwachsener als Melissa. Ist dir das auch aufgefallen?“

„Ja, sicher.“

Die beiden schwiegen ein paar Sekunden.

„Clark, hältst du's für richtig, wenn wir sie bitten, doch über die ganze Sache zu sprechen? Ich meine, wenn dieser Unfall ihr so zugesetzt hat, dann macht er ihr vielleicht auch später im Leben noch zu schaffen.“

Clark überlegte.

„Vielleicht ist das wirklich das beste“, meinte er dann.

„Übrigens“, fuhr Marty fort, „hast du den jungen Mann gesehen, als du das Gemüse und das Brennholz abgeliefert hast?“

„Ja, hab' ich“, sagte Clark nur. Er wußte, wen sie mit ihrer Frage gemeint hatte.

Er trat ans Fenster und strich sich mit der Hand durch den dichten Schopf. Nachdenklich blickte er in die Nacht hinaus. Marty sah ihm an, daß ihn etwas beschäftigte. Sie stellte sich neben ihn und schaute auf die Farmgebäude draußen im Mondschein hinaus. Sanft legte sie ihre Hand auf Clarks Arm und wartete darauf, daß er zu sprechen begann.

„Er nimmt sich die Sache arg zu Herzen, Marty. Er ist ziemlich verstört“, sagte Clark schließlich leise.

„Aber … aber er schien sich doch mit seinem Schicksal abgefunden zu haben, als wir bei ihm zu Besuch waren.“

„Ich glaub', der ganze Ernst der Lage ist ihm erst später aufgegangen. Anfangs hatte er noch mit schlimmen Schmerzen zu kämpfen, und er hatte sich noch nicht von dem Schock erholt. Jetzt ist ihm klar geworden, daß es nichts mehr daran zu ändern gibt. Niemand kann ihm helfen. Er muß einarmig durchs Leben gehen, und das ist hart. Wirklich hart.“

„Ob ihm der Prediger wohl helfen könnte?“

„Daran hatte ich auch schon gedacht – bis ich mit dem

Prediger selbst gesprochen hab'. Er ist schon zweimal dort gewesen. Sie haben ihn nicht einmal reingelassen."

Marty war entsetzt.

„Hast du … hast du etwas darüber gesagt, wie Gott uns damals geholfen hat, als …"

„Versucht hab' ich's. Sie wollten nichts davon wissen. Larry sagt, sie haben ihm verboten, jemals wieder einen Krankenbesuch bei dem Jungen zu machen."

„Ach, das ist ja furchtbar!" rief Marty erschüttert. „Wird das der Wunde denn nicht schaden?"

„Wohl kaum. Larry meint, die Wunde verheilt gut. Er rechnet nicht mit einer Entzündung oder dergleichen. Wie's allerdings in seinem Inneren aussieht, das ist eine andere Sache. Larry macht sich Sorgen um ihn."

Marty seufzte bekümmert. Die beiden schwiegen eine Zeitlang.

„Können wir denn gar nichts tun, um ihm zu helfen, Clark?"

„Ich zerbrech' mir schon seit Tagen den Kopf. Außer Beten fällt mir einfach nichts ein.

„Hat er sich wieder nach Belinda erkundigt? Er wollte sich doch bei ihr bedanken …"

„Er hat gesagt, wir sollen's einfach lassen. Er will sie nicht mehr sehen. Hat gesagt, sie hat ihm am Ende doch keinen großen Gefallen getan."

„Du meinst …"

„Er wär' lieber tot."

Marty schluchzte auf. Clark legte beruhigend den Arm um sie.

„Und dabei hab' ich ihn für so tapfer gehalten", sagte sie. „Wie er sich mit der Teekanne und dem trockenen Brot abgemüht hat, so beherrscht und mutig! Ich hab' gedacht, er wär' keine Heulsuse, und …"

„Sachte, sachte", unterbrach Clark sie. „Wir wollen ihm kein Unrecht tun. Was er denkt und fühlt, ist ganz normal in seiner Lage. Du darfst nicht vergessen, daß wir damals Gott auf unserer Seite hatten; ohne Gottes Hilfe wär's mir vielleicht genauso wie diesem jungen Kerl ergangen. Er hat's nicht einfach, und es ist nur verständlich, daß er das Leben satt hat. Ich hoffe und bete bloß, daß er diesen Tiefpunkt früher oder später überwindet. Der Bursche hat eine Menge durchzumachen – aber die schlimmsten Schmerzen hat er nicht am Arm, sondern hier", und Clark deutete auf seinen Brustkorb.

Marty dachte an die vier Simpsons. Sie wohnten nicht weit von hier entfernt, und doch lebten sie völlig abgeschieden von ihren Nachbarn. Wenn es doch nur einen Weg gäbe, um das Eis zu brechen und ihnen zu helfen!

„Haben sie das Gemüse und das Obst überhaupt angenommen?"

„Ja, schon. Ich glaub', wenn sie dem Hungertuch nicht so nahe gewesen wären, hätten sie's glatt abgelehnt. Es sind stolze Leute, Marty. Sie konnten's kaum übers Herz bringen, die Lebensmittel anzunehmen. Der Mann hat darauf bestanden, seine Schulden bei mir abzuarbeiten."

„Und was hast du geantwortet?"

Clark zuckte mit den Achseln.

„Hab' ihm gesagt, es sei in Ordnung. Jetzt muß ich mir halt was einfallen lassen, womit ich ihn beschäftigen kann."

„Aber was kann er denn tun? Du hast doch schon alles fertig, was zu erledigen war!"

„Weiß nicht recht. Es muß etwas sein, das er im Haus tun kann. Seine Jacke ist so dünn, daß der Wind ihm durch den Stoff pfeift."

„Er könnte neue Obstregale für den Keller bauen."

„Brauchst du denn welche?"

„Nicht direkt ... aber dort unten ist's warm, und genug Platz gibt's auch ... und schaden kann es nicht, wenn wir ein paar zusätzliche Regale hätten."

„Das ist eine Idee", sagte Clark und zog den Vorhang zu. Dann ging er zu Bett. Marty schickte sich an, ihm zu folgen. Erst jetzt bemerkte sie, daß sie ihre Haarbürste noch immer in der Hand hielt.

„Und das Brennholz?“ fragte sie und legte die Bürste auf ihre Kommode.

„Das will er auch unbedingt bezahlen. Im Frühjahr werden wir wohl allerhand an grünem Holz bekommen.“

„Was wirst du nur damit anfangen?“

„Weiß noch nicht. Ich werde Arnie und Josh fragen, ob sie welches gebrauchen können. Irgendwie werden wir's schon verarbeiten.“

„Ist doch komisch“, murmelte Marty vor sich hin, „ein erwachsener Mann, der um Hilfe bettelt, ist nicht gerade ehrenhaft zu nennen, aber zuviel Stolz ist auch nicht gut.“

„Diese Leute wollen sich absolut nicht helfen lassen“, meinte Clark. „Auf der anderen Seite braucht ein Mann seinen Stolz. Ein gewisses Maß davon müssen wir ihm schon zugestehen.“

Clark blies die Lampe aus, und die beiden streckten sich wohlig unter der warmen Steppdecke aus. Die Winternächte waren kalt, und das obere Stockwerk war ungeheizt.

„Hast du eine Näharbeit, die zu erledigen ist?“ erkundigte sich Clark. „Kleider oder Teppiche vielleicht?“

Marty drehte sich in der Dunkelheit zu ihm um.

„Nichts, das ich nicht selbst in dem langen Winter tun könnte. Warum?“

„Ich hab' nur gerade überlegt ... Vielleicht könnte die Frau sich mit Nähen 'ne Kleinigkeit verdienen.“

Marty schwieg. Im Haushalt wurde wirklich zur Zeit nicht viel gebraucht, und obendrein machte ihr selbst das Nähen Spaß. Sie hatte sich immer schon gern die langen Winterabende mit Handarbeiten verkürzt. Den ganzen Herbst über, während sie ihren Gemüsegarten aberntete, freute sie sich schon auf die Näherei. Und nun ...?

„Vielleicht läßt sich das einrichten“, sagte sie zu Clark. „Ich werde mir schon was einfallen lassen.“

Endlich ergab sich eine Gelegenheit für Marty, ein Gespräch mit Belinda zu führen. Marty wollte das Thema auf keinen Fall von sich aus anschneiden, sondern es dem

Mädchen selbst überlassen, sich ihren Kummer bezüglich der Operation von der Seele zu reden. Bisher hatte sich jedoch keine günstige Gelegenheit dazu ergeben.

Sie kam, als Melissa auf einen Botengang zu Kate geschickt worden war und sich ein paar Stunden bei Amy ausgebeten hatte, um sich von ihr einige Zeichnungen zeigen zu lassen. Zudem hatte Amy nun etwas Übung im Zeichnen und wollte sich zum ersten Mal an einem Porträt versuchen. Melissa war die erste, die sie sich zu diesem Zweck ausgesucht hatte.

Larry war auf dem Heimweg von einer Entbindung zu einem kurzen Besuch vorbeigekommen. Belinda hatte noch nie bei einer Geburt zugeschaut. Sie hatte schon oft darum gebeten, Larry einmal dazu begleiten zu dürfen, doch bisher hatte er ihre Bitte stets abgelehnt.

Nachdem Larry seine Kaffeetasse geleert und eine Scheibe von Martys Kuchen gekostet hatte, schlüpfte er wieder in seinen warmen Mantel und machte sich auf den Weg.

Belinda rührte gerade Plätzchenteig in einer Schüssel an.

„Ich hab' ganz vergessen, ihn zu fragen, wie's dem Jungen mit der Armoperation inzwischen geht“, sagte sie.

Marty sah ihreTochter an. Sie wußte nicht recht, was sie sagen sollte. Belinda schien ihr ihre Unsicherheit abzuspüren. Fragend erwiderte sie Martys Blick.

„Es geht ihm doch besser, oder nicht? Er hat doch nicht etwa eine Entzündung bekommen?“

„Aber nein. Alles ist gut verheilt – an seinem Armstumpf wenigstens.“

„Wie meinst du das? Außer am Arm war er doch gar nicht verletzt. Larry hat ihn auf gebrochene Rippen untersucht, aber ...“

„Nein, nein“, sagte Marty, „das meine ich auch gar nicht.“

„Was denn?“ fragte Belinda. „Stimmt sonst etwas nicht mit ihm?“

„Er tut sich schwer, sich an sein Schicksal zu gewöhnen, weiter nichts“, antwortete Marty.

Belinda atmete auf.

„Das würde mir genauso ergehen“, sagte sie einfach. „Ist ja auch gar nicht verwunderlich. Larry hat mir auf dem Heimweg erklärt, daß es seine Zeit braucht, bis man sich nach einer Amputation mit den Folgen abfindet.“

Marty nickte.

„Aber wenn Larry mit ihm redet, hilft ihm ...?“

Marty unterbrach sie.

„Larry besucht den Jungen nicht mehr.“

„Wie? Nicht mehr? Er hat mir doch gesagt, er wolle ihn die erste Zeit über genau im Auge behalten!“

„Sie lassen Larry nicht ins Haus. Haben ihm gesagt, er soll nicht mehr kommen.“

„Das haben sie gesagt? Wer denn? Sein Vater? Wissen sie denn nicht, daß ...?“

„Nein“, sagte Marty. „Es war der Junge selbst.“

Belinda schwieg.

„Ich muß unbedingt zu ihm“, sagte sie dann. „Hätte nicht so lange damit warten sollen. Am Ende denkt er noch, ich hätte ihn vergessen. Meinst du, daß Papa mich zu ihm fahren läßt?“

„Dich will er auch nicht sehen“, entgegnete Marty leise.

Belinda sah ihre Mutter mit großen Augen an.

„Aber ihr habt doch gesagt ...“

„Ich weiß.“

„Er wollte ...“

„Ja, ich weiß. Er hat sich's aber inzwischen anders überlegt.“

„Aber warum nur?“ rief Belinda aus.

„Das kann ich dir auch nicht sagen – außer, daß er's innerlich einfach nicht verkraften kann. Er begreift nicht, warum das alles passieren mußte. Die Wellen schlagen ihm über dem Kopf zusammen. Er sagte, er wäre lieber tot.“

„Können wir ihm denn gar nicht helfen?“ rief Belinda verzweifelt.

„Dein Papa hat sein Bestes versucht. Die Leute sind so stolz, daß sie keine Hilfe annehmen wollen. Alles wollen sie bezahlen; sie lassen sich einfach nichts schenken.“ Marty zögerte. Mit einem tiefen Seufzer wandte sie sich wieder zu ihrer Jüngsten und sah ihr offen in die Augen. „Das schlimmste ist“, sagte sie langsam, „daß sie nicht einmal Gottes Hilfe annehmen wollen.“

„O Mama!“ Belinda begann plötzlich am ganzen Leib zu zittern, und im nächsten Moment hatte sie sich in die Arme ihrer Mutter geworfen und brach in verzweifeltes Schluchzen aus.

Marty ließ sie weinen. Aus Mitgefühl und Liebe zu ihrer Tochter stiegen auch ihr die Tränen in die Augen. Das arme Kind nahm sich die ganze Sache sehr zu Herzen.

Endlich hatte Belinda sich wieder gefaßt.

„Ach Mama“, sagte sie, das Gesicht noch immer in Martys Schürze vergraben, „es war entsetzlich! Soviel Blut und ... und zerfetztes Fleisch und überall Knochensplitter ... überall! Es war ein gräßlicher Anblick!“

Belinda erschauderte. Marty hielt sie fest an sich gedrückt.

„Und da lag er auf dem Bett, so reglos und still, als wär’ er schon tot.“

Belinda hielt inne und schneuzte sich.

„Aber zuerst war er gar nicht still“, fuhr sie hastig fort. „Zuerst hat er geschrien, daß einem das Herz stockte. Wir haben ihn schon draußen auf dem Hof schreien gehört, und Larry hat nur noch seine Tasche geschnappt und ist ins Haus gerannt. Die Pferde hab’ ich festgebunden. Als ich an die Tür kam, stand die Frau vor dem Eingang. Hast du die Frau gesehen?“ Marty schüttelte den Kopf. „Also, sie ist groß und kräftig gebaut, und sie stand mit gespreizten Beinen und ausgestreckten Armen vor der Tür, um mir den Weg zu versperren. ‚Der Doktor hat gesagt, du sollst draußen bleiben‘, hat sie mir zugerufen, und dann hab’ ich den Jungen wieder schreien gehört. Ich dachte, vielleicht braucht Larry mich, und da hab' ich mich einfach geduckt und bin an ihr vorbeigerannt."

Belinda machte eine Pause und führte sich das, was in der Stube vor sich gegangen war, wieder vor Augen.

„Und da stand sein Vater ... und sein jüngerer Bruder. Sie haben ihn festgehalten, weil er sich so heftig auf dem Bett umhergewälzt hat. Larry hat ihm dann eine Arznei gegeben, damit er ruhiger wurde. Und dann das Blut ... überall war Blut! Und der Arm ... war bloß noch ein Bündel Fetzen, Mama. Ich weiß noch, wie ich gedacht hab': ‚Er stirbt! Larry kann ihm auch nicht mehr helfen!' Aber dann dachte ich wieder an das, was Larry immer sagt: ‚Wenn noch ein Funke Leben da ist, muß man darum kämpfen.' Da hab' ich genauer hingesehen und gemerkt, daß der Junge noch atmete. Ich mußte mich gewaltig zusammenreißen, damit ich nicht ohnmächtig wurde. Es war entsetzlich! Alles hat sich um mich gedreht, und mir wurde übel, und meine Knie wurden butterweich. Aber ich bin nicht ohnmächtig geworden. Einen Moment hab' ich mir gewünscht, einfach in Ohnmacht fallen zu dürfen, damit ich das Ganze nicht mitansehen müßte."

Belinda war bleich geworden. Marty befürchtete, daß sie vor ihren Augen das Bewußtsein verlor.

„Aber dann wurde mir klar, daß ich helfen mußte. Larry brauchte mich doch. Das konnte ich auf den ersten Blick sehen. Der Vater würde ihm nicht helfen können, und außerdem war er viel zu groß. Für ihn wäre kein Platz mehr neben dem Bett gewesen. Und mit Larrys Instrumenten kannte er sich auch nicht aus. Und obendrein war er beinahe so blaß wie sein Sohn auf dem Bett."

Belinda verstummte. Marty drängte sie nicht zum Weitersprechen.

„Weißt du, das Merkwürdige daran war", fuhr Belinda dann nachdenklich fort, „daß alles plötzlich ganz anders war, als wir mit der Arbeit angefangen hatten. Das zerfetzte Fleisch erschien mir nicht mehr wie ein Arm. Es war wie ein Feind, der das Leben des Jungen bedrohte. Wir mußten ihn unbedingt daran hindern, Larry und ich. Ich hab' mich kein bißchen mehr geekelt. Wir mußten uns beeilen, damit der Junge am Leben blieb. Alles andere war nicht mehr wichtig. Verstehst du, wie ich's meine? In der Stube waren Schmerzen und der Tod, und Larry und ich mußten ganz allein dagegen kämpfen."

Bei dem Gedanken an die Tragweite dieses Erlebnisses wurden Belindas Augen groß und dunkel. Gemeinsam hatten sie gegen den Tod angekämpft, sie und ihr Bruder, der Arzt, und sie hatten den Kampf gewonnen. Marty wollte sie für ihren Sieg loben, doch statt dessen begann sie zu weinen, und schwere Tränen rollten über ihre Wangen.

In Belindas Augen lag ein Glanz.

„Du hättest ihn sehen sollen, Mama. Larry war einfach großartig. Er wußte genau, was er zu tun hatte. Schnell hat er gearbeitet, und dabei doch so genau. Er hat die Blutung gestillt, und ... und er hat dem Jungen das Leben gerettet. Ach, Mama! Ich verstehe so gut, warum Larry Arzt werden wollte. Es sind nicht die Knochenbrüche, die Schnittwunden oder die geplatzten Blinddärme. Es sind nicht die furchtbaren Krankheiten, zu denen er gerufen wird. Es ist die Chance, diese schlimmen Sachen zu bekämpfen – das ist es. Heilen und helfen, darum geht es ihm."

Marty legte ihrer Tochter die Hände auf die Schultern und sah ihr tief in die Augen. Ihr Gesicht glühte vor Erregung. Nun machte sie sich keine Sorgen mehr um Belinda. Sie würde keinen bleibenden Schaden von diesem schweren Erlebnis davontragen. Nein, statt dessen sah Marty einen Schimmer von Freude in den Augen ihrer Tochter. Sie hatte endlich eine Gelegenheit gefunden, jemandem, der Not und Schmerzen litt, echte Hilfe zu leisten.

„Und du möchtest ihm dabei helfen, nicht wahr?" sagte Marty leise. Es war eher eine Feststellung als eine Frage.

„Ja, lieber als alles andere in der Welt", antwortete Belinda mit leuchtenden Augen.

Marty zog das Mädchen an sich.

„Dann sollst du das auch tun", sagte sie nur.

Es dauerte einige Sekunden, bis sich Belinda aus Martys Armen löste.

„Aber Mama, es ist doch nicht richtig, wenn man um ein Menschenleben kämpft, und dann wünscht der Patient sich, er wäre tot.

„Nein, das ist nicht richtig."

„Dann müssen wir etwas für den Jungen tun."

„Wir werden weiterhin für ihn beten", sagte Marty. „Gott wird uns schon zeigen, was wir tun können."

„Du hättest ihn sehen sollen, Mama! Nachdem alles vorbei war und Larry nach draußen ging, um … um die Reste zu beseitigen, hat er mich am Bett des Jungen wachen lassen. Er war so blaß und so … so …" Belinda zögerte. Marty wartete. „Er sieht gut aus, Mama", gestand sie schließlich leise und aufrichtig.

„Ja, das ist mir auch aufgefallen", lächelte Marty.

Belinda stieg eine leichte Röte in die Wangen. Sie nahm den Löffel wieder in die Hand und rührte in dem Teig weiter. Marty spürte, daß das Gespräch zwischen Mutter und Tochter nun beendet war.

„Wir müssen einfach etwas unternehmen", murmelte Belinda vor sich hin. Doch sie hatte es eher zu sich selbst als zu ihrer Mutter gesagt.

Ein Sonntag mit Familie Brown

An einem kalten Wintertag wurden endlich die Browns zum Sonntagessen eingeladen. Im Winter fuhr Familie Brown nicht zu ihrer fünfzehn Meilen entfernten Kirche, sondern besuchte die Gottesdienste in der kleinen Kirche am Ort.

Daher hatte Marty auch inzwischen Gelegenheit gehabt, den „traumhaften" Jackson in der Kirche kennenzulernen. Er machte tatsächlich einen guten Eindruck. Für einen jungen Burschen war er ausgesprochen gutaussehend, und dazu besaß er tadellose Manieren. Die Tatsache, daß er ständig von jungen Mädchen umringt war, schien ihm keineswegs zu Kopf gestiegen zu sein. Auch seine beiden jüngeren Brüder waren nette Buben, fand Marty, und Frau Brown, die verwitwete Lehrerin, war ihr auf Anhieb sympathisch.

So geschah es, daß Marty die ganze Familie Brown ohne weitere Vorbehalte – und mit einer Spur von Schuldbewußtsein – für nächsten Sonntag zum Mittagessen einlud. Die Browns nahmen die Einladung dankbar an, und Marty begann mit den Plänen für das Menü.

Als Amy davon erfuhr, bettelte sie darum, auch zum Essen kommen zu dürfen. Marty hätte sie zwar mit Leichtigkeit an dem großen Tisch unterbringen können, doch sie sah keinen Grund, dem kindischen Gehabe ihrer Enkelin nachzugeben, so daß sie liebevoll, aber energisch ablehnte: „Nein, diesmal nicht, mein Kind, und dabei bleibt es!" Amy war tief beleidigt. Mehrere Tage lang kam sie nicht einmal auf einen kurzen Besuch in das große Farmhaus. Marty wußte, daß ihre impulsive Enkelin sich mit der Zeit wieder fassen würde, so daß sie ein vernünftiges Gespräch mit ihr über die Sache führen konnte.

Nach dem Gottesdienst ging Familie Davis auf die Browns zu und erbot sich, mit dem Schlitten voranzufahren, um ihnen den Weg zu weisen.

„Ach, wissen Sie“, sagte Frau Brown, „wir haben da ein kleines Malheur. Der kleine Jordan hat sich nur seine leichte Jacke mitgenommen. Ich hatte ihn noch heute früh daran erinnert, aber Sie wissen ja, wie Kinder sind. Nun müssen wir wohl oder übel kurz nochmals nach Hause, um seine warme Jacke zu holen, bevor wir zu Ihnen fahren können. Wenn Sie uns den Weg beschreiben, werden wir gewiß auch so zurechtkommen.“

Marty nickte. Ihre Farm war ja tatsächlich nicht schwer zu finden. Gerade wollte sie Frau Brown die Anweisungen geben, als sie jemand am Ärmel zupfte. Es war Melissa.

„Einer von uns könnte doch mit ihnen fahren“, schlug sie vor. „Dann haben sie es leichter, den Weg zu finden.“

Das klang einleuchtend.

„Aber das ist nicht nötig“, wehrte Frau Brown ab. „Wir möchten Ihnen auf keinen Fall Umstände machen.“

„Aber das tun wir doch gern, nicht wahr, Großmama?“

„Natürlich“, antwortete Marty. „Sehr gern sogar.“

Ohne lange zu überlegen, wandte sich Marty an Belinda. Sie war es gewohnt, Belinda mit Botengängen zu beauftragen, und dazu kannte sie sich genauestens in der Umgebung aus.

„Hol dir bitte deinen Mantel und fahr mit!“ sagte sie. „Sie müssen unterwegs nochmals am Lehrerhaus haltmachen.“

Zu Martys Überraschung zögerte Belinda einen Augenblick. Gewöhnlich befolgte sie Martys Wünsche auf der Stelle. Deshalb schaute sie ihre Tochter verwundert an.

„Deinen Mantel!“ wiederholte sie.

Schließlich folgten ihre Augen Belindas Blick, der auf Melissas gesenkten Kopf gerichtet war. Irgendwie schien Belindas Zögern mit Melissa zusammenzuhängen.

„Ich dachte ... vielleicht fahre ich doch lieber bei dir und Papa mit“, sagte Belinda gedehnt. „Dann kann ich bei den Vorbereitungen und beim Tischdecken helfen. Melissa macht’s bestimmt nichts aus, mit den Browns zu fahren, nicht wahr, Melissa?“

Melissas Gesicht leuchtete auf. Marty nickte zustimmend, wenn ihr das Verhalten der beiden Mädchen auch reichlich sonderbar erschien. Bei einem kurzen Seitenblick sah sie, wie Melissa auf Belinda zuging und sie schnell in die Arme nahm. Dann zog sie ihren Mantel an, um die Browns zu begleiten.

„Seltsam, diese Mädchen!“ dachte Marty bei sich und nahm ihren eigenen Mantel vom Haken.

„Was hatte das alles nur zu bedeuten?“ flüsterte sie Belinda auf dem Weg ins Freie zu.

„Ach, nichts Besonderes!“ beruhigte sie Belinda mit einem Achselzucken. „Melissa mag Jackson. Das ist alles!“

„Aha!“ sagte Marty. Allmählich begriff sie, was hier vor sich ging. „Ich dachte, du magst Jackson auch“, fügte sie dann hinzu.

„Aber nicht so sehr wie Melissa.“

„Aha“, nickte Marty nochmals.

In dem Moment, als sie ins Freie traten, fuhr das Gespann der Familie Brown gerade vom Hof. Marty konnte sich ein Lächeln nicht verbeißen. „Melissa ist bestimmt mächtig enttäuscht“, dachte sie im stillen. Jackson saß neben seiner Mutter; er hielt die Zügel in der Hand. Hinten in der Kutsche, zwischen den beiden kleineren Jungen, saß Melissa. Marty war davon überzeugt, daß Melissa sich diese Fahrt ein wenig anders vorgestellt hatte.

Das Essen war beinahe fertig, als das Gebell des Hofhundes das Eintreffen der Gäste ankündigte. Clark ging nach draußen, um die Pferde in den Stall zu führen, während Marty an der Tür wartete, um die Browns zu begrüßen. Belinda blieb derweil in der Küche und kümmerte sich um das Essen.

Melissa führte die Gäste ins Haus. Dabei achtete sie darauf, Frau Brown den Vortritt zu lassen. Immer wieder warf sie Jackson bewundernde Blicke zu, doch dieser schien sich davon nicht beirren zu lassen.

Draußen hatte sein kleiner Bruder Jordan Lukes Sohn David entdeckt. Die beiden hatten schon in der Schule Freundschaft miteinander geschlossen und konnten es nun kaum erwarten, gemeinsam zu spielen. Frau Brown mußte eingreifen und ihren Sprößling ins Haus rufen.

Frau Brown war ein angenehmer Gast. Sie machte Marty ein Kompliment nach dem anderen über ihr gemütliches Heim und lobte Belinda, die den Sonntagstisch heute besonders nett gedeckt hatte. Bei Melissa bedankte sie sich für ihre Dienste als Wegweiserin. Alles, was sie sagte, klang aufrichtig und natürlich. Marty mochte sie ausgesprochen gern.

Mit Belindas Hilfe hatte Marty das Essen bald aufgetischt und bat die Gäste, Platz zu nehmen. Frau Brown wies sie den Stuhl zwischen den beiden jüngeren Söhnen zu, während sie Jackson neben Clark setzte, damit die beiden Männer sich miteinander unterhalten konnten. Belinda bedeutete sie, sich neben Jackson zu setzen. Melissa sollte sich auf deren andere Seite setzen.

„Es ist besser, wenn Melissa in der Mitte sitzt", erklärte Belinda, ohne zu zögern. „Vom Ende aus kann ich leichter aufstehen und beim Abräumen helfen."

Melissa ergriff hastig Besitz von dem Platz in der Mitte, bevor jemand Einspruch erheben konnte. Jackson schob ihr den Stuhl zurecht, und Melissa warf ihm ein strahlendes Lächeln zu. Marty nickte nur stumm.

Als alle ihre Plätze eingenommen hatten, sprach Clark das Tischgebet. Die Mahlzeit erwies sich als ein voller Erfolg. Das Essen war vorzüglich, und die Browns waren allesamt nette Gäste. Die Kinder legten tadellose Manieren an den Tag, wie man sie in ihrem Alter selten findet. Selbst der kleine Jordan bettelte nur zweimal darum, endlich draußen mit seinem Freund David spielen zu dürfen.

Marty fragte sich im stillen, was es mit dem verstorbenen Herrn Brown auf sich hatte. Wie mochte er nur ums Leben gekommen sein? Und wann war es geschehen? Die junge Witwe tat ihr von Herzen leid. Es war gewiß nicht einfach, drei Jungen allein großzuziehen. Marty erschauderte bei dem Gedanken. Sie wußte nicht, wie sie jemals ohne Clark zurechtkommen würde.

„Fühlen Sie sich in unserem Lehrerhaus wohl?“ erkundigte Clark sich bei Frau Brown. Als Vorsitzender des Schulausschusses lag es an ihm, für alles Wichtige zu sorgen.

„Aber ja“, sagte Frau Brown. „Zu viert fühlen wir uns manchmal ein wenig eingeengt dort, aber das nehmen wir gern in Kauf. Wir haben zwar einen größeren Haushalt, als wir im Grunde brauchen, aber bisher habe ich es einfach nicht übers Herz bringen können, etwas davon zu veräußern.“

Marty verstand sie nur zu gut, wenn sie sich auch nicht weiter erklärte.

„Haben Sie schon immer in der Stadt gewohnt?“ fragte Marty.

„Ja. Mein Mann war Bankangestellter in Chester.“

Marty sah im Geist ein großes, stattliches Haus vor sich mit zarten, duftigen Gardinen an den Fenstern. Hinter dem Gartenzaun blühten Blumen, und die Haustür war weiß gestrichen ...

„Es war bestimmt eine große Umstellung für Sie“, sagte sie mitfühlend.

„Ja“, gestand Frau Brown, „das war es wirklich.“

„Hatten Sie früher schon einmal eine Anstellung als Lehrerin?“ fragte Clark.

„Ich bin als Lehrerin nach Chester gekommen. Dort habe ich Carl – Herrn Brown – kennengelernt. Ich habe zwei Jahre lang unterrichtet, bis wir heirateten. Später bin ich einen Winter über eingesprungen, als die andere Lehrerin Lungenentzündung bekam. Als Jackson dann geboren wurde, habe ich den Beruf an den Nagel gehängt. Ich hätte ihn bestimmt nie wieder ausgeübt, wenn ..."

Frau Brown unterbrach sich und wechselte das Thema. „Ich war so froh, von der freien Stelle hier zu hören. Es war wahrhaftig eine Gebetserhörung. Wir sind allesamt sehr dankbar." Sie wandte sich an Clark, den zuständigen Schulausschußvorsitzenden. „Ich hoffe sehr, daß ich Ihre Erwartungen nicht enttäusche, Herr Davis. Sollten Sie je etwas zu beanstanden haben ..."

„Wir sind sehr zufrieden mit Ihnen", versicherte Clark ihr. „Sehr zufrieden!"

Frau Brown schien noch nicht ganz beruhigt zu sein.

„Genug von der Schule!" sagte Clark freundlich, aber bestimmt. „Heute sind Sie nicht als Lehrerin hier und ich nicht als Vorsitzender des Ausschusses. Heute sitzen wir gemütlich als Nachbarn beieinander – als Nachbarn und Gemeindeglieder. Lassen wir die Schule aus dem Spiel und unterhalten wir uns über andere Dinge!"

Frau Brown lächelte.

„Aber gern", sagte sie nur.

Bald entstand ein lebhaftes Gespräch, an dem auch die drei Brown-Jungen beteiligt wurden. Clark hatte ein großes Geschick darin, jeden von ihnen in die Unterhaltung einzubeziehen.

Nach dem Essen erboten sich Belinda und Melissa, das Geschirr abzuwaschen. Jordan und Payne erhielten die Erlaubnis, gemeinsam mit Dan und David am Ufer des vereisten Baches zu rodeln. Marty führte Frau Brown ins Wohnzimmer, um ihr ihre neuesten Strick- und Nähmuster zu zeigen. Damit blieben nur Clark und Jackson übrig. Clark schlug dem jungen Mann vor, eine Runde Mühle zu spielen. Jackson stimmte zu.

Belinda spürte, daß Melissa den Abwasch heute schnellstens hinter sich bringen wollte. Der Grund dafür war nicht schwer zu erraten. Melissa hatte zwar schon seit einiger Zeit nicht mehr von Jackson gesprochen, doch Belinda ahnte, daß sie eine besondere Zuneigung zu dem jungen Mann hegte. Ständig warf sie ihm ein Lächeln zu und nahm jede Gelegenheit wahr, sich in seiner Nähe aufzuhalten. Marty war das ebenfalls aufgefallen. Sie wußte nicht, ob ihr dieses Verhalten lieber war als das Kichern und Augenverdrehen von früher.

„Ich glaube, Jackson mag mich“, flüsterte Melissa vertrauensvoll, während die beiden Mädchen das Geschirr abtrockneten.

Belinda antwortete nicht.

„Hast du nicht gesehen, wie er mich anschaut?“ fragte Melissa.

„Wie denn?“ fragte Belinda. Sie konnte beim besten Willen nicht bestätigen, daß Jackson Melissa anders anschaute als andere Leute, wollte das ihrer Verwandten aber nicht sagen. Melissa schien ihre Frage ein wenig enttäuscht aufzunehmen. Sie hatte gehofft, daß Belinda mit einem „Ja“ antworten würde.

„Nun ... also, er ... er mag mich eben“, sagte sie kleinlaut.

„Mag sein“, sagte Belinda gnadenlos, „mir ist's jedenfalls nicht aufgefallen.“

Melissa versuchte es auf andere Art.

„Und Jackson und ich hatten so eine schöne Kutschfahrt hierher“, sagte sie. Am liebsten hätte Belinda lauthals gelacht. Sie hatte mit eigenen Augen gesehen, wie sie hergefahren waren.

Plötzlich tat Melissa ihr leid. Sie mochte Jackson eben sehr gern. Auch Belinda konnte Jackson gut leiden, doch auf eine andere Weise. Nun, sie würde sich Melissa nicht in den Weg stellen, beschloß sie. Nichts lag ihr ferner, als ihrer Verwandten weh zu tun. Melissa war schließlich ein wahrhaft großzügiger Mensch. Sie teilte ihre Bücher, ihre Kleidung und ihre freie Zeit bereitwillig mit anderen. Es war nicht fair, von ihr zu erwarten, daß sie auch ihre crste große Liebe mit jemandem teilte. Belinda biß sich auf die Zunge und bemühte sich, Melissa ein ermutigendes Lächeln zuzuwerfen.

Als auch der letzte Teller wieder im Regal stand, band Melissa ihre Schürze ab, rieb sich ein paar Tropfen Sahne in die Hände und gesellte sich zu den anderen im Wohnzimmer. Das Mühlespiel hatte gerade unentschieden geendet. Clark und Jackson hatten abwechselnd gewonnen, so daß keiner der beiden als Gewinner hervorgegangen war. Clark war über die Fähigkeiten des jungen Mannes überrascht.

„Du machst deine Sache prächtig, Junge!“ lobte er und schob das Brett von sich.

„Pa und ich haben viel miteinander gespielt“, erklärte Jackson.

„Du vermißt ihn arg, nicht wahr?“

Ein Schatten legte sich über die Augen des Jungen.

„Ja“, sagte er und sah auf seine polierten Schuhe hinunter. „Ja, das stimmt.“

Melissa unterbrach die beiden. Sie wollte zu Wort kommen, bevor sie eine neue Runde Mühle anfingen.

„Möchtest du sehen, wo die Jungs rodeln?“ fragte sie Jackson.

„Klar.“

„Ich hole dir deine Jacke“, erbot sich Melissa.

Wenig später kam sie mit Jacksons Jacke über dem Arm zurück. Ihren eigenen Mantel hatte sie schon angezogen. Dann führte sie Jackson durch die Küche auf den hinteren Eingang zu.

Belinda war noch immer in der Küche beschäftigt. Sie hatte ihre Schürze noch nicht abgelegt und wischte den großen schwarzen Herd gerade mit einem Stück Zeitungspapier sauber. Jackson blieb neben ihr stehen.

„Wir gehen nach draußen, um den Jungen beim Rodeln zuzusehen. Hast du Lust mitzukommen?“

Belindas Blick wanderte von Jackson zu Melissa.

„Ich bin noch nicht fertig“, sagte sie schließlich. „Geht ihr beiden doch schon vor!“

„Wir warten auf dich“, erwiderte der junge Mann. „Es eilt ja nicht. Was hast du denn noch zu tun? Komm, ich helfe dir.“ Damit nahm er Belinda das Papier aus der Hand und begann, die Herdplatte kräftig zu reiben. Belinda warf Melissa über Jacksons vorgebeugte Schultern einen hilflosen Blick zu.

„Ich ... eigentlich wollte ich gerade ...“ begann sie, doch es wollte ihr keine ehrliche Ausflucht einfallen, die sie vorbringen konnte. Sie hob den Deckel und warf das Papier ins Feuer. Dann legte sie ein paar frische Holzscheite nach, um das Feuer am Brennen zu halten. Den Kaffee würde sie erst später zu kochen brauchen, und der Kuchen stand schon fertig in der Vorratskammer. Alles andere war erledigt. Es gab also keinen Vorwand, unter dem sie im Haus bleiben konnte.

„Ach, gar nichts“, sagte sie der Ehrlichkeit halber und lächelte Jackson zu.

„Dann zieh dir die Schürze aus und hol deinen Mantel!“ ordnete er an und zupfte zum Spaß an ihren Schürzenbändern.

Belinda trat ein paar Schritte zurück, um ihre Schürze an der Wand aufzuhängen. Sie war froh, aus der Nähe des jungen Mannes weichen zu können.

Jackson hob ihren Mantel vom Haken und half ihr hinein. Sie schlüpfte so schnell wie möglich in die Ärmel, um sich nicht umständlich helfen zu lassen. Dann machten sie sich zu dritt auf den Weg zum Bach. Draußen schien die Sonne so hell auf die leuchtendweiße Winterlandschaft, daß ihre Augen anfangs geblendet wurden.

Vom Bach her hörten sie schon die Stimmen der Jungen und das Gebell der beiden Farmhunde. Unter ihren Füßen knirschte der Schnee, und obwohl eisiger Frost herrschte, wehte kein Wind, so daß der sonnige Nachmittag beinahe mild wirkte.

Belinda sog die Winterluft tief ein. Sie liebte das klare, kalte Wetter. Hauptsache, man hatte eine warme Mahlzeit im Magen und einen warmen Mantel an ... Plötzlich mußte sie wieder an den jungen Mann denken, der seinen Arm verloren hatte. Sie ahnte, daß er keine ausreichende

Kleidung zum Schutz gegen die schneidende Kälte hatte. Ein Schatten überflog ihr Gesicht. Er war so bedürftig, dieser Junge. Sie wußte nicht einmal seinen Namen. Trotzdem wünschte Belinda sich nichts sehnlicher, als ihm irgendwie helfen zu können. Sie hatte für ihn gebetet, wie ihre Mutter vorgeschlagen hatte, doch bisher schien Gott sie noch nicht erhört zu haben. Unwillkürlich stieß sie einen leisen Seufzer aus. Jackson wandte sich ihr zu.

„Stimmt etwas nicht?" fragte er besorgt.

Belinda fuhr zusammen. Ihre Wangen wurden heiß vor Verlegenheit. Er hatte doch wohl ihre Gedanken nicht erraten?

„Nein ... nein. Es ist gar nichts. Ich ... ich mag den Winter halt so gern, das ist alles. Ich meine, er ist so ... so ..."

„Ich auch!" fiel Melissa ihr eifrig ins Wort. Sie hatte nicht die Absicht, sich von dem Gespräch ausschließen zu lassen. „Der Winter ist so frisch und klar! Ich glaube, hier ist er sogar noch klarer als im Westen", plauderte sie weiter. „Die Sonne scheint so ... so hell hier bei euch. Nicht, daß sie im Westen nicht hell scheint; das wollte ich damit nicht sagen. Hier kommt sie mir irgendwie anders vor, heller, leuchtender."

Jackson warf Melissa einen höflichen Blick zu.

„Magst du den Winter auch so gern, Jackson?" fragte Melissa.

„Nun, übel ist er nicht", antwortete er mit einem verhaltenen Lachen. „Ich habe mir noch nie Gedanken darüber gemacht, ehrlich gesagt. Der Sommer ist mir lieber, glaube ich."

„Oh, mir auch!" plapperte Melissa weiter. „Ich liebe den Sommer und die Blumen und das Vogelgezwitscher! Im Westen wachsen überall auf den Hügeln wunderschöne Wiesenblumen. Früher bin ich oft spazierengegangen und habe ganze Sträuße davon gepflückt."

„Ich fürchte, ich pflücke nicht allzuoft Blumensträuße", sagte Jackson mit einem erneuten Lachen.

Melissa lächelte ihn herausfordernd an.

„Das hätte ich auch gar nicht erwartet“, sagte sie. „Blumenpflücken gehört immerhin nicht zu den Dingen, mit denen ein Mann sich beschäftigt.“

Jackson errötete leicht. Das Wort „Mann“ war ihm nicht entgangen. Belinda fragte sich indessen, warum Melissa diese Bemerkung nur gemacht hatte. Immerhin pflückte ihr Vater den ganzen Sommer über hübsche Blumen. Fast jeden Tag brachte er einen Strauß für Mama nach Hause. „Und Mama sieht ihn immer so ... so besonders an, wenn er ihr die Blumen reicht“, dachte sie bei sich. Auch ihre Brüder brachten ihrer Mutter oft Blumen mit. Sie hatte es mit eigenen Augen gesehen. Warum sollte ein Mann nicht Blumen pflücken, wenn ihm danach zumute war?

Belinda war noch immer in Gedanken versunken, als Jackson sie fragte: „Ist dir auch warm genug?“

„Aber sicher!“ antwortete sie hastig.

Inzwischen hatten sie das Bachufer erreicht und sahen den Jungen zu, wie sie schreiend und lachend auf ihren Schlitten den Abhang hinunter sausten. Jackson stand da und grinste.

„Das macht sicher eine Menge Spaß!“ sagte er.

Belinda lächelte.

„Und ob!“ sagte sie. „Ich hab’ schon manche Stunde hier zugebracht.“

„Ach, wirklich?“

Sie nickte.

„Ich habe noch nie einen Schlitten besessen“, sagte Jackson. „In der Stadt gab es keinen Hügel zum Rodeln.“

„Da ist dir aber eine Riesengaudi entgangen“, meinte Belinda. „Es ist richtig aufregend, wenn man mit gehörigem Tempo den Hang hinunter saust. Dieser hier ist zwar nicht besonders steil, aber Spaß macht’s trotzdem.“

„Sollen wir’s auch mal versuchen?“ schlug Jackson vor.

Belinda sah auf ihre Röcke hinab. Aus Erfahrung wußte sie, daß man beim Rodeln oft unversehens in einer Schneewehe landete.

„Dazu hab' ich kaum die richtige Kleidung an", sagte sie lachend, doch Jackson bestand auf seinem Vorschlag.

„Dann sehen wir uns halt vor. Ich sitze vorn. Du brauchst dich nur festzuhalten, weiter nichts."

„Ich versuch's gern mal", meldete sich Melissa zu Wort.

Jackson und Belinda drehten sich gleichzeitig zu ihr um. Ihre Wangen waren gerötet, und in ihren Augen funkelte die Abenteuerlust.

„Ich fahre mit dir hinunter. Ich habe keine Angst!" sagte sie herausfordernd.

Jackson warf Belinda einen fragenden Blick zu, als wolle er sie bitten, es sich schnell anders zu überlegen.

„Das ist eine prima Idee!" antwortete diese jedoch. „Nimm Melissa mit auf eine Rodelpartie. Sie ist zum ersten Mal bei Schnee hier, und sie ist auch noch nie an diesem Hang gerodelt." Daß Belinda es für leichtsinnig hielt, im Sonntagskleid rodeln zu gehen, behielt sie dabei allerdings für sich.

Dan überließ Jackson leihweise seinen Schlitten. Jackson setzte sich darauf und nahm das Lenkseil in die Hand. Melissa kletterte hinter ihm auf den Schlitten und schlang ihre Arme zum Halt um ihn. Belinda fragte sich insgeheim, ob sie ihn nicht ein wenig fester umschlungen hielt, als unbedingt notwendig gewesen wäre. Im nächsten Moment sauste der Schlitten auch schon talwärts. Jackson lachte vor Vergnügen und bat sich eine zweite Fahrt aus. Wieder hielt Melissa sich mit beiden Armen an ihm fest. Der Schlitten sauste auf der Rodelbahn hügelabwärts, und Jackson rief fröhlich: „Bahn frei, wir kommen!"

Unten angekommen, rief er Belinda zu: „Das ist ja ein toller Spaß! Komm, versuch's doch auch mal! Siehst du, wir haben keinen Sturz gebaut! Ist gar kein Kunststück!"

Belinda schüttelte nur lachend den Kopf.

„Noch einmal! Bitte, leih uns den Schlitten nur noch ein einziges Mal, Dan, ja?" bettelte Melissa mit einer Spur von Übertreibung.

Die nächste Fahrt nahm jedoch einen anderen Verlauf,

als Jackson erwartet hatte. Auf halber Strecke schien sich der Schlitten plötzlich selbständig machen zu wollen. Er schoß seitwärts aus der Bahn und geradewegs auf eine hohe Schneewehe zu. Von hier ab wurde es noch schlimmer. Der Schlitten rumpelte querfeldein, bis er gegen einen Steinbrocken prallte. Jackson war machtlos. Der Schlitten stob durch eine zweite Schneewehe hindurch und landete schließlich mitsamt seinen beiden Passagieren auf der Seite.

Die kleineren Jungen oben am Hügel johlten vor Vergnügen. Belinda starrte die beiden Unglücksraben entsetzt an. Wenn sie sich nur nicht verletzt hatten! Doch dann rafften sich die beiden auch schon aus dem Schnee auf. Belinda atmete auf. Melissa gab einen kläglichen Anblick ab. Ihr Rock hatte einen klaffenden Riß am Bund erlitten und hing schräg an ihr herunter. Er war über und über mit Schnee bedeckt. Ihr Mantel, ebenfalls weiß vor Schnee, hatte sämtliche Knöpfe verloren und stand deshalb offen. Jackson klopfte sich den Schnee von der Jacke und grinste verlegen.

„Potztausend!" rief er Belinda den Abhang hinauf zu. „Ganz ohne Unfall geht's wohl doch nicht immer ab!"

Belinda lachte. Sie war froh, daß die beiden den Sturz unverletzt überstanden hatten.

Jackson half Melissa, den Schnee von ihrem Mantel abzuklopfen, und fragte, ob ihr nichts passiert sei. Sie versicherte ihm ziemlich wortkarg, daß ihr nichts fehle. Der Zustand ihrer Kleidung war ihr zutiefst peinlich. Er stellte den Schlitten wieder aufrecht in den Schnee und begann, ihn bergauf zu ziehen.

„Wirst du jetzt mit mir fahren?" rief er Belinda lachend zu.

„O nein, ich werd' mich hüten!" kam Belindas vergnügte Antwort.

Nachdem Melissa im Schnee nach ihren verlorenen Mantelknöpfen gesucht hatte, machte sie sich eilig auf den Heimweg, um sich umzuziehen.

Jackson gab Dan den Schlitten zurück und bedankte sich bei ihm.

„Ein anderes Mal würde ich's gern wieder versuchen", sagte er, und Dan freute sich, einen älteren Jungen beeindruckt zu haben.

Belindas Augen folgten Melissa.

„Ich glaube, ich gehe am besten jetzt auch nach Hause", sagte sie zu Jackson. „Mama wird mich brauchen. Bald soll es Kaffee und Kuchen geben."

Er schickte sich an, sie zu begleiten, doch sie wehrte ab.

„Bleib doch ruhig noch eine Weile hier und rodele noch ein bißchen. Dan hat bestimmt nichts dagegen. Wir rufen dich, wenn der Kaffee fertig ist."

„Meinst du wirklich?" fragte Jackson mit einem abwägenden Blick auf die Rodelbahn.

„Aber klar! Wer weiß, ob du je wieder die Gelegenheit zum Rodeln bekommst. In dieser Gegend kommt der Frühling zeitig."

„Sogar vor Weihnachten schon?"

„Man kann nie wissen!"

Er grinste.

„Na schön, dann bleibe ich noch ein bißchen", sagte er. „Vielen Dank!"

Belinda nickte und lief zum Haus zurück. Sie mußte unbedingt mit Melissa reden. Sie hoffte inständig, daß es nur Melissas Kleid war, das Schaden erlitten hatte, und nicht auch ihr Selbstbewußtsein.

Belinda fand ihre Kameradin in ihrem Zimmer. Sie hatte ihr zerrissenes Kleid ausgezogen, ohne sich ein frisches anzuziehen. Das Gesicht in den Händen vergraben, die Schultern vom Weinen geschüttelt, lag sie bäuchlings auf ihrem Bett.

„Aber Melissa!" rief Belinda besorgt. „Du bist doch nicht etwa verletzt?"

Melissa sah sie aus geschwollenen Augen an.

„Als ob du dich darum scheren würdest!" zischte sie herausfordernd.

Belinda war tief getroffen. Sie ging an das Bett und legte dem Mädchen die Hand auf den Arm.

„Du weißt genau, wie sehr ich dich mag", sagte sie. „Bist du auch wirklich nicht verletzt?"

Melissa sprang auf.

„Mach dir nur keine falschen Hoffnungen!" warf sie Belinda an den Kopf. „Ich brauche keine Krankenschwester, falls du damit gerechnet haben solltest!"

Belinda war vollkommen verwirrt. Sie beschloß, das Thema zu wechseln.

„Bald soll es Kaffee und Kuchen geben. Ich geh' runter und koche den Kaffee."

„Das kannst du allein tun. Ich komme jedenfalls nicht nach unten!"

„Du hast dich doch verletzt. Zeig mal, wo tut's denn weh?"

„Mir fehlt überhaupt nichts", wehrte Melissa ab. „Ich komme nicht nach unten, daß du's nur weißt!"

„Aber was ... was soll ich den anderen sagen? Sie werden nach dir fragen."

„Ach, sag doch, was du willst. Ist mir völlig gleichgültig!" Damit warf Melissa den Kopf zurück und griff nach ihrem Morgenrock.

Unentschlossen blieb Belinda stehen. Sie wußte nicht, was sie tun sollte. Melissas Ausbruch war ihr unerklärlich. Ob sie verletzt war, ohne es zugeben zu wollen? Wenn Larry doch nur plötzlich auftauchen würde!

„Kann ich denn gar nichts für dich tun?" fragte sie aus aufrichtigem Mitgefühl heraus.

Melissa schoß ihr einen vernichtenden Blick zu.

„Mir scheint, du hast für heute genug angerichtet, meinst du nicht auch?"

Belinda zog die Stirn in Falten. Womit hatte sie das Mädchen nur so verärgert?

„Wie meinst du das?" fragte sie.

„Was heißt: ‚Wie meinst du das'?" zischte Melissa gehässig. „Du weißt genau, wovon ich spreche. Den ganzen

Tag lang mischt du dich in Jacksons und meine Angelegenheiten ein. Du weißt, daß er mich mag – und ich ihn. Anstatt dich zurückzuhalten, kommst du uns am laufenden Band in die Quere und verdirbst uns alles!"

Nun brach Melissa in ein haltloses Weinen aus. Belinda starrte ihre Nichte entsetzt an. Wie war Melissa nur auf diese Idee gekommen? Belinda hatte sich absichtlich bemüht, Jackson auszuweichen. Sie hatte ihr Bestes getan, um ... Aber Melissa war anscheinend nicht in der Lage, klar zu denken. Es war zwecklos.

Belinda hörte, wie ihre Mutter sie rief. Wortlos ging sie aus dem Zimmer. Schweren Herzens stieg sie die Treppe hinunter und machte sich in der Küche an die Arbeit.

In der Gegenwart der Gäste fiel kein Wort über Melissa, doch als die Browns sich verabschiedet hatten, verlangte Marty eine Erklärung über ihr Fernbleiben. So unbehaglich Belinda dabei auch zumute war, so wollte sie ihre Mutter auf keinen Fall anlügen. Sie beschloß, mit kurzen Worten den wahren Sachverhalt zu schildern.

Marty suchte mit vor Verwunderung großen Augen Clarks Blick über Belindas Kopf hinweg.

„Bist du dir ganz sicher?" fragte sie. „Hat sie wirklich gesagt, du wolltest dich einmischen?"

Belinda nickte.

„Und sie ist eifersüchtig auf dich?"

Belinda nickte wieder.

„Das kann ich kaum glauben", sagte Marty. „Morgen früh sieht alles bestimmt wieder ganz anders aus."

Doch am nächsten Morgen war Melissas Stimmung unverändert finster. Sie erledigte ihren Teil der Küchenarbeit und machte sich für die Schule fertig, doch von ihrer fröhlichen, gesprächigen Natur war keine Spur zu erkennen. Sie vermied es, auch nur ein Wort mit Belinda zu wechseln.

„O lieber Gott!" betete Marty und hob ihre Augen zum Himmel. „Jetzt haben wir ein richtiges Eifersuchtsdrama im Haus, scheint mir. Was sollen wir bloß tun?"

Ein folgenschwerer Besuch

In der Weihnachtszeit machten sich mehrere Nachbarn mit Körben voller Lebensmittel auf den Weg zu Familie Simpson, doch alle wurden ohne Ausnahme abgewiesen. Die Nachbarn wußten sich keinen Rat. Sie wollten der Familie helfen, doch wie sollten sie das anstellen? Auch dem Pastor wurde kein Einlaß gewährt. Anscheinend wollte die Familie nicht einmal Hilfe und Trost von Gott annehmen. Marty war bekümmert. Die Simpsons waren arme, aber stolze Leute. Lieber gingen sie zugrunde, als sich helfen zu lassen. Clark schüttelte verständnislos den Kopf. Töricht war so etwas, der reine Hochmut!

Die Schulden für das Brennholz und das Gartengemüse waren noch immer nicht abgetragen worden. Clark hätte nichts lieber getan, als den Simpsons den Betrag zu erlassen, doch er wußte, daß sie dazu nie ihre Einwilligung geben würden. Sie schienen die Ware unbedingt bezahlen zu wollen, bevor sie jemals weitere Gaben in Empfang nehmen würden.

Clark beschloß, ihnen einen Besuch abzustatten. Er erwog, Marty mitzunehmen, doch dann gelangte er zu dem Schluß, daß das zu sehr nach einer Stippvisite aussehen würde. Die beiden Eheleute berieten sich, und Clark entschied, allein zu Familie Simpson zu fahren. Sein Besuch sollte so geschäftsmäßig wie möglich wirken.

Unterwegs zerbrach er sich den Kopf. Es wollten ihm einfach keine Arbeiten einfallen, die er bei Herrn Simpson in Auftrag geben konnte. Er dachte über den Plan nach, den er gemeinsam mit Marty ausgeklügelt hatte. Es würde nicht einfach für Marty werden. Auch für ihn selbst würde es schwierig werden. Beide würden bei der Sache leichte Gewissensbisse bekommen. Es ging kaum an, den Simpsons zu erklären, sie brauchten Hilfe, wenn es im Grunde gar nicht so war.

Marty hatte eine kurze Liste an Näharbeiten zusammengestellt, die sie bei Frau Simpson in Auftrag geben wollte. Außerdem hatte sie Nandrys Tochter Mary eine neue Steppdecke zum Geburtstag versprochen. Dabei könnte ihr Frau Simpson vielleicht auch zur Hand gehen, obwohl Marty gewöhnlich ihre Steppdecken allein herstellte. Steppen gehörte zu den Handarbeiten, die sie ausgesprochen gern tat.

Trotzdem würden diese Arbeiten innerhalb kurzer Zeit erledigt sein. Die beiden Eheleute hatten sich den Kopf zerbrochen, doch außer einer Näharbeit wollte ihnen einfach kein anderer Auftrag für die Frau einfallen.

„Wieviel Stoff hast du noch vorrätig?“ hatte Clark sich bei Marty erkundigt.

„Vier oder fünf Stücke, denk' ich“, hatte sie geantwortet.

„Kannst du die nicht irgendwie verarbeiten lassen?“

„Eigentlich hatte ich für jedes davon an etwas Bestimmtes gedacht“, hatte Marty ihm erklärt. „Ich brauch' sie aber erst später. Aus einem Stück wollte ich Belinda ein Kleid nähen, aber das Muster ist noch ein bißchen zu erwachsen für sie. – Wenn sie jedoch weiterhin so schnell wächst, kann sie's am Ende doch bald tragen! – Ein anderes Stück ist für Kate. Sie soll ein paar neue Schürzen bekommen. Ein Stück ist für Amys Steppdecke gedacht, die sie sich zum Schulabschluß gewünscht hat, und eins ...“

„Dann fahr' ich in die Stadt“, sagte Clark, „und kauf' ein paar neue Stoffe.“

„Aber was soll ich sie denn daraus nähen lassen?“ hatte Marty protestiert.

„Weiß auch nicht. Es wird uns schon was einfallen. Wie wär's mit einem neuen Kleid für dich?“ Clark nahm sie schmunzelnd in die Arme.

„Aber Clark, ich brauche kein neues Kleid!“ hatte Marty abgewehrt.

„Du brauchst's vielleicht nicht so nötig, aber Frau Simpson dafür um so mehr", hatte er geantwortet, und sie hatte nickend ihre Einwilligung gegeben.

Clark war also in die Stadt gefahren und hatte sechs Stoffstücke erstanden. Es waren hübsche Drucke, die er da ausgewählt hatte – oder war es die Verkäuferin, die die Wahl getroffen hatte? –, aber was sie nun damit anfangen sollte, wußte Marty noch nicht recht. Außerdem war es nicht einmal sicher, ob sich Frau Simpson überhaupt aufs Nähen verstand. Womöglich würde sie die Stoffe hoffnungslos ruinieren.

Als Marty ihre Bedenken Clark gegenüber geäußert hatte, hatte dieser nur mit den Achseln gezuckt.

„Dann wirfst du sie halt in den Lumpensack!" hatte er gemeint.

„Welch eine sündhafte Verschwendung!" hatte Marty bei sich gedacht. Es wäre viel einfacher und bei weitem nicht so kostspielig gewesen, wenn die Simpsons die Hilfe ihrer Nachbarn einfach angenommen hätten, anstatt auf einer ordnungsgemäßen Bezahlung zu bestehen.

All das ging Clark nun durch den Kopf, während er das Gespann vorantrieb. Er überlegte sich sorgfältig, wie er sein Anliegen vorbringen würde. Wie konnte er sich nur wahrheitsgemäß ausdrücken, ohne die Simpsons in ihrem Stolz zu verletzen?

Clark band die Pferde fest und ging auf die Hütte zu. Sein künstliches Bein verursachte ihm wieder Schmerzen. Vielleicht lag es an dem winterlichen Frostwetter; Clark wußte es nicht genau. Er spürte stechende Schmerzen, die sich bis in seine Hüfte zogen.

Energisch klopfte er an die Tür. Herr Simpson öffnete ihm. Bevor er den Besucher unter dem Vorwand, keine Almosen zu wollen, abweisen konnte, beeilte sich Clark mit seiner Erklärung: „Ich bin gekommen, um mit Ihnen über Ihre Schulden zu sprechen."

Die Tür öffnete sich ein Stück weiter, und der Mann trat beiseite.

Die Frau machte sich gerade am Herd zu schaffen. Es duftete nach Gemüseeintopf. Clark nickte ihr anerkennend zu.

Von den beiden Jungen war nur der jüngere daheim. Er saß gelangweilt in einer Stubenecke und spielte mit einem Stück Schnur.

Der Mann bedeutete Clark mit einer Handbewegung, sich auf einen Stuhl zu setzen. Die Aufforderung, seine schwere Jacke abzulegen, blieb jedoch aus.

Clark setzte sich und knöpfte seine Jacke auf.

„Ich höre", brummte der Mann.

„Ich hab' mir gedacht, es eilt Ihnen vielleicht, Ihre Schulden loszuwerden", begann Clark. „Ich hab' da ein paar Arbeiten, die erledigt werden müßten. Sie könnten sich dazu bei mir melden, sobald Sie Zeit haben."

„Zeit hab' ich im Überfluß", antwortete der Mann ohne die Spur eines Lächelns.

Clark nickte.

„Wie viele Tage?" fragte der Mann.

„Nun, zwei oder drei vielleicht."

„Das reicht nicht, um unsere Schulden zu bezahlen", stellte der Mann mit finsterer Miene fest.

„Das Gemüse ist dadurch abgegolten", antwortete Clark. „Für das Brennholz bringen Sie mir im Frühjahr das grüne Holz."

Herr Simpson nickte. Ja, vielleicht konnte er auf diese Weise die Lebensmittel bezahlen. Er schien die Angelegenheit damit als erledigt zu betrachten.

„Meine Frau hat ein paar Näharbeiten, bei denen sie ... nun, sie könnte Hilfe gebrauchen. Ist Ihre Frau wohl daran interessiert?"

„Ich denke, die Lebensmittel sind bezahlt, wenn ich bei Ihnen arbeite", sagte der Mann gereizt.

„Das sind sie auch", gab Clark unbeirrt zurück. „Für die Näherei würden wir einen Lohn zahlen."

Clark sah, wie die Frau am Herd horchte. Doch er tat so, als hätte er nichts bemerkt.

„Ihre Frau kann wohl nicht nähen, oder?“ fragte der Mann. Es klang ein wenig geringschätzig.

„Sie näht erstklassig“, verteidigte Clark seine Marty. „Aber ab und zu schadet's nichts, wenn eine Frau auch mal Hilfe bekommt.“

Der Mann murmelte etwas Unverständliches.

„Und was wollen Sie dagegen tauschen?“ fragte er schließlich.

„Dachte, wir zahlen Bargeld. Von mir aus können wir auch tauschen, aber ich wüßte nicht, was wir Ihnen an brauchbaren Dingen geben könnten. Tüchtige Hilfe findet man halt nicht jeden Tag.“

Der Mann zog die Brauen in die Höhe. Er wandte sich an seine Frau.

„Was meinst du, Ma? Wär' das was für dich?“ fragte er.

Clark war erfreut darüber, daß er sie vor die Wahl gestellt hatte, anstatt sie einfach zu kommandieren. Hinter der harten Schale schien ein guter Kern zu stecken.

Die Frau willigte mit einem Kopfnicken ein.

„Wieviel wollen Sie zahlen?“ erkundigte sich Herr Simpson.

„An wieviel hatten Sie denn gedacht?“

„Zehn Cents die Stunde.“

Clark gab vor, angestrengt nachzudenken.

„Ich hatte eigentlich eher an fünfzehn gedacht“, sagte er dann. „Möchte nicht, daß ich als Geizhals verschrien werde. Gute Arbeit soll auch gut belohnt werden.“

„Also gut, fünfzehn“, sagte Herr Simpson, und die beiden Männer waren sich einig.

„Dann mach' ich mich jetzt wohl wieder auf den Heimweg“, sagte Clark und stand auf. „Dieser Tage wird's früh dunkel, und ich hab' meine Stallarbeit noch zu erledigen.“

„Wir kommen gleich morgen früh“, sagte der Mann.

„Wenn die Sache so ist, erkläre ich Ihnen am besten schnell, wie Sie uns finden“, sagte Clark mit einem leichten Lächeln. Es blieb unerwidert. Clark zog einen Bleistift und ein zerknittertes Stück Papier aus der Tasche und begann, eine einfache Landkarte anzufertigen. Er saß noch über den Tisch gebeugt da, als er hörte, wie die Haustür geöffnet und wieder geschlossen wurde. Aus den Augenwinkeln sah er einen Schatten, blickte aber absichtlich nicht von seiner Zeichnung auf.

Der ältere Junge war soeben nach Hause gekommen. Clark brachte seine Landkarte zu Ende und gab eine kurze Erklärung dazu ab, bevor er den Kopf hob.

Der Junge stand noch immer neben der Tür. Seine dünne, geflickte Jacke hatte er noch nicht abgelegt. Der eine Ärmel war zum Schutz gegen die Kälte zu einem unbeholfenen Knoten gebunden worden. Er trug sein Gewehr unter die andere Achsel geklemmt, und in der Hand hielt er zwei Hasen und ein Schneehuhn. Clark nickte ihm zum Gruß zu und sah ihn offen an.

„Du mußt aber ein prima Schütze sein", sagte er anerkennend.

Der Junge nickte nur, warf seine Beute in eine Ecke und hängte sein Gewehr an einen Haken an der Wand.

„Hast du immer so viel Glück?" erkundigte sich Clark grinsend.

„Meistens", gab der Junge zurück und schob sich die Jacke von der Schulter.

Clark ging auf die Tür zu. Er knöpfte seine Jacke wieder zu und hob seinen Hut vom Fußboden auf, wo er ihn bei seiner Ankunft abgelegt hatte. Dabei spürte er den Blick des Jungen auf sich.

Er hatte schon die Türklinke in der Hand, als der Junge ihn ansprach.

„Dachte, Sie hätten bloß ein heiles Bein", sagte er beinahe vorwurfsvoll.

Clark sah an sich hinunter. Seine beiden Beine sahen tatsächlich heil aus. Die Hosenbeine fielen ihm bis auf die Schuhe. Nur beim näheren Hinsehen war zu erkennen, daß er ein ungleiches Paar Schuhe trug.

„Nein“, sagte er mit einem Lächeln, „ich hab’ zwei Beine. Das eine hab’ ich zwar borgen müssen, aber laufen kann ich auf zweien.“

Er zog das eine Hosenbein ein Stück in die Höhe. Darunter kam das Holzbein mit den Gurten und Schnallen zum Vorschein.

Aus den Augenwinkeln sah er, wie die Frau zusammenzuckte und sich abwandte. Der jüngere Sohn, der fast unbemerkt in der Ecke gesessen hatte, beugte sich mit weit aufgerissenen Augen vor.

„Ich lauf’ damit fast so gut wie mit meinem alten Bein“, erklärte Clark. „Mein Sohn Larry, der Doktor, hat mich dazu überredet. Zuerst hab’ ich’s nicht gewollt, aber jetzt weiß ich nicht, wie ich ohne das Holzbein zurechtkäme. Dadurch hab’ ich die Hände frei“, und er hob seinen Hut mit beiden Händen in die Höhe, „und das Leben ist viel leichter.“

Der einarmige Junge sagte nichts.

Clark warf dem Mann einen Blick zu und setzte sich den Hut auf.

„Bis morgen früh also!“ sagte er und nickte ihm zum Abschied zu.

Er trat ins Freie und zog die Tür hinter sich fest ins Schloß. Dann ging er auf das unruhig wartende Gespann zu. Er hatte nicht die geringste Ahnung, ob er seinem Ziel mit diesem Besuch nähergekommen war oder nicht.

Die beiden Hausangestellten

Clark und Marty saßen noch bei einer zweiten Tasse Kaffee am Frühstückstisch, um die Ruhe nach dem stürmischen Abschied der Schulkinder ein wenig zu genießen, als Marty den Hund bellen hörte. Sie beugte sich vor und schob den Vorhang beiseite. Überrascht sah sie, wie zwei Gestalten auf das Haus zukamen.

„Wer kann das nur sein? Und dazu um diese Zeit?"

Clark beugte sich vor, um ebenfalls aus dem Fenster zu spähen.

„Das muß wohl unser bestellter Hilfstrupp sein", sagte er. „Den ganzen Weg haben sie zu Fuß zurückgelegt! Daß sie kein Gespann haben, hab' ich nicht gewußt."

Marty zog die Stirn in Falten.

„Du meinst doch nicht etwa die Simpsons?"

„Doch, genau die."

„Aber Clark!" rief Marty und sprang auf. Mit der einen Hand strich sie sich die Frisur glatt. „Ich hab' ja keine Ahnung, womit ich die Frau beschäftigen soll! In meinem ganzen Leben hab' ich noch nie eine Hilfe im Haushalt gehabt. Ich weiß ja nicht einmal, wie man jemandem Befehle erteilt!"

Clark lachte.

„Dann stellst du dir einfach vor, sie wäre eins von deinen Kindern", riet er ihr. „Die kommandierst du doch mit Leichtigkeit herum, oder nicht?"

„Nur, daß sie kein Kind ist. Und vielleicht mag sie es nicht, wenn ich ihr sage, was zu tun ist. Liebe Güte, was haben wir uns da nur eingebrockt!"

„Hast du schon einen Bogen Papier bereitgelegt?"

„Einen Bogen Papier? Nein. Warum denn das?"

„Du mußt dir die Stunden aufschreiben, die sie bei dir

arbeitet. Wir bezahlen sie nämlich stundenweise, weißt du."

„Nein", schüttelte Marty den Kopf, „einen Bogen Papier hab' ich nicht zur Hand."

Clark öffnete die Tür.

„Kommen Sie nur herein!" begrüßte er Herrn und Frau Simpson.

Zögernd traten die beiden näher und sahen sich wortlos um. Marty war sich ihres Wohlstands noch nie so bewußt gewesen wie in diesem Moment. Warum hatte Gott ihr ein solch gemütliches, hübsches Zuhause geschenkt, wenn andere Menschen viel kärglicher leben mußten?

„Ihre Jacken können Sie dort neben der Tür an den Haken hängen", wies Clark sie an.

Marty holte zwei Tassen aus dem Schrank. Insgeheim bezweifelte sie, daß die Simpsons überhaupt schon gefrühstückt hatten, wagte es aber nicht, sie danach zu fragen.

„Wir trinken nur gerade noch 'ne zweite Tasse Kaffee, bevor wir uns an die Arbeit machen", erklärte ihnen Clark. „Setzen Sie sich doch zu uns an den Tisch!"

Marty räumte die Gedecke, die Melissa und Belinda benutzt hatten, beiseite und wischte den Tisch für die Gäste sauber. Clark nahm die Familienbibel vom Tisch und stellte sie in das Regal in der Ecke zurück.

„Sie sind ja zeitig zur Arbeit gekommen", lobte Clark. „Das gefällt mir. So können wir bald tüchtig loslegen."

Marty schenkte den Kaffee aus, und Clark reichte den beiden die Sahne und den Zucker. Die Simpsons bedienten sich.

„Hast du noch ein paar von den Zimtbrötchen übrig, Marty?" fragte Clark. „Ich hätte gern noch eins zum Kaffee."

Clark hatte soeben ein kräftiges Frühstück verspeist, doch Marty begriff und eilte in die Speisekammer, um ein halbes Dutzend handgroßer Zimtbrötchen zutage zu fördern. Kaum hatte sie den Teller auf den Tisch gestellt, als

Clark auch schon zulangte. Marty war überrascht. Bei anderen Gelegenheiten war Clark immer sehr darauf bedacht, den Gästen zuerst von dem Essen anzubieten.

„Nehmen Sie sich doch auch eins, wenn Sie möchten“, sagte er zwischen zwei Bissen.

Erst jetzt wurde Marty klar, warum er so gehandelt hatte. Die Brötchen standen im Grunde nur um der beiden Simpsons willen auf dem Tisch, doch Clark wollte vermeiden, daß sie das spürten. Wenn niemand anders aß, würden auch sie nicht zugreifen. Als Marty sich wieder gesetzt hatte, nahm auch sie sich noch ein Brötchen, obwohl sie nicht wußte, wie sie es hinunterbringen sollte.

Bei Kaffee und Zimtbrötchen entspann sich kaum ein Gespräch. Die neuen Nachbarn waren außerordentlich wortkarg. Sie machten einen unruhigen Eindruck, als würden sie am liebsten auf der Stelle mit der Arbeit beginnen. Marty vermutete, daß sie bei fünfzehn Cents Stundenlohn keine Zeit vergeuden wollten.

„So, am besten fangen wir gleich an!“ sagte sie endlich. „Würde es Ihnen etwas ausmachen, mir schnell mit dem Geschirr zu helfen, damit wir den Tisch zum Zuschneiden frei haben?“

Anschließend holte Marty einen Bogen Papier hervor und schrieb „Donnerstag“ darauf. Dann sah sie auf die Wanduhr. Sie las die Uhrzeit auf die Minute genau ab, denn auch Frau Simpsons prüfender Blick war auf die Uhr gerichtet.

„Vierzehn Minuten vor acht haben wir“, sagte Marty. „Wir berechnen die Zeit von jetzt ab.“ Marty sah auf den großen Küchenherd. „Liebe Güte, die Kaffekanne ist noch immer nicht leer, und verschwenden möchte ich den Kaffee auch nicht. Könnten Sie nicht noch 'ne Tasse trinken?“

Ohne eine Antwort abzuwarten, stand sie auf und füllte die Tassen aufs neue.

„Den Kaffee ziehe ich Ihnen nicht von der Zeit ab“, beruhigte sie die Frau. „Wir benutzen die Kaffeepause dazu, die Arbeit für heute zu besprechen.“

Langsam tranken sie ihren Kaffee. Dabei erklärten Clark und Marty den Simpsons, welche Aufträge sie ausführen sollten. Die beiden hörten aufmerksam zu.

Schließlich wußte Marty nicht mehr, wie sie die beiden noch länger hinhalten konnte. Clark spürte es ihr ab und stand auf, um sich mit Herrn Simpson an die Arbeit zu machen. Der Mann griff nach seiner Jacke, doch Clark wehrte ab.

„Die werden Sie fürs erste nicht brauchen", sagte er. „Wir fangen mit den Obstregalen im Keller an. Da unten ist es fast zimmerwarm."

Der Mann ließ seine Jacke am Haken hängen, warf seiner Frau einen Blick zu und folgte Clark aus der Küche.

Marty machte sich an der Anrichte zu schaffen. Dabei überstürzten sich ihre Gedanken geradezu. Zuerst würden sie das Geschirr abwaschen. Der Fußboden mußte gekehrt werden. Marty hatte frisches Brot zu backen. Konnte sie der Frau zutrauen, das Zuschneiden des Stoffes unbeaufsichtigt zu besorgen? Nun, schlimmstenfalls würde sie halt Clarks Rat befolgen und den ganzen Stoff in den Lumpensack werfen, beschloß sie seufzend.

Die Frau hatte die Spülschüssel an dem Haken neben dem Herd entdeckt und holte sie.

„Das heiße Wasser ist dort im Speicher", sagte Marty und deutete auf das hintere Ende der Herdplatte.

Die Frau starrte den Wasserspeicher bewundernd an. Mit einem Schöpflöffel füllte sie das heiße Wasser in die Spülschüssel.

Marty ließ sie mit dem Spülen anfangen. „Tu so, als wär' sie eins von deinen Kindern", sagte sie sich immer wieder, während sie das Geschirr abtrocknete und wieder in den Schrank räumte. Dabei hoffte sie inständig, daß ihr das kleine Manöver gelingen würde.

Kaum eine Bemerkung fiel zwischen den beiden Frauen, während sie das Geschirr abwuschen. „Eine große Festtagsrednerin ist sie nicht, soviel steht fest", dachte Marty, und ein verhaltenes Lächeln spielte um ihre

Lippen. „So eine schweigsame Frau ist mir mein Lebtag noch nicht begegnet!“ Erst jetzt fiel ihr auf, daß sie selbst auch nicht sehr gesprächig gewesen war. Nun, das würde sie auf der Stelle ändern.

„Ich hab' gehört, daß Sie 'ne Zeitlang im Westen waren“, begann sie freundlich.

Die Frau nickte nur.

„Wie lange haben Sie denn dort gewohnt?“ fuhr Marty fort.

„Um die zwölf Jahre“, antwortete Frau Simpson.

„Hat's Ihnen dort gefallen?“

Die Frau sah Marty an. Die Fragen wurden ihr entschieden zu persönlich. Sie kniff die Lippen fest zusammen und zuckte mit den Achseln. Marty begriff. Sie durfte Frau Simpson nicht zu nahe treten.

Während die Frau den Tisch abwischte, holte Marty den Besen. Sie kehrte die Holzspäne und Brotkrümel zusammen, schob sie auf das Kehrblech und warf sie in das Herdfeuer. Dann nahm sie ein paar frische Holzscheite und legte sie nach.

„Lassen Sie das Feuer auch vormittags brennen?“ fragte Frau Simpson ungläubig.

Marty nickte.

„Brennholz haben wir in rauhen Mengen“, erklärte sie, „und der Küchenherd ist unsere einzige Wärmequelle im ganzen Haus.“

Die Frau schwieg.

„Ich habe Brotteig zu kneten“, fuhr Marty fort. „Das erledige ich geschwind, bevor wir mit dem Nähen anfangen.“

Frau Simpson nickte.

In der Küche herrschte Schweigen, während die beiden Frauen ihrer Arbeit nachgingen. Aus dem Keller ertönte das stete Klopfen eines Hammers. Der Mann hatte mit dem Zimmern der Regale begonnen.

Frau Simpson wischte den Herd sauber, schüttete das Spülwasser aus und hängte die Schüssel an den Haken.

„Was soll ich als nächstes tun, Frau Davis?“ erkundigte sie sich dann.

„Nennen Sie mich doch getrost Marty. Ich bin's nicht gewöhnt, mit Frau Davis angeredet zu werden.“ Dann fügte sie hastig hinzu: „Wir fangen mit dem Nähen an, sobald ich den Teig fertig habe. Es dauert nicht mehr lange.“

„Und was soll ich in der Zwischenzeit tun?“ fragte Frau Simpson.

Am liebsten hätte Marty geantwortet: „Setzen Sie sich doch einfach einen Moment hin“, doch das wagte sie nicht zu sagen. Statt dessen ließ sie ihren Blick durch die Küche schweifen. Irgend etwas mußte es doch geben, das erledigt werden könnte. Ach, es war nicht einfach, eine bezahlte Hilfe im Haus zu haben!

„Die hintere Veranda könnte gekehrt werden“, fiel ihr endlich ein.

Die Frau nahm den Besen und das Kehrblech zur Hand und machte sich an die Arbeit. Marty hoffte, daß sie dabei nicht allzu arg fror. Die hintere Veranda war zwar eingeschlossen, aber nicht beheizt.

Marty stellte gerade die Teigschüssel beiseite, als die Frau wieder in die Küche kam.

„Ich hole jetzt den Stoff“, sagte Marty und ging los. Sie beschloß, jeweils nur zwei Stoffstücke auf einmal hervorzuholen. Es sollte auf keinen Fall den Anschein haben, als wolle sie mit ihrem Reichtum prahlen. Das abgetragene, mehrfach geflickte Kleid, das Frau Simpson trug, war Marty nicht entgangen. Es sah zwar frisch gewaschen aus, doch an manchen Stellen war der Stoff fast durchsichtig.

„Mit diesem Stück möchte ich anfangen“, erklärte Marty, „und hier ist das Schnittmuster. Die Nähmaschine steht dort in der Wohnstube, und die Schere und das Nähgarn finden Sie in dem Korb daneben.“

Nun wußte Marty nicht, was sie mit sich anfangen sollte. Sie mochte nicht den Eindruck erwecken, als wolle sie die Frau bei der Arbeit beaufsichtigen, doch im Grunde war nichts da, was unbedingt erledigt werden mußte. Nun, vielleicht konnte sie Butter stoßen, aber sie hatte nur eine kleine Menge Sahne zur Hand, und außerdem hatte sie erst gestern frische Butter gestoßen. Ob sie etwas backen sollte? Nein, eigentlich bestand keine Notwendigkeit dazu. Sie hätte gern an dem geflochtenen Teppich weitergearbeitet, doch es würde ein wenig seltsam wirken, wenn sie von Hand nähte, während ihre bezahlte Hilfskraft ihre Nähmaschine benutzte. Vielleicht könnte sie ...

Da kam ihr eine Idee.

„Ich geh' nach oben", teilte sie der Frau kurz entschlossen mit. „Wenn Sie etwas brauchen, rufen Sie mich nur." Damit ging sie auf die Treppe zu, um sich in ihr Schlafzimmer zurückzuziehen.

Das Bett war schon gemacht und das Zimmer für den Tag in Ordnung gebracht. Marty ging eine Weile ziellos auf und ab, schüttelte hier ein Kissen auf, zupfte dort eine Vorhangfalte zurecht und setzte sich schließlich auf die Bettkannte. Im oberen Stockwerk war es kühl.

„So etwas Unsinniges!" dachte sie bei sich. „Geradezu lächerlich ist das! Hier sitze ich nun als erwachsene Frau fast wie eine Gefangene in meinem eigenen Haus!" In ihrem Kopf drehten sich die Gedanken im Kreis. „Was tu' ich nur den ganzen Tag lang? Und für wieviele Tage hat Clark sie bestellt? Was soll ich nur mit meiner Zeit anfangen?"

Marty fröstelte. Eigentlich war es im oberen Stockwerk zu kalt, um sich länger dort aufzuhalten. Marty nahm sich ein warmes Schultertuch von dem Stuhl neben der Kommode und schlang es fest um sich.

„Du könntest beten", erinnerte sie eine innere Stimme. „Du beklagst dich doch immer, daß dir viel zu wenig Zeit zum Beten bleibt."

Marty errötete, obwohl niemand außer ihr in der Stube war – niemand Sichtbares.

Sie kniete vor ihrem Bett nieder. Langsam begann sie zu beten und zwang sich dabei, sich auf die Nöte und Bedürfnisse eines jeden Familienmitglieds zu besinnen. Es dauerte nicht lange, bis sie ein aufrichtiges, offenes Gespräch mit Gott führte. Sie schüttete ihm ihr Herz aus, und mit ihrem Herzen hörte sie auch seine Antwort. Es war eine erfrischende, lebendige Begegnung mit ihrem Vater im Himmel.

Sie betete für jedes ihrer Kinder und Kindeskinder. Sie dachte an ihre Töchter, die nun in der Ferne lebten, ihre Schwiegersöhne und ein jedes der Enkelkinder dort. Sie schloß Nandry und Josh und ein jedes ihrer Kinder in ihr Gebet ein; sie betete für Luke und Kate und für Amy, daß Gott das künstlerische Talent des Mädchens zu seiner Ehre entfalten und gebrauchen möchte. Sie betete für die drei Jungen in dieser Familie. Sie bat Gott, auch Arnie, Anne und deren drei Söhne zu segnen. Sie betete für Larry in seiner Tätigkeit als Arzt und für Abbie und die Kinder, die oft ihren Vater entbehren mußten.

Für Belinda betete Marty, daß Gott ihre Wege leiten und sie zum Segen für viele Menschen setzen möge. Sie bat um Weisheit, was den Umgang mit Melissa betraf, Missies heranwachsende Tochter, die so weit von daheim entfernt lebte, und sie erbat sich ein besonderes Maß an Geschick, um die Kluft zwischen Belinda und Melissa zu überbrücken. Sie betete für die Nachbarn und die Kirchengemeinde und schloß auch die neue Lehrerin ein, daß Gott ihr Trost in ihrem Kummer schenken möge und ihr helfe, ihre drei Söhne zu gottesfürchtigen Männern zu erziehen.

Unter Tränen betete Marty für die Simpsons. Sie betete, daß Clarks und ihre Bemühungen, ihnen zu helfen, nicht vergeblich seien. „Und hilf mir bitte, sie beschäftigt zu halten", bat sie. Sie betete auch für den älteren der beiden Söhne, dem es so unendlich schwerzufallen schien, sich mit dem Verlust seines Armes abzufinden.

Marty betete ernsthaft und inständig. Es gab keinen Grund aufzuspringen und diese oder jene dringende Arbeit zu erledigen.

Plötzlich fiel Marty ihr Brotteig wieder ein. „Liebe Güte, der Teig ist bestimmt längst über den Rand gequollen!“ dachte sie erschrocken, sprang auf, warf das Schultertuch beiseite und lief nach unten in die Küche.

Doch ihre Sorge war völlig unbegründet gewesen. Frau Simpson hatte den Teig schon versorgt. Sie saß an Martys Nähmaschine. Das Pedal ratterte gleichmäßig, während unter ihren geschickten Händen eine saubere Naht nach der anderen gesetzt wurde. Marty wollte sich vor Verwunderung die Augen reiben. Die Frau verstand sich ja glänzend auf ihr Handwerk!

„Meine Güte!“ staunte sie. „Sie machen Ihre Sache hervorragend!“

Die Frau hielt den Blick auf den Stoff geheftet.

„Vor meiner Heirat war ich Schneiderin in einem Geschäft an der Ostküste“, erwiderte sie.

„Alle Achtung!“ sagte Marty.

Sie sah der Frau noch eine Weile bei der Arbeit zu, bevor sie sich wieder erhob.

„Nun wird's aber Zeit, daß ich ans Kochen denke“, sagte sie. „Die Zeit ist ja geradezu im Flug vergangen!“

Marty sah, wie sich auch die Augen der Frau auf die Wanduhr richteten. Gewiß überschlug sie in Gedanken ihren Verdienst: dreieinhalb Stunden zu fünfzehn Cents die Stunde macht zweiundfünfzig und einen halben Cent.

Marty beschloß, einen Pudding zu kochen. Bis zum Essen würde er abgekühlt sein. Dazu würde sie Schweineschnitzel und Kartoffeln braten. Einen Topf mit Karotten hatte sie auch noch, die sie nur aufzuwärmen brauchte. Der Brotteig konnte bald geformt und gebacken werden. Marty begann, in ihrer Küche zu wirtschaften. Dabei fühlte sie sich längst nicht mehr so befangen wie am frühen Morgen und summte sogar ein Lied vor sich hin. Sie hatte schon lange nicht mehr soviel Zeit im Gebet verbracht wie an diesem Morgen. Vielleicht war es am Ende gar keine so üble Idee, eine bezahlte Hausgehilfin zu haben, gestand sie sich im stillen ein.

Martys schweigsame Angestellte

Allmählich gewöhnte sich Marty an die Anwesenheit einer anderen Frau in ihrem Haushalt. Jeden Morgen, nachdem der Aufwasch und die übrigen Küchenarbeiten erledigt waren, stieg Marty die Treppe hinauf in ihr Schlafzimmer, um ungestört zu beten. Wenn sie sich auch nicht immer soviel Zeit wie am ersten Tag dazu nahm, so schätzte sie die Gelegenheit, in der Stille mit ihrem Gott zu sprechen.

Allmählich entstand unter den geübten Händen der angestellten Schneiderin ein Kleidungsstück nach dem anderen. Marty war vollauf zufrieden mit den Endprodukten. Gewiß würden sich weitere Aufträge für die Frau in der Stadt finden. Marty hatte mehrfach gehört, wie die Frauen am Ort sich über den Mangel an erstklassigen Schneiderinnen beklagt hatten. Nun, bei der Arbeit, die diese Frau leistete, würden sie nichts zu beanstanden finden. Dafür konnte Marty ihre Hand ins Feuer legen.

Marty holte sogar die Stoffe hervor, die sie eigentlich erst später verarbeiten wollte, und gab sie Frau Simpson zum Nähen. Anstatt die Stoffe auf Jahre hinaus in der Vorratskammer zu lagern, beschloß sie, jedem der Mädchen ein neues Sonntagskleid nähen zu lassen.

Herr Simpson hatte seine zugewiesenen Aufgaben inzwischen längst abgeleistet und fällte nun wieder Holz in der Nähe der Hütte, in der sie wohnten. Seine Frau legte daher den Weg zu Marty allein zurück. Noch immer unterhielten sich die beiden Frauen selten bei der Arbeit, obwohl sie täglich mehrere Stunden miteinander verbrachten.

Jedesmal, wenn Marty ihre Nachbarin durch den

Schnee auf ihr Haus zustapfen sah oder sie nach getaner Arbeit wieder auf den Heimweg schickte, fror sie unwillkürlich. „Wenn sie doch nur nicht so stolz wäre!“ seufzte Marty oft. „Wenn sie doch nur nicht so stolz wäre! Dann könnten wir ihr viel besser helfen.“ Doch die Frau war nicht weniger stolz als ihr Mann, und Marty wagte es nicht, ihr auch nur das geringste Geschenk zu machen, das nach Almosen aussah.

Marty ließ sämtliche Näharbeiten, die sie nur finden konnte, von Frau Simpson erledigen. Danach ging sie zu Kate und brachte einen Berg von Kleidungsstücken mit, die geflickt werden mußten. Bei Kates drei Jungen fiel allerhand an zerrissenen Hosen und Hemden an. Dann nähte Frau Simpson die Teppiche, die Marty über den Winter fertigstellen wollte, und gemeinsam nahmen sie sich die Steppdecken vor. Selbst hierbei arbeiteten die beiden Frauen zumeist schweigend, da Marty keine Gesprächsthemen mehr einfallen wollten, die sie allein zu bestreiten hatte. Zu ihrer Überraschung empfand sie das Schweigen jedoch nie als bedrückend. Als der letzte Stich an der Bettdecke getan war und Marty keine einzige Aufgabe mehr für Frau Simpson hatte, schlug sie vor, zum Abschied bei einer Tasse Tee den Lohn auszurechnen.

Beiden Frauen erschien es sonderbar, nun zum letzten Mal beieinander zu sitzen. Marty hatte die stille Gegenwart der Schneiderin zu schätzen gelernt. Sie schenkte den Tee aus, schnitt den Kuchen in Scheiben und nahm ihren Bogen Papier mit der Buchführung darauf zur Hand.

„Wenn ich mich nicht verrechnet hab’“, sagte sie, „schulde ich Ihnen noch einen Dollar und zehn Cents.“

„Stimmt genau“, sagte die Frau. Marty war erstaunt. Sie hatte nicht gewußt, daß auch Frau Simpson sich ihre Arbeitszeit aufgeschrieben hatte. Sie war erleichtert darüber, daß ihre Rechnung mit der von Frau Simpson übereinstimmte.

Marty holte ihre Börse hervor und zählte der Frau das Geld in die Hand. Frau Simpson steckte die Münzen in ein kleines Säckchen, das sie in ihrem Ausschnitt verwahrte.

„Wissen Sie, ich hab' da eine Idee", sagte Marty zögernd. „Sie leisten wirklich erstklassige Arbeit, und ich weiß zufällig, daß mehrere von den Frauen in der Stadt eine gute Schneiderin suchen. Hätten Sie vielleicht Interesse an …?"

Die Frau ließ Marty nicht einmal zu Ende sprechen.

„Ich besitze keine Nähmaschine mehr", sagte sie schroff.

„Sie könnten meine Maschine borgen – gegen eine Leihgebühr, versteht sich", fügte sie hastig hinzu, als die Frau eine abweisende Miene aufsetzte.

Frau Simpson schien das Angebot zu erwägen. Dann wandte sie jedoch ein: „Bis zur Stadt ist es weit. Wie soll ich die Bestellungen entgegennehmen?"

„Wir fahren jede Woche hin", erwiderte Marty so ungezwungen wie möglich. „Wir holen Sie gern ab und nehmen Sie mit."

„Das wär' ja ein Umweg für Sie", stellte die Frau stirnrunzelnd fest.

„Ist kaum der Rede wert. Es würde uns wirklich nichts ausmachen."

„Ich könnte zu Fuß herkommen und von hier aus mit Ihnen fahren", schlug die Frau vor.

„Also schön", sagte Marty, „wenn Sie möchten, ist die Sache abgemacht."

„Morgen fahren wir in die Stadt", fuhr Marty nach einem kurzen Schweigen fort. „Ich könnte ein paar von Ihren Arbeiten als Muster mitnehmen und mich nach Aufträgen erkundigen."

„Wieviel würden Sie mir für Ihre Nähmaschine berechnen?"

„Nun … warten Sie … ach, vielleicht zehn Cents. Ja, zehn Cents."

„Zehn Cents die Stunde. Allzuviel würde bei der Sache nicht herausspringen, aber jeder Groschen zählt. Meinen

Sie, daß die Kunden fünfzehn Cents pro Stunde bezahlen würden?“

Marty erinnerte sie nicht daran, saß sie ihr soeben fünfzehn Cents pro Stunde bezahlt hatte und ihr obendrein ihre eigene Nähmaschine zur Verfügung gestellt hatte.

„Ich hab' nicht von zehn Cents die Stunde gesprochen“, sagte Marty. „Ich meine zehn Cents pro Tag. Und Ihre Arbeit ist gut und gern fünfzehn Cents die Stunde wert. Sie arbeiten sauber und schnell. Da sind fünfzehn Cents pro Stunde beileibe nicht zuviel.“

Die Frau schwieg, doch in ihren Augen stand eine stille Freude über das Lob.

„Dann bleibt es also dabei“, sagte Marty. „Ich werde sehen, was sich ausrichten läßt.“

„Bin Ihnen sehr verpflichtet“, murmelte die Frau. Es war das erste Mal, daß sie einen Gefallen entgegennahm.

Sie erhob sich, um sich auf den Heimweg zu machen. Marty lächelte sie freundlich an.

„Dann brauchen wir uns heute nicht für lange Zeit voneinander zu verabschieden“, sagte sie. „Bald kommen Sie ja regelmäßig zum Nähen zu mir.“

„Wenn alles klappt“, sagte die Frau kurz angebunden.

„Ja, wenn alles klappt“, wiederholte Marty.

Die Frau nickte.

„Hat mich gefreut, Sie hier gehabt zu haben“, sagte Marty ein wenig befangen. „Es war eine nette Zeit mit Ihnen.“

Frau Simpson nickte wieder.

„Und wir würden uns freuen, wenn Sie zum Gottesdienst in unsere Kirche kämen. Dort geht's zwar recht einfach zu, aber Sie und Ihre Familie sind herzlich willkommen ...“

Doch sie wurde unterbrochen. In Frau Simpsons Augen blitzte es vor Beschämung, und sie deutete auf ihr abgetragenes Kleid.

„In diesen Lumpen etwa?“ brachte sie hervor. „In diesen Lumpen soll ich in Ihre Kirche gehen? Nein, alles was recht ist, aber für jemand, der so gekleidet zur Tür reinkommt, wird wohl kaum ein roter Teppich ausgerollt."

Bevor Marty etwas entgegnen konnte, hatte die Frau ihren dünnen Mantel genommen und war zur Tür hinausgehastet.

Marty schaute ihr erschrocken nach. Wenn sie auch nicht in Tränen ausbrach, so betete sie verzweifelt: „O mein Gott, vergib uns doch, wenn wir, ohne es zu wollen, einen hochmütigen Eindruck gemacht haben! Was hat sie nur auf die Idee gebracht, daß wir sie nicht so, wie sie ist, in unserer Mitte aufnehmen würden? Ich wollte doch nichts lieber, als sie mit offenen Armen in meinem Haus willkommen heißen, und auch in deinem Haus, Herr. Aber ich hab' versagt. Kläglich versagt hab' ich, Herr!" Und dann fielen die Tränen ungehindert.

Doch tief in Martys Herzen spürte sie eine Antwort. „Sei nur geduldig", sagte eine sanfte Stimme. „Du mußt Geduld haben. Ich habe dich noch nie im Stich gelassen, und ich stehe auch den Simpsons zur Seite, auch wenn sie es nicht wissen."

Wie versprochen, erkundigte sich Marty in der Stadt nach Aufträgen für Frau Simpson. Als erstes fragte sie im Gemischtwarenladen nach möglichen Kunden. Sie zeigte der Verkäuferin hinter der Theke ein paar Kleidungsstücke, die Frau Simpson genäht hatte, und erklärte ihr, daß diese gern Aufträge für ähnliche Arbeiten entgegennähme. Die Besitzerin des Geschäfts war beeindruckt und versicherte Marty, daß sich gewiß Kunden finden würden. Marty wußte, daß auch der Umsatz an Stoffen mit jedem Auftrag steigen würde, so daß nicht nur Frau Simpson, sondern auch das Geschäft davon profitieren würde. Die Inhaberin versprach, eine Tafel auszuhängen, auf der interessierte Kundinnen sich eintragen konnten. Marty sollte sich bei ihrer nächsten Einkaufsfahrt in die Stadt nach der Liste erkundigen.

Am darauffolgenden Samstag entdeckte Marty zu ihrer großen Freude, daß sich eine ganze Reihe von Frauen auf der Liste eingetragen hatten. Es schien, als sollte ihre Nähmaschine nun für mehrere Wochen nicht stillstehen. Sie ließ sich die Stoffballen und Schnittmuster, die die Kundinnen ausgesucht hatten, aushändigen und nahm sie für Frau Simpson mit nach Hause. Sobald wie möglich würde sie ihrer Nachbarin ausrichten lassen, daß ein ganzer Berg an Näharbeiten auf sie wartete.

Eine gefährdete Freundschaft

Die Spannungen zwischen Belinda und Melissa hatten sich noch immer nicht gelegt. Marty hatte beständig gehofft und gebetet, daß alles wieder gut werden würde. Clark war der Meinung gewesen, daß Geduld die beste Medizin sei. Junge Mädchen benähmen sich halt zuweilen sonderbar, hatte er gemeint. Mit der Zeit würden sie schon wieder zur Vernunft kommen. Nun, bis jetzt hatte sich das noch nicht bestätigt. Die Lage war unverändert gespannt.

Am liebsten hätte Marty ein ernstes Gespräch mit den beiden Mädchen geführt, um sie wieder zur Vernunft zu bringen, doch Belinda traf im Grunde keine Schuld, und Melissa würde es als unfair empfinden, allein zur Rechenschaft gezogen zu werden.

Marty konnte es kaum fassen, daß die großzügige, freundliche und umgängliche Melissa so hartnäckig sein konnte. Nun, Luke hatte sie gewarnt, daß selbst Melissa nicht vollkommen sein würde.

Um Belinda aus dem Weg zu gehen, verbrachte Melissa nun immer mehr Zeit bei Kate. Dazu mochte sie Amys Gesellschaft und hatte ihre Freude an deren jüngeren Brüdern. Oft las sie ihnen stundenlang aus ihren Büchern vor oder leitete sie im Malen und Basteln an. Das Mädchen war tatsächlich die geborene Lehrerin. Sie liebte den Umgang mit Kindern.

Belinda schien sich nicht allzusehr über Melissas häufige Abwesenheit zu grämen. Guter Dinge ging sie ihren Aufgaben nach und nahm jede Gelegenheit wahr, um Larry auf seinen Krankenbesuchen zu begleiten. Stets berichtete sie ihren Eltern von ihren Erlebnissen. Auf diese

Weise lernte Marty selbst manches über die Welt der Heilkunst. „Kein Wunder, daß Larry und Belinda sich so arg begeistern“, dachte sie bei sich.

Marty begann sich zu fragen, ob Kate allmählich Einwände gegen Melissas häufige Besuche in ihrem Haus haben mochte. Sie beschloß, ein offenes Wort mit ihrer Schwiegertochter zu reden.

An der Tür wurde sie von dem kleinen Julian in Empfang genommen.

„Liest du mir ein Buch vor, Großmama?“ fragte er schon hoffnungsvoll, bevor Marty ihren Mantel abgelegt hatte. Die Stunden, die er ohne seine Geschwister im Haus zubringen mußte, wurden ihm schnell zu lang, und er war außer sich vor Freude, seine Großmutter zu sehen.

„Aber Julian!“ schalt seine Mutter. „Großmama ist kaum zur Tür hereingekommen, und schon überfällst du sie!“ Zu Marty sagte sie entschuldigend: „Seitdem Melissa ihn so verwöhnt, meint er, wir alle hätten nichts anderes als Vorlesen im Sinn!“

Marty hängte ihren Mantel über einen Stuhl und setzte sich an den Küchentisch. Mit dem Finger malte sie das Muster der Tischdecke nach, während Kate eine Kanne Tee aufbrühte.

Kate reichte ihrem Jüngsten eine Handvoll Rosinen.

„Sieh mal, hier hast du einen Leckerbissen“, sagte sie zu dem kleinen Jungen. „Möchtest du mit den Puppen Kaffeetrinken spielen?“

Julian hüpfte fröhlich davon. Seine Mama hatte ihm ausdrücklich erlaubt, Amys Puppen hervorzuholen und ihnen seine Rosinen aufzutischen. Er würde sie der Reihe nach auf den Fußboden setzen und einer jeden ein paar Rosinen servieren, die er später genüßlich selbst verspeisen würde.

„Ist deine Schneiderin inzwischen mit der Arbeit fertig?“ erkundigte sich Kate, als sie zwei dampfende Teetassen auf den Tisch stellte.

Marty nickte.

„Und weißt du was?“ lächelte sie dann ein wenig verlegen. „Zuerst wußte ich nicht, was ich mit ihr anfangen sollte, und jetzt vermisse ich sie.“

Kate stimmte in ihr Lachen ein.

„Gesprächig war sie allerdings nicht. So eine wortkarge Frau ist mir noch nie begegnet.“

„Ja, das hast du mir neulich schon erzählt“, entgegnete Kate. „Also, ich für meinen Teil würde mich hin und wieder riesig über ein bißchen Ruhe im Haus freuen. Kann's ja kaum erwarten, bis unser Jüngster sich endlich mit den Großen auf den Schulweg macht!“ Mit einem wissenden Lächeln fügte sie hinzu: „Jedenfalls denke ich mir das so. Wenn's dann endlich soweit ist und sich nichts im ganzen Haus mehr regt, bin ich wahrscheinlich bald anderer Meinung.“

Marty stimmte ihr zu. Aus Erfahrung wußte sie, wie einsam es plötzlich sein kann, wenn das jüngste Kind zum ersten Mal zur Schule geht.

„Macht Amy Fortschritte mit ihren Malkünsten?“ erkundigte sich Marty.

„Weißt du, Ma, ich glaub', sie ist wirklich begabt. Luke und ich sind manchmal ganz erstaunt, was sie mit Pinsel und Farbe fertigbringt. Und es ist ihr eine große Hilfe, aus Melissas Büchern lernen zu können. Melissa ist so großzügig im Borgen! Ich hoffe, wir nehmen sie euch nicht allzuoft weg. Sie verbringt 'ne Menge Zeit bei uns, und wir freuen uns jedesmal, wenn sie kommt, aber ihr haltet uns bestimmt manchmal für selbstsüchtig.“

„Aber nicht doch!“ entgegnete Marty. „Wenn ihr sie gern bei euch habt, wollen wir euch nicht im Weg stehen.“ Sie zögerte. „Weißt du, ich mache mir Sorgen“, sagte sie dann unsicher.

„Wegen Melissa?“

„Ja.“

„Stimmt etwas nicht?“

„Ich bin mir nicht sicher“, gestand Marty. „Das heißt, ich weiß nicht, ob die Sache überhaupt der Rede wert ist oder nicht. Clark meint, es wird sich schon alles von selbst legen, aber bisher hat sich noch nichts daran gebessert."

„Worum geht's denn?" fragte Kate.

„Also, es hat mit diesem Jackson zu tun."

„Du meinst den Jackson, von dem sämtliche Mädchen in der ganzen Umgebung schwärmen?"

„Genau. Man könnte meinen, er sei der einzige junge Mann weit und breit."

„Ich halte es da mit Pa", sagte Kate zuversichtlich. „Mit der Zeit werden sie schon wieder zur Vernunft kommen. Alle Mädchen machen diese Zeit durch; manche trifft's halt härter als andere."

„Die Schwärmereien machen mir nicht viel aus. Es steckt mehr dahinter. Hat Melissa dir nichts davon erzählt?"

„Nein, mir nicht. Vielleicht Amy. Die beiden tuscheln und kichern oft miteinander in Amys Zimmer. Ich lasse sie gewähren. Schließlich bin ich auch einmal jung gewesen!"

Marty lächelte. Wenn es ihr ähnlich ergangen war, so lag das schon viele, viele Jahre zurück.

„Ich fürchte, es steckt mehr dahinter", versuchte sie Kate zu erklären. „Melissa scheint sich bis über beide Ohren in Jackson verliebt zu haben und macht sich wohl Hoffnungen darauf, daß er sich auch in sie verliebt. An dem Tag, als wir die Browns zum Essen eingeladen hatten, schien Jackson jedoch nur Augen für Belinda zu haben."

„Ach, so ist das also!" Kate begriff. „Wie hat Melissa sich dazu gestellt?"

„Sie hat's böse aufgenommen, fürchte ich. Hat Belinda beschuldigt, sich aufgedrängt zu haben. Seitdem spricht sie kaum ein Wort mehr mit Belinda."

Aus dem Schlafzimmer drang Julians Stimme zu ihnen, der gerade eine Puppe ausschimpfte, weil sie sich beim Essen vorgedrängelt hatte.

„Hast du mit Melissa über die Sache gesprochen?"

fragte Kate, während sie den Teekessel wieder auf die Herdplatte stellte.

„Nein. Ich habe Clarks Rat befolgt und darauf gewartet, daß alles von selbst wieder ins Lot käme."

„Und das ist es noch nicht, sagst du."

„Nein, und gestern, als die beiden aus der Schule heimkamen, schien Melissa schlechter gelaunt zu sein als je zuvor. Ohne ein Wort zu sagen, ist sie in ihr Zimmer gegangen, hat sich umgezogen und ist zu euch gelaufen. Ist dir etwas Ungewöhnliches an ihr aufgefallen?"

„Nicht, daß ich wüßte – aber Amy hat sie gleich mit in ihr Zimmer genommen", sagte Kate. „Hast du herausfinden können, um was es ging?"

„Ich habe Belinda gefragt. Sie hat gemeint, es wäre unwichtig. Melissa hat zufällig gesehen, wie Jackson Belinda zum Spaß zugezwinkert hat, weiter nichts."

„Wie denkt Belinda über Jackson?" fragte Kate.

„Wenn sie auch in ihn verliebt ist, dann weiß sie das gut zu verbergen", antwortete Marty nachdenklich. „Ich glaube, zur Zeit interessiert sie sich nur für die Krankenbesuche, zu denen sie Larry begleitet."

„Sie ist wirklich mit Feuereifer bei der Sache, nicht wahr?" sagte Kate. „Was mich betrifft, ich kann einfach kein Blut sehen. Amy geht es genauso. Wir können nicht mal einen Finger verbinden oder einen Splitter entfernen, ohne daß uns die Knie weich werden. Bei solchen Dingen muß Luke uns immer helfen."

„Ich mag auch nicht gern Blut sehen", gestand Marty, „aber allmählich habe ich mehr Verständnis für Belindas Interesse an der Krankenpflege."

„Wie geht es eigentlich dem Jungen, der seinen Arm verloren hat?"

„Wir haben schon lange nichts mehr von ihm gehört. Seine Mutter hat zwar jeden Tag bei mir gearbeitet, aber sie hat kein Wort über ihn fallenlassen, und ich hab's nicht gewagt, mich nach ihm zu erkundigen. Wollte ihr nicht zu nahe treten."

„Wenn er nur nicht bitter wird!“ sagte Kate.

Marty erzählte ihr, daß sie und Clark für den jungen Mann beteten.

Kate kam auf das vorherige Gesprächsthema zurück.

„Was Melissa betrifft, weiß ich mir auch keinen Rat“, sagte sie zögernd.

„Ich hatte gehofft, sie hätte dir von der Sache erzählt“, sagte Marty. „Dann hätte ich vielleicht gewußt, was ich tun kann.“

„Nein, nicht die Spur. Sie spricht ohnehin nicht viel mit mir. Entweder tuscheln die beiden Mädchen miteinander, oder Melissa liest den Jungen aus ihren Büchern vor.“

„Also schön“, sagte Marty und stellte ihre leere Tasse auf den Tisch zurück, „ich will mich nicht übermäßig sorgen. Vielleicht wird alles tatsächlich von selbst wieder gut, wie Clark gesagt hat.“

„Und ich will Augen und Ohren offenhalten“, versprach Kate.

Marty schaute in Amys Zimmer hinein, um sich von Julian zu verabschieden, bevor sie sich wieder auf den Heimweg machte. Die Rosinen hatte er inzwischen fast restlos verspeist. Nur die letzte Puppe saß noch vor ihrer Portion. Der Kleine zeigte vorwurfsvoll mit dem Finger auf sie.

„Sie ist geizig und will mir nichts abgeben!“ beschwerte er sich. „Das ist überhaupt nicht nett von ihr!“

Marty gab ihm recht, und Julian nahm sich blitzschnell die Rosinen und steckte sie auf einmal in den Mund.

„So, das hat sie nun davon!“ rief er triumphierend. „Beim nächsten Mal soll sie nicht mehr so geizig sein.“

Marty nahm den pausbäckigen kleinen Jungen lachend in die Arme.

„Wie schön, daß du lernst, wie man mit anderen teilt“, sagte sie. „Wie wär’s, wenn du Großpapa und Großmama morgen zum Abendessen besuchen würdest?“ schlug sie vor, und der Kleine lief mit einem Jubelschrei zu seiner Mutter, um sich deren Einwilligung zu erbetteln.

Marty fühlte sich schon viel besser, als sie den Heimweg antrat. Wenn Kate nichts über das kleine Zerwürfnis unter den Mädchen wußte, konnte es am Ende nichts Ernstes sein. Gewiß hätte Amy ihre Mutter eingeweiht, selbst wenn Melissa sich darüber ausschwieg. Vielleicht hatte Marty sich alles viel mehr zu Herzen genommen, als notwendig gewesen wäre. Clark mochte recht behalten. Mit der Zeit würden sich die drei schon wieder vertragen.

Doch so einfach sollte es nicht kommen. Bevor die beiden Mädchen am Nachmittag das Haus auch nur erreicht hatten, spürte Marty schon, daß sich die Lage verschlimmert haben mußte. Sie kamen nicht einmal gemeinsam nach Hause. Melissa war vorausgelaufen. Ihre energischen Schritte verrieten, wie zornig sie war. Sie kam ins Haus gestürzt und rannte, ohne Martys Gruß zu erwidern, die Treppe hinauf. Oben angekommen, warf sie ihre Zimmertür mit einem Knall hinter sich ins Schloß. Marty konnte sie bis in die Küche weinen hören.

„Na, so was!“ sagte Marty kopfschüttelnd. „Nein, was mag nur in sie gefahren sein?“

Erst später betrat Belinda das Haus. Ihr Gesicht zeigte noch die Spuren von Tränen, obwohl Belinda sonst nicht leicht weinte, wenn es sich nicht gerade um ein verletztes Tier handelte. Marty fragte sich, was in aller Welt nur vorgefallen sein mochte.

Belinda erwiderte zwar die Begrüßung ihrer Mutter, doch auch sie ging auf die Treppe zu, um sich in ihr Zimmer zurückzuziehen. Marty hielt sie auf.

„Warte mal einen Moment!“ sagte sie. „Meinst du nicht auch, daß du mir verraten solltest, was vorgefallen ist?“

Belinda zögerte. Dann brach sie erneut in Tränen aus.

„Ach, es ist wieder dieser dumme Jackson!“

„Dummer Jackson? Ich dachte, du magst ihn gern, oder nicht?“

„Nein, tu' ich nicht!“ korrigierte sie Belinda, doch dann fügte sie hastig hinzu: „Also, ein bißchen mag ich ihn schon. Er ist ... er ist so ... Aber ich mag ihn halt längst nicht so arg wie Melissa. Sie ... sie ... ach, ständig gibt es seinetwegen Reibereien."

„Reibereien? Wie kommt denn das?" fragte Marty.

„Er ... er ... tut dauernd Sachen ... und spricht mit mir ... und dann wird Melissa furchtbar böse auf mich!" schluchzte Belinda.

„Was hat er denn nun schon wieder getan?"

„Gestern wollte er mir bei den Geometrie-Aufgaben helfen. Ich hab' gesagt: ‚Nein, danke', weil ich schon fast fertig damit war. Vorgestern wollte er in der Pause neben mir sitzen, aber ich hab' mir schnell einen Vorwand ausgedacht und bin weggegangen, und heute, Mama, heute hat er mich gefragt, ob ich mit ihm zum Gemeindeausflug ginge!"

„Zum Gemeindeausflug? Aber bis dahin sind es doch noch mehrere Monate!"

„Ich weiß, aber ... aber er hat gesagt, er wollte mich jetzt schon fragen, damit niemand anders ihm zuvorkäme", gestand Belinda mit gesenktem Blick.

„Ach, so war das also!" Marty seufzte. „Und Melissa hat von der Sache Wind bekommen, nicht wahr?"

„Was heißt ‚Wind bekommen'?" schluchzte Belinda. „Sie stand ja direkt neben mir, als er mich gefragt hat!"

„Ach, die Ärmste!" rief Marty. „So etwas Ungeschicktes!"

Irgend jemand mußte Melissa ins Gewissen reden, beschloß Marty, und zwar war dieser jemand niemand anders als sie selbst. Sie wischte sich die Hände an ihrer Schürze ab und ging zögernd die Treppe hinauf.

Oben angekommen, klopfte sie an Melissas Tür, ohne eine Antwort zu erhalten. Sie wartete einen Moment und schob die Tür dann sachte auf. Melissa lag auf ihrem Bett. Den Kopf hatte sie in ihrem Kissen vergraben. Marty schickte ein Stoßgebet um Weisheit zum Himmel und ging dann auf das Mädchen zu. Sie setzte sich auf die Bettkante und strich Melissa eine Locke aus der Stirn. Das Mädchen brach erneut in heftiges Schluchzen aus. Marty ließ sie weinen.

Nach einer Weile begann sie behutsam: „Du magst Jackson sehr gern, nicht wahr?"

Melissa nickte und seufzte zwischen zwei Schluchzern.

„Weißt du, als ich in deinem Alter war", sagte Marty nachdenklich, „da hab' ich auch einen von den jungen Burschen in unserer Stadt schrecklich gern gemocht."

Melissa wurde ruhiger.

„Ich hab' ihn unglaublich angehimmelt. In meinen Augen war er der klügste, netteste junge Kerl in der ganzen Umgebung – und das war er auch."

„War das Großpapa?" fragte Melissa. Das Kopfkissen dämpfte ihre Stimme.

„Großpapa? Aber nein! Deinen Großpapa hab' ich erst viele Jahre später kennengelernt. Und dann dämmerte mir auch endlich die Wahrheit: dein Großpapa war nämlich der klügste, beste und netteste Mann, der mir je begegnet ist."

Melissa schwieg. Marty ließ sie gewähren.

„Was ist denn aus dem anderen geworden?" fragte sie schließlich, wie Marty erwartet hatte.

„Du meinst Clifton? So hieß er nämlich. Also, es sah mir mächtig danach aus, als hätte Clifton nur Augen für ein anderes Mädchen. Es hat mir fast das Herz gebrochen. Das Mädchen hieß Cherry, und sie hatte langes, blondes Haar und große, grüne Augen. Sie war älter als ich – vielleicht zwei Jahre. Wenn ich mich recht besinne, waren sie und Clifton gleichaltrig. Sie machte sich gern einen Spaß daraus, andere zu sticheln und zu hänseln. Darauf verstand sie sich besser als die meisten Jungs. Zuerst dachte ich, sie wolle ihm nur schöne Augen machen, um mich zu ärgern, und das ist ihr auch gelungen, kann ich dir flüstern! Aber dahinter steckte mehr als nur Stichelei. Sie mochte Clifton wohl tatsächlich sehr. Ich bin nie gut mit ihr ausgekommen. Es hat lange gedauert, bis ich ihr endlich verzeihen konnte."

Marty hielt inne.

„Und dann? Wie ist es dann weitergegangen?“ fragte Melissa.

„Nun, sie hat Clifton geheiratet. Zuerst hab' ich gedacht, die Welt würde untergehen. Schon der bloße Gedanke an sie brachte mich zur Weißglut. Und dann hab' ich eines Tages mal in Ruhe über die ganze Sache nachgedacht. Auch wenn ich mich noch so sehr grämte, würde ich Clifton nicht wiederbekommen. Alles Weinen um ihn war nur vergeudete Zeit. Ich war doch noch jung; wozu also jahrelang um Clifton trauern? ‚Ist er's wirklich wert?‘ hab' ich mich gefragt. ‚Soll ich seinetwegen etwa mein Leben mit Klagen und Jammern zubringen?‘ Nein, das wäre die reinste Zeitverschwendung, hab' ich mir gesagt, hab' mir die Tränen getrocknet und das Leben wieder in vollen Zügen genossen.“

„Und hast du Cherry je verziehen?“

„Nein, nicht sofort. Es hat mehrere Jahre lang gedauert. Du mußt wissen, daß ich damals den Herrn Jesus noch nicht kannte. Ich war so dumm und hab' meinen Groll noch lange mit mir herumgetragen. Erst viel später, als ich schon erwachsen war und an Gott glaubte, wurde mir klar, daß nicht Cherry mich um Verzeihung bitten mußte, sondern umgekehrt, ich sie.“

„Was hat sie denn darauf gesagt?“ fragte Melissa.

„Gesagt? Oh, du meinst, als ich sie um Verzeihung bitten wollte? Das ist eine traurige Geschichte. Ich habe nie die Gelegenheit gehabt, sie um Verzeihung zu bitten. Inzwischen wohnte ich ja hier, während Cherry unseren Heimatort nie verlassen hatte. Ich hab' ihr einen Brief geschrieben. Er kam wieder zurück. Auf dem Umschlag stand nur ein Wort: ‚Verstorben‘. Einfach nur: ‚Verstorben‘.“

„Du willst doch nicht sagen, daß ...“

„Doch. Cherry war gestorben. Später hab' ich erfahren, daß sie am Wochenbettfieber gestorben war. Es hat mir unendlich leid getan, daß ich ihr nicht mehr sagen konnte, wie dumm ich mich damals benommen hatte und daß ich sie nicht mehr um Verzeihung bitten konnte. Schließlich war es nicht Cherrys Schuld, daß Clifton sie lieber mochte als mich."

Nun begann Melissa wieder zu weinen. Marty nahm sie in ihre Arme.

„Ach Großmama!" schluchzte das Mädchen. „Ich hab' ihn so gern!"

„Ich weiß, Kind!" sagte Marty leise und strich ihr über das Haar. „Ich weiß!"

„Und dabei kann Belinda ihn noch nicht einmal leiden!" beklagte Melissa sich unter Tränen.

„O doch, sie kann ihn schon leiden", entgegnete Marty. „Sie mag ihn halt nur nicht so sehr wie du. Und es tut ihr leid, daß er ständig Dinge sagt, die dich verletzen."

„Hat sie das wirklich gesagt?" fragte Melissa und sah Marty aus ihren vom Weinen verschwollenen Augen an.

„Ja, das hat sie gesagt."

„Ich glaube, ich muß mit ihr reden", flüsterte Melissa und brach erneut in Schluchzen aus.

„Das ist eine gute Idee", meinte auch Marty.

„Glaubst du, sie wird mir verzeihen?" fragte Melissa zaghaft.

„Aber gewiß!" versicherte Marty ihr. „Bevor du mit Belinda sprichst, laß uns beide doch gemeinsam mit Gott über die ganze Sache reden. Weißt du, sie betrifft nämlich jemanden, den wir beinahe ganz vergessen hätten."

Melissa sah ihre Großmutter fragend an.

„Jackson", sagte Marty. „Jackson ist auch in die Angelegenheit verwickelt. Er ist ein anständiger junger Mann, und ... also, manchmal haben wir keine Wahl, wenn wir uns verlieben; unser Herz besorgt das, ohne unseren Kopf zu fragen. Mir will scheinen, daß Jacksons Herz sich für Belinda entschieden hat. Ob es dabei bleibt, wird sich natürlich erst im Laufe der Zeit herausstellen. Ihr seid doch alle noch so jung, und manchmal ... manchmal kommt alles zum Schluß noch ganz anders. Bis dahin wollen wir aber Jackson keinen Kummer machen, oder?"

Melissa senkte den Blick und zupfte an dem Taschentuch in ihrer Hand. Sie schüttelte den Kopf. Nein, sie wollte Jackson wahrhaftig keinen Kummer bereiten.

„Siehst du, und deshalb müssen wir beten, und zwar für euch alle drei: Belinda, dich und Jackson. Wir wollen Gott bitten, daß er euch bei der Wahl leitet. Er weiß doch alles und will nur unser Bestes! Wenn wir ihm die Führung in diesen Dingen überlassen, dann kann er uns helfen."

Melissa nickte, und gemeinsam knieten sie sich zum Gebet vor ihr Bett.

In den Tagen, die nun folgten, waren alle wie von einer schweren Last befreit. Marty dankte Gott von ganzem Herzen. Gelegentlich verletzte Jackson, ohne sich dessen bewußt zu sein, noch immer Melissas Gefühle für ihn, indem er um Belindas Gunst warb, und Belinda bemühte sich, seine Aufmerksamkeit auf Melissa zu lenken. Obwohl Melissa zuweilen allein in ihrem Zimmer weinte, hatte sich die Spannung zwischen den beiden Mädchen endlich gelöst. Sie sprachen sogar oft über die Lage und kamen hin und wieder zu Marty, um sich Rat zu holen. Alle fühlten sich unsagbar erleichtert, wenn sie ihre Sorgen gemeinsam Gott anbefohlen hatten.

Larrys Helferin

Belinda kam völlig aufgelöst aus der Schule nach Hause. Ihre Wangen warten gerötet, und sie war außer Atem. Marty ahnte, daß sie wohl im Laufschritt nach Hause gerannt war. Als Marty ihre schmale Gestalt vom Fenster aus entdeckt hatte, wollte ihr die Angst die Kehle zuschnüren, doch Belinda wußte sie schnell zu beruhigen.

„Larry hat eben an der Schule haltgemacht", keuchte sie atemlos. „Er fährt zu den Willises, um den Verband bei dem kleinen Mädchen zu wechseln. Er hat gesagt, ich soll auch dorthin kommen, sobald ich kann. Er braucht meine Hilfe."

„Du meinst das kleine Mädchen mit der Brandwunde?"

Belinda nickte.

„Nimmst du den Pferdeschlitten?" fragte Marty.

„Nein, ich reite auf Copper. Das geht schneller!" Damit rannte Belinda auch schon die Treppe hinauf in ihr Zimmer, um sich umzuziehen.

Marty nahm eine warme Wolljacke vom Haken an der Tür und machte sich auf den Weg zur Scheune. Wenn sie Belinda das Satteln abnahm, konnte das Mädchen um so früher losreiten.

Copper kam gleich auf Marty zu, als sie den Eimer mit dem Hafer schüttelte. Die anderen Pferde kamen auch näher. Bald hatte sie Copper am Halfter; die anderen Pferde fortzuschicken erwies sich jedoch als schwieriger.

Marty hatte das Pferd gerade gesattelt, als Belinda auch schon zum Tor hereinlief. Sie war noch immer außer Atem. Gemeinsam führten sie Copper aus der Scheune, und Belinda saß auf.

„Denk dran, nicht zu schnell zu reiten, hast du gehört?" ermahnte Marty sie. „So eilig hat Larry es nun auch wieder nicht!"

Belinda nickte, verabschiedete sich und ritt los. Erst jetzt fiel Marty ein, daß das Mädchen sich nicht einmal Zeit für eine kurze Essenspause gegönnt hatte, obwohl die Kinder gewöhnlich hungrig aus der Schule heimkamen. „Nun, Belindas tägliches Brot scheint die Krankenpflege zu sein!" dachte sie seufzend.

Belinda trieb Copper zur Eile an. Sie wollte das Pferd nicht überfordern, wie sie ihrer Mutter versprochen hatte, doch Larry sollte auf keinen Fall auf sie warten müssen. Sie war nicht dabei gewesen, als Larry das Kind zum ersten Mal behandelt hatte, aber er hatte ihr die Verletzung in allen Einzelheiten beschrieben. Er war um das kleine Mädchen besorgt. Die Wunde war nicht nur sehr schmerzhaft, sondern stand auch in der Gefahr, eine ernste Entzündung hervorzurufen, und das wiederum bedeutete möglicherweise einen bleibenden Schaden. Larry mußte das Kind gut im Auge behalten, hatte er ihr erklärt. Es war notwendig, den Verband häufig zu wechseln, eine langwierige Aufgabe, die viel Geduld erforderte. Der Verband klebte an der Wunde fest und mußte sorgfältig und langsam mit warmem Wasser gelöst werden. Dabei kam es darauf an, behutsam vorzugehen, um dem Kind keine zusätzlichen Schmerzen zu verursachen und die Wunde nicht wieder aufzureißen.

Belinda wußte nicht genau, was ihre Aufgabe bei diesem Krankenbesuch sein würde. Sie hatte Larry noch nie zur Behandlung einer Brandverletzung begleitet. Brandverletzungen ließen Belinda erschaudern. Als Kind hatte sich sich selbst einmal verbrannt. Es war keine schlimme Wunde gewesen, und sie hatte nicht einmal einen Doktor gebraucht; ihre Mutter hatte die Wunde selbst versorgt. Belinda erinnerte sich noch an die heftigen Schmerzen. Sie hatte die beiden Finger mehrere Tage lang nicht gebrauchen können. Damals war sie beinahe davon überzeugt gewesen, daß sie für immer steif bleiben würden, doch mit der Zeit war alles abgeheilt, und heute wußte Belinda nicht einmal mehr genau, welche beiden Finger verletzt gewesen waren.

Bei dieser Brandwunde sah die Sache dagegen anders aus, hatte Larry ihr erklärt. Das kleine Mädchen hatte sich heißes Fett über den Arm gegossen. Ein paar Spritzer hatten auch ihren Brustkorb erwischt, doch dort waren die Wunden nicht so tief wie am Arm.

Obwohl Belinda sich ein wenig vor dem Anblick fürchtete, der ihr nun bevorstand, verlangte sie Copper ein zügiges Tempo ab. Das kleine Mädchen brauchte sie. Sie mußten ihr möglichstes tun, um den Arm zu retten.

Larrys Gespann stand schon im Hof der Willis-Farm, als Copper mit Belinda im Galopp hereinstob. Belinda saß ab und band die Zügel sorgfältig an die Pferdestange. Copper hatte nämlich die dumme Angewohnheit, ohne seinen Reiter den Heimweg anzutreten, wenn man ihn nicht mit aller Sorgfalt festband. Leichtfüßig lief Belinda auf das Haus zu.

Frau Willis begrüßte sie an der Tür. Belinda kannte die Familie kaum. Ihre Kinder waren noch nicht alt genug, um in die Schule zu gehen, und sie gehörten auch nicht zur Gemeinde. Belinda hatte sie nur hin und wieder bei öffentlichen Veranstaltungen oder im Gemischtwarenladen gesehen. Sie nickte der Frau freundlich zu und sah sich dann in der Stube nach der kleinen Patientin um.

Larry saß auf dem Sofa. Auf seinem Schoß hielt er ein kleines Mädchen von vielleicht drei Jahren mit einem großen Verband am Arm. Die Kleine spielte mit Larrys Stethoskop. Sie hatte sich die Enden in die Ohren gesteckt, wie sie es bei dem Doktor beobachtet hatte, und strahlte über das ganze Gesicht.

Belinda war überrascht. „Arge Schmerzen scheint sie nicht zu haben“, dachte sie. Sie hatte erwartet, daß die Kleine vor Schmerzen schreien würde.

„Aha, da kommt meine Krankenschwester!“ sagte

Larry zu Frau Willis und dem kleinen Mädchen. „Jetzt können wir mit der Arbeit anfangen."

Frau Willis nahm Belinda ihren Mantel ab, und Larry schickte sie in die Küche, um sich dort auf das gründlichste die Hände zu waschen. Anschließend reichte er ihr das Desinfektionsmittel, mit dem sie ihre Hände keimfrei machen sollte. Der starke Geruch der Lösung machte ihr nichts aus, doch die Kinder in der Schule hänselten sie manchmal deswegen; er verflog erst nach mehreren Tagen. Larry bestand darauf, daß sie es benutzte, und sie befolgte seine Anweisungen gewissenhaft.

„So, Mandie", sagte Larry zu dem kleinen Mädchen, „nun wollen wir uns mal deinen Arm ansehen."

Die Kleine schrak auf. Niemand durfte ihren Arm berühren. Sie wußte, daß es weh tun würde. Der Arm schmerzte zwar ohnehin schon, doch das konnte sie ertragen. Bei dem Gedanken an die gräßlichen Schmerzen, als sie sich verbrüht hatte, zuckte sie zusammen.

Larry hob sie behutsam auf den Tisch, wo er unter besseren Lichtverhältnissen arbeiten konnte. Das Kind begann zu weinen. Larry versuchte, sie zu beruhigen, doch die Kleine weinte nur noch heftiger.

Larry drehte sich zu der Mutter um.

„Vielleicht möchten Sie lieber einen kleinen Spaziergang machen", sagte er mitfühlend zu ihr. Schon jetzt standen ihr die Tränen in den Augen. Sie nickte, schlüpfte in ihren Mantel und eilte ins Freie.

„Eigentlich", sagte Larry laut, um das Schreien des Kindes zu übertönen, „eigentlich hatte ich gehofft, du könntest sie ein wenig ablenken, aber das wird nicht gehen. Du wirst sie mir festhalten müssen, damit ich den Verband entfernen kann. Aber zuerst müssen wir uns das Zubehör zurechtlegen."

Larry goß heißes Wasser aus dem Kessel auf der Herdplatte in die Waschschüssel, fügte etwas von dem Desinfektionsmittel hinzu und reinigte die Schüssel mit der Flüssigkeit. Dann leerte er die Schüssel draußen vor dem

Haus aus, um sie erneut mit warmem Wasser und Desinfektionsmittel zu füllen und sie auf den Tisch zu stellen. Daneben breitete er seine Verbandspakete und Instrumente aus. Schließlich nickte er Belinda zu, die damit beschäftigt war, sanft auf das schreiende Kind einzureden.

Belinda legte das Mädchen wieder auf den Tisch. Das Geschrei nahm zu. Es würde unmöglich sein, während der Behandlung zu sprechen. Larry bedeutete Belinda, sich an das Kopfende zu stellen und die Kleine mit festem Griff zu halten. Belinda hätte nie gedacht, welche Kräfte in einem dreijährigen Kind stecken konnten. Sie hatte ihre Mühe, das Kind halbwegs ruhig zu halten.

Die ersten Lagen des Verbands ließen sich leicht und schnell entfernen, doch bald wurde es schwieriger. Larry weichte den verkrusteten Verbandsstoff mit warmem Wasser auf und schnitt ihn in kleinen Streifen ab. Allmählich kam mehr und mehr von dem Arm zum Vorschein. Die ganze Zeit über schrie das Kind aus Leibeskräften und wehrte sich heftig.

Belinda wünschte sich, daß Larry ein wenig schneller arbeiten würde. Es war anstrengend, die Kleine ruhig zu halten. Die Ausdauer, mit der sie sich gegen die Behandlung sträubte, war erstaunlich. Larry schien jedoch keine Eile zu haben. Er ging mit äußerster Sorgfalt beim Lösen des Verbandes vor.

Als er endlich die letzten Lagen erreicht hatte, war Belinda erschöpft und in Schweiß gebadet. Der Verbandsstoff, der einst blütenweiß und keimfrei gewesen war, war nun von Blut und Wundflüssigkeit durchtränkt. Der Geruch, den er ausströmte, war eine Mischung von Wundflüssigkeit und Medizin. Belinda war nahe daran, sich zu übergeben, kämpfte jedoch tapfer dagegen an. Es galt, sich zu beherrschen, um das kleine Mädchen festzuhalten.

„Sieht böse aus!“ hörte sie ihren Bruder durch das Geschrei des Mädchens sagen. Belinda wagte einen Blick auf den verbrühten Arm. Der Anblick versetzte ihr einen

Schrecken. Sie schloß die Augen und wartete, bis sie sich besser fühlte.

„Ich werde den Arm gründlich säubern müssen“, rief Larry, um das Geschrei des Kindes zu übertönen. „Ich gebe Kindern nicht gern eine Narkose, aber es muß sein.“

Belinda schaute zu, wie ihr Bruder einige Tropfen Chloroform auf ein sauberes Tuch schüttete. Damit bedeckte er dann die Nase und den Mund des Kindes. Fast sofort spürte Belinda, wie der Widerstand der Kleinen nachließ. Larry legte sie behutsam auf den Küchentisch.

„Wir müssen schnelle Arbeit leisten“, sagte er. „Ich möchte ihr so wenig Chloroform wie möglich geben. Du mußt sie genau beobachten. Fühl ihren Puls, wie ich's dir gezeigt habe, und beobachte ihre Atemzüge. Ich werde mich beeilen.“ Damit nahm Larry eine Schere und begann, das verbrühte, tote Fleisch von der Wunde zu entfernen.

Belinda war dankbar, eine Aufgabe zu haben, die sie ablenkte. Sie prüfte mehrmals den Puls des Mädchens. Er blieb schwach, aber gleichmäßig. Auch die Atemzüge gingen regelmäßig. Belinda untersuchte ihre Pupillen. Die Kleine schien die Narkose gut zu vertragen.

„Ich glaube, sie wird bald aufwachen“, sagte Belinda, als die Augenlider des Kindes zu zittern begannen. „Gibst du ihr noch mehr Chloroform?“

„Ich bin fast fertig. Wir lassen's dabei bewenden. Wenn es irgend möglich ist, möchte ich ihr nicht noch mehr geben.“

Larry hatte seine Behandlung beinahe abgeschlossen, als das Mädchen sich zu regen begann. Einen Moment lang sah sie unsicher um sich und fing dann erneut an zu brüllen. Larry setzte sie aufrecht, und Belinda hielt sie in ihren Armen und redete sanft auf sie ein.

Der starke Geruch der Arznei, mit der Larry den Verbandsstoff getränkt hatte, hing schwer in der Luft. Belinda spürte, wie ihr die Knie weich werden wollten. Sie hielt den kleinen Arm fest, während Larry die keimfreien

Tücher auf die Wundflächen legte und dann wieder den Verband anlegte. Das Mädchen schrie noch immer aus Leibeskräften. Belinda war nicht sicher, ob sie vor Schmerzen, aus Angst oder Zorn schrie.

Endlich war die Behandlung abgeschlossen, und Larry nahm die Kleine in seine Arme. Er wiegte sie auf den Armen, während er in der Stube umherging und beruhigend auf sie einsprach.

Allmählich wurde die Kleine ruhiger. Larry lobte sie ein ums andere Mal und sagte ihr, welch ein großes, tapferes Mädchen sie gewesen sei. „Bald wird alles wieder gut“, tröstete er sie.

Zu Belinda, die erschöpft auf einen Stuhl gesunken war, sagte er: „Vielleicht gibst du ihrer Mama Bescheid, daß sie zurückkommen kann.“

Belinda nahm sich ihren Mantel vom Haken. „Endlich an die frische Luft!“ dachte sie erleichtert. Sie verließ das Haus und ging auf die Scheune zu.

Die Frau lag bäuchlings auf der Erde. Das Gesicht hatte sie im Stroh vergraben.

„Madam“, sprach Belinda sie an und beugte sich über sie. Die Frau regte sich und schaute aus rotgeweinten Augen auf.

„Madam, wir sind fertig. Sie können wieder ins Haus kommen.“

„Gott sei Dank!“ murmelte die Frau. Belinda sah sie fragend an. Wie mochte sie das gemeint haben? Es hatte sich eigentlich nicht nach einem dankbaren Aufatmen angehört, wie sie es von ihren Eltern zu hören gewohnt war. Nein, irgendwie hatte es anders geklungen. Belinda wußte nicht recht, was sie sagen sollte.

„Ja, Madam“, erwiderte sie schließlich zaghaft, „wir haben tatsächlich Gott zu danken. Nur wenn er seinen Segen zu der Behandlung gibt, kann der Arm wieder heilen.“

Die Frau warf Belinda einen sonderbaren Blick zu. Dann erhob sie sich aus dem Stroh und eilte ins Haus zurück.

Als sie die Küche betrat, hatte Larry die kleine Patientin zur Ruhe gebracht. Er hatte ihr tränenüberströmtes Gesichtchen mit einem warmen Tuch abgewaschen und ihr zerzaustes Haar glattgestrichen. Nur die verschwollenen Augen zeugten noch von ihrem heftigen Schreien.

Die Kleine streckte sich nach ihrer Mutter aus. Diese nahm das Mädchen aus Larrys Armen entgegen.

„In ein paar Tagen komme ich wieder", sagte Larry zu ihr.

„Wie ... wie oft müssen Sie den Verband noch wechseln?" fragte die junge Mutter ängstlich.

„Das kann ich jetzt noch nicht absehen", antwortete Larry aufrichtig. „Die Wunde sieht nicht gut aus. Wir müssen auf jeden Fall eine Entzündung verhindern und die Wunde genau beobachten. Ich hoffe, daß der Heilungsprozeß bald beginnt. Wenn wir diesen Punkt erreicht haben, geht alles viel schneller. Bei Kindern heilen solche Wunden oft innerhalb weniger Wochen ab." Er strich der Kleinen über den Kopf und lächelte ihrer Mutter zuversichtlich zu. „Wir werden unser Bestes tun", versprach er.

Sie nickte. In ihrem Kummer vergaß sie völlig, sich bei Larry zu bedanken, doch er hatte Verständnis. Er sammelte seine Instrumente wieder in seine Tasche, warf die schmutzigen Binden ins Herdfeuer, um der Frau den Anblick zu ersparen, und nahm seinen Mantel.

Draußen legte Larry den Arm um Belindas Schultern.

„Dank' dir", sagte er. „Ohne deine Hilfe hätte ich's nicht geschafft."

Sie rang sich ein Lächeln ab.

„Würdest du die nächsten paar Male wieder mitkommen und mir helfen?"

„Ja, gern."

„Keine angenehme Aufgabe, nicht wahr?"

„Nein", gestand Belinda.

„Bei Kindern fällt es mir viel schwerer", gestand Larry kopfschüttelnd. „Ich hoffe und bete, daß ich niemals eins von meinen eigenen Kindern behandeln muß. Weiß nicht, ob ich's ertragen könnte! Kinder verstehen noch nicht, warum sie Schmerzen leiden und warum die Behandlung manchmal weh tut."

Larry schüttelte erneut den Kopf. Belinda wußte, wie ernst es ihm war.

„Und du? Ist alles in Ordnung?" fragte er und sah sie forschend an.

„Ja, mir geht's gut."

„Vorhin sahst du mir ein wenig bleich um die Nasenspitze aus, weißt du!"

Belinda lächelte.

„Um ehrlich zu sein, mir war innerlich auch ein bißchen bleich zumute."

Larry nahm sie kurz in die Arme und band dann sein Gespann los.

„Jetzt fahre ich zu den Wingfields weiter. Die Kinder haben die Masern. Kannst du am Donnerstag gleich nach der Schule wieder hierher kommen?"

„Klar", versprach Belinda.

„Vielleicht wird's beim nächsten Mal schon einfacher gehen", sagte Larry. „Versprechen kann ich's allerdings nicht."

Belinda nickte und bestieg Copper. Nun hatte sie es eilig, nach Hause zu kommen.

Sturz vom Pferd

Belinda ließ Copper gemächlich vor sich hin trotten. Zum Glück kannte das Pferd seinen Weg, denn Belinda achtete kaum darauf. Sie war tief in Gedanken versunken. Was sie soeben erlebt hatte, beschäftigte sie sehr.

Die Operation, bei der Larry dem Simpson-Jungen den Arm abgenommen hatte, war einfach gräßlich gewesen. Etwas Schlimmeres hatte Belinda noch nie erlebt. Der Anblick des verbrühten Armes des kleinen Mädchens war jedoch kaum erträglicher gewesen, und allein der Gedanke an die furchtbaren Schmerzen des Kindes ließ sie wieder erschauern.

„Vielleicht bin ich am Ende doch nicht zur Krankenschwester geeignet", überlegte sie. Es war ihr unendlich schwergefallen, den Anblick der Verletzungen zu ertragen. Vielleicht sollte sie doch lieber erwägen, wie Melissa Lehrerin zu werden. Künstlerin wie Amy zu werden stand leider außer Frage. Sie hatte kein bißchen Talent auf diesem Gebiet, gestand sie sich ein.

Dann mußte Belinda wieder an Larry denken und seinen hingebungsvollen Dienst an den Kranken in der Umgebung. Sie dachte daran, wie er das Kind in der Küche umhergetragen hatte, um es zu trösten. „Larry braucht mich", dachte sie. Es gab bei weitem noch nicht genug Krankenschwestern, hatte er gesagt. Die Ärzte könnten ihre Arbeit kaum allein bewältigen. Sie brauchten Hilfe dabei. Tief in ihrem Herzen wußte Belinda, daß das ihr großer Traum war.

Das Leiden und die Schmerzen, denen sie in diesem Beruf begegnen würde, würden ihr selbstverständlich manches Mal zu schaffen machen. Hin und wieder würde sie schauderhafte Anblicke ertragen müssen. Irgend jemand mußte es aber tun; irgend jemand mußte Krankheiten und Verletzungen den Kampf ansagen, wie Larry es tat. Er würde immer zur Stelle sein, wo er gebraucht wurde, und mit Gottes Hilfe würde sie eines Tages an seiner Seite kämpfen.

Während Copper gemächlich vor sich hin trottete, fiel Belinda auch Jackson ein. So gern sie ihn auch mochte, schien sie ihm doch einfach nicht begreiflich machen zu können, daß ihre wahre Liebe der Krankenpflege gehörte. Sie wollte im Grunde keine ernsthafte Bindung eingehen. Eigentlich war sie für so etwas noch viel zu jung, wenn sie die Anbändeleien unter ihren Kameradinnen auch zuweilen recht unterhaltsam fand. Wenn sie es sich aber recht überlegte, gab es keinen Grund für sie, einem der jungen Burschen schöne Augen zu machen. Belinda wußte, daß sie die nächsten Jahre ihres Lebens in der Ausbildung zubringen würde, wenn sie tatsächlich Krankenschwester werden wollte. Dabei würde ihr für einen Verehrer einfach keine Zeit bleiben.

Außerdem war Melissa diejenige, die ihr Herz an Jackson verloren hatte. Auch sie war noch jung – zu jung, um sich ernsthaft für einen jungen Mann festzulegen. Sie schien sich jedoch glatt darüber hinwegzusetzen und war allem Anschein nach felsenfest davon überzeugt, daß es Jackson oder keiner sein mußte. Alles wäre ein wenig leichter, wenn Jackson diese Gefühle erwiderte. Statt dessen machte er alles noch schlimmer, als es ohnehin schon war, indem er Belinda mehr Beachtung als Melissa schenkte. Amy war durch ihre künstlerische Tätigkeit abgelenkt, so daß Belinda sich nicht auch noch um sie sorgen mußte. Sie war froh darüber, daß Jackson im Herbst eine weiterführende Schule in einem anderen Ort besuchen würde. Vielleicht lag darin die Lösung des Problems für alle drei.

Plötzlich zerriß ein lauter Knall die Luft. Noch ehe Belinda wußte, wie ihr geschah, bäumte Copper sich auf und stob im Galopp seitwärts vom Weg ab. Belinda suchte verzweifelt an den Sattelgriffen und an den Zügeln Halt, konnte aber keine Gewalt über das Pferd gewinnen.

Helle Panik ergriff sie, als sie spürte, wie sie durch die Luft geschleudert wurde. Alles um sie schien stillzustehen, bis sie mit einem dumpfen Schlag am Boden aufschlug. Benommen lag sie da und rang nach Atem. Copper warf den Kopf in die Höhe und galoppierte auf und davon.

Im Gebüsch neben der Straße hörte der Jäger, der den Schuß abgegeben hatte, ein Pferd wiehern. Er hatte nicht gewußt, daß jemand in der Nähe war, als er auf das Kaninchen geschossen hatte; andernfalls hätte er den Schuß nicht abgefeuert. Den Geräuschen nach zu urteilen, hatte er damit jemanden in Not gebracht. Er lief auf die Straße.

Dort sah er ein flüchtendes Pferd, das mit fliegender Mähne davongaloppierte. Den Kopf hielt es seitwärts gebeugt, um sich nicht in den schleifenden Zügeln zu verfangen. Dann sah er in die andere Richtung. Da lag eine Gestalt regungslos am Straßenrand. Erschrocken lief der Jäger auf sie zu.

Es war ein Mädchen, ein junges Mädchen, das da besinnungslos am Boden lag. Er kniete sich neben sie und suchte nervös nach Anzeichen von Knochenbrüchen und anderen Verletzungen.

Was sollte er nur tun? Woher sollte er Hilfe holen? Wenn er doch nur ein Pferd hätte! Er wollte hinter dem flüchtenden Pferd herlaufen, um es einzufangen, doch dann war es auch schon hinter einer Anhöhe verschwunden.

Das Mädchen stöhnte leise. Er wandte sich wieder zu ihr um und betete dabei im stillen, daß sie nicht ernsthaft verletzt sein möge. Er wagte es, ihr Gesicht zu berühren und ihr das Haar aus der Stirn zu streichen. Was in aller Welt sollte er nur tun?

Wieder stöhnte das Mädchen und regte sich. Er beobachtete ihr Gesicht genau. Wer mochte sie nur sein? Und wo wohnte sie? Er mußte Hilfe holen. Ihre Eltern vielleicht. Oder jemand anderes. Aber allein lassen durfte er sie jetzt auch nicht. Er hielt ihren Kopf umfaßt. Wenn sie sich nur nicht am Hals verletzt hatte! Die schlimmsten Befürchtungen erfüllten ihn.

Wieder bewegte sie sich. Ihre Augenlider flatterten. Wachte sie auf? War sie unverletzt? „Oh, bitte, Gott, bitte!“ flehte er einen Gott an, den er nicht kannte.

Belinda rang um ihre Besinnung. Was war nur geschehen? Wo war sie? Mühsam holte sie Luft. Es tat weh. Ihr ganzer Oberkörper schmerzte.

Allmählich atmete sie gleichmäßiger. Die Schmerzen ließen nach, und sie konnte klarer denken. Sie zwang sich, die Augen zu öffnen. Jemand stand über sie gebeugt und strich ihr über das Gesicht, als sollte die Berührung sie beleben. Sie bemühte sich, die verschwommene Welt um sie her mit den Augen zu durchdringen.

Endlich sah sie dunkle Augen und einen schwarzen Haarschopf über sich. Sie erkannte ihn gleich. Es war der Junge, der einarmige Junge. Sie rang nach Atem und wollte sich aufrichten. „Was ist denn bloß passiert?“ wollte sie fragen.

„Langsam!“ sagte er sanft. „Nur langsam. Versuch noch nicht, dich zu bewegen.“

„Was ...? Was ...“ wollte Belinda fragen, doch ihre Lippen gehorchten ihr nicht. Sie ließ den Kopf wieder sinken, schloß die Augen und kämpfte gegen das Karussell an, das sich um sie zu drehen schien.

Was war geschehen? Wo war sie? Warum lag sie am Boden? Erst nach und nach erinnerte sie sich wieder. Sie hatte Larry geholfen. Die Behandlung war abgeschlossen gewesen – ja, sie hatten einen Verband angelegt. Das Mädchen mit dem verbrühten Arm ... Dann war sie losgeritten. Sie war auf dem Heimweg gewesen. Sie hatte ...

„Copper!“ sagte Belinda und hob den Kopf mühsam. „Wo ist Copper?“

„Nicht so hastig!“ sagte der Junge. „Laß dir Zeit.

Gleich fühlst du dich besser!" Er hoffte inständig, recht zu behalten. „Ruh dich noch ein paar Minuten aus."

„Copper!" wiederholte Belinda.

„Copper?" fragte der Junge verständnislos. Dann begriff er. „Ist Copper ein Pferd?"

Mit benommenem Kopf sah Belinda ihn an. Natürlich war Copper ein Pferd. Ihr Pferd. Und eigentlich sollte er hier sein – irgendwo in der Nähe.

„Ich fürchte, dein Copper ist ohne dich nach Hause gelaufen", sagte der Junge.

Belinda konnte nun klar genug denken, um sich die Folgen auszumalen.

„Oh, so was Dummes!" sagte sie. „Mama wird einen gewaltigen Schrecken bekommen!"

„Was sagst du da?"

„Nun, meine Mutter – sie wird sich entsetzliche Sorgen machen, wenn Copper ohne mich auftaucht. Ich muß nach Hause – so schnell ich kann."

Belinda wollte aufstehen, doch der Junge hinderte sie daran. Belinda war überrascht, wieviel Kraft in seinem einen Arm steckte.

„Nein", sagte er. „Noch nicht. Vielleicht bist du verletzt und hast dir einen Knochen gebrochen. Du darfst dich noch nicht bewegen."

„Mir geht's aber besser!" protestierte Belinda. „Ehrenwort!"

„So gut siehst du mir aber nicht aus", widersprach er. Dann sah er das hübsche Mädchen, das er in seinem Arm hielt, genauer an und errötete tief. „Ich ... ich meine, vielleicht bist du verletzt, ohne es zu wissen."

Belinda fragte sich, warum der Junge plötzlich so verlegen dreinschaute, bemühte sich aber nicht weiter, der Sache auf den Grund zu gehen. Sie dachte nur noch an ihre Mutter. Wenn Copper ohne seine Reiterin eintraf, würde sie sich große Sorgen machen. Sie mußte unbedingt nach Hause gehen, und zwar schnellstens – doch erst würde sie sich noch ein wenig ausruhen, um sicherzugehen, daß auch wirklich alles in Ordnung war. Der Junge hatte vollkommen recht.

Sie schloß die Augen und entspannte sich. Die Bäume drehten sich endlich nicht mehr im Kreis, sie konnte wieder mühelos atmen, und ihr Oberkörper tat nicht mehr weh. Hier und da schien sie sich eine Prellung zugezogen zu haben, doch nirgends spürte sie starke Schmerzen. Für ein paar Tage würde sie die Prellungen bestimmt noch spüren, aber einen Knochenbruch hatte sie nicht erlitten. In Gedanken prüfte sie alle Gliedmaßen. Nein, es war nichts gebrochen.

Sie sah wieder zu dem Jungen auf. Sein Gesicht war bleich. Sie bemühte sich nicht, sich gegen seinen Arm zu wehren, der sie am Aufstehen hinderte. Statt dessen sprach sie ihn nun ruhig und überlegt an.

„Ich glaube, jetzt kann ich aufstehen. Meine Knochen sind alle heil geblieben. Es hat mir nur ein bißchen den Atem verschlagen, weiter nichts."

„Bist du dir ganz sicher?" Noch immer hatte er sie nicht losgelassen.

„Aber klar doch!" versicherte sie ihm. „Wenn du mir nur eben beim Aufstehen hilfst ..."

„Langsam!" ermahnte er sie. „Sag mir Bescheid, wenn dir irgendwas weh tut, ja?"

Er stand auf und half ihr auf die Beine. Einen Moment lang verschwamm wieder alles vor Belindas Augen. Sie hielt sich an seinem Arm fest und schloß die Augen, bis sie wieder festen Boden unter den Füßen spürte.

„Wie fühlst du dich?" fragte er.

„Prima. Gleich ist alles in Ordnung. Keine arge Schmerzen; nur ein paar Prellungen."

Belinda versuchte ein Lächeln. Es geriet ein wenig schräg, doch der Junge lächelte zurück. Seine dunklen Augen leuchteten auf.

„Du bist aber tapfer", sagte er bewundernd.

Nun mußte Belinda leise auflachen.

„Tapfer? Alles, was recht ist, aber ich hab' mich immerhin nicht mit Absicht vom Pferd werfen ..."

„Ich weiß“, sagte der Junge. „Es war mein Fehler. Tut mir leid.“ Seine Augen wurden dunkel vor Bedauern.

„Dein Fehler?“ fragte Belinda erstaunt. „Aber warum denn nur?“

„Ich hab’ dich nicht kommen gehört. Ich hatte gerade auf ein Kaninchen geschossen, und dein Pferd hat gescheut und Reißaus genommen. Ich wußte nicht mal, daß du in der Nähe warst, bis ich das Wiehern hörte. Ich … Ich … aber da war’s schon zu spät. Dein Pferd war auf und davon, und du lagst …“

Belinda fiel ihm ins Wort.

„Und das Kaninchen? Hast du’s erwischt?“ fragte sie leise.

Er sah sie an. Wollte sie sich über ihn lustig machen? Nun lächelte sie ihn an, und im nächsten Moment brachen beide auch schon in ein herzhaftes Gelächter aus.

„Ich weiß nicht“, antwortete er dann aufrichtig. „Ich denk’ schon.“

„Am besten gehst du schnell nachsehen“, forderte Belinda ihn auf, „sonst bekommst du’s am Ende gar nicht.“

„Meinst du wirklich?“

„Es war doch ganz in der Nähe, oder nicht?“

„Dort drüben, hinter dem Gebüsch.“

„Geh nur und schau nach! Inzwischen klopf’ ich mir den Staub vom Kleid, und dann wird’s Zeit, daß ich nach Hause gehe.“

Wenig später kehrte er mit dem Kaninchen zurück. Grinsend hob er es hoch, um es ihr zu zeigen. Belinda konnte sehen, daß es ein sauberer Schuß gewesen war. „Muß sich prima auf sein Handwerk verstehen“, dachte sie.

„Kaninchen geben gutes Fleisch ab“, sagte er. „Ich kenn’ mich da aus. Wir essen den ganzen Winter über fast nichts anderes.“

Belinda nickte. Sie war noch immer damit beschäftigt, sich den Straßenstaub von den Kleidern zu schütteln. Behutsam strich er ihr über das Haar.

„Da hast du auch noch Staub“, sagte er leise.

Belinda wagte einen Schritt. Ihre Beine schienen keinen Schaden erlitten zu haben, doch er reichte ihr seinen Arm zum Halt.

„Am besten bring’ ich die Flinte und das Kaninchen zuerst in Sicherheit“, sagte er.

Belinda wartete, bis er das Gewehr und das tote Tier in die Zweige eines Baums gehängt hatte.

„Auf dem Rückweg hole ich sie mir wieder“, sagte er. „So, und jetzt laß uns schnell zu euch gehen, bevor deine Mama dich suchen kommt.“

Langsam gingen sie los. Er bot ihr Halt mit seinem Arm. Sie hatte keine argen Schmerzen, wenn sie auch hier und da ein paar Prellungen hatte. Morgen würde sie jeden Knochen im Leib einzeln spüren, soviel stand fest. Zum Glück hatten sie keinen weiten Weg vor sich.

„Alles in Ordnung?“ fragte er sie mehrmals, und sie nickte.

Sie waren noch nicht weit gegangen, als sie das Schlagen von Pferdehufen hörten, und im nächsten Moment kam Clark auch schon auf Copper um die Wegbiegung gestürmt. Als er sie erreicht hatte, saß er behende ab.

„Bist du verletzt?“ fragte er Belinda besorgt.

„Oh, nichts Schlimmes!“ antwortete sie. „Hab’ nur ein paar Prellungen abbekommen, weiter nichts.“

„Wie ist es denn passiert?“

„Copper hat’s mit der Angst zu tun gekriegt und hat mich abgeworfen.“

„Es war mein Fehler“, erklärte der Junge schuldbewußt. „Ich hab’ auf ein Kaninchen geschossen.“

„Und er hat’s erwischt“, warf Belinda bewundernd ein, während dem Jungen die Röte ins Gesicht stieg. Verlegen sah er zu Boden.

Clark schaute die beiden an. Der Junge stützte Belinda noch immer schützend.

„Ich bin froh, daß dir nichts fehlt“, sagte Clark ruhig. „Und deine Mama wird auch mächtig froh sein. Wir wußten uns keinen Reim darauf zu machen, als Copper plötzlich ohne dich ankam. Ich hab' versucht, deiner Mutter begreiflich zu machen, daß er sich einfach losgerissen haben könnte. Trotzdem wollten wir ganz sicher sein."

„Ich hatte ihn fest angebunden, wie du's mir gezeigt hast", sagte Belinda.

„So, nun steig mal wieder in den Sattel!" sagte Clark.

„Reite du doch, Pa", protestierte Belinda. Immerhin war ihr Vater mit seiner Prothese nicht gut zu Fuß.

Davon wollte Clark jedoch nichts wissen, und Belinda ließ sich widerwillig in den Sattel helfen. Mit raschen Schritten machten sie sich auf den Heimweg. Weder Vater noch Tochter kam es in den Sinn, den Jungen fortzuschikken. Er hätte nun getrost sein Gewehr und seine Beute holen und nach Hause gehen können, doch daran dachte er nicht im entferntesten, und Clark und Belinda ließen ihn gern mitgehen. Irgendwie gehörte er zu ihnen.

Als sie den Hof erreichten, lief Marty ihnen schon entgegen.

„Was ist denn nur passiert?" fragte sie mit sorgenvollem Blick.

„Ihr fehlt nichts", versicherte ihr Clark. „Sie hat nur einen kleinen Sturz hinter sich. Du weißt doch, wie leicht Copper sich ins Bockshorn jagen läßt."

Clark half Belinda aus dem Sattel und führte das Pferd in die Scheune. Der Junge nahm Belinda wieder beim Arm, und gemeinsam folgten sie Marty ins Haus.

Erst als sie allesamt am Küchentisch saßen, sprach Marty den Jungen an.

„Ihr beiden habt euch also endlich kennengelernt", sagte sie. „Ihr scheint euch wohl nur durch Unfälle zu begegnen."

Der Junge schaute verwundert drein.

„Belinda wird später manche Geschichte über ihre ersten Krankenbesuche zu erzählen haben!" fuhr Marty fort. „Auf Krankenbesuch war sie auch heute, als die Sache mit Copper passierte. Sie war mit Larry unterwegs – aber das weißt du sicher schon. Diesmal war's eine Verbrühung."

Der Junge sah Belinda fragend aus großen, dunklen Augen an. Das war also das Mädchen, von dem man ihm erzählt hatte, daß sie bei seiner Armoperation dabei gewesen war?

Dunkle Schatten

Belinda bemerkte den dunklen Schatten in den Augen des Jungen. Sie sah den fragenden Ausdruck auf seinem Gesicht. Seine Lippen waren geöffnet, als wollte er etwas sagen, doch dann verschloß er den Mund wieder und wandte sich ab.

Belinda fürchtete, daß er zur Tür stürzen und fortlaufen würde, doch er blieb sitzen. Die Knöchel seiner Hand, mit der er die Tischkante umklammert hielt, wurden weiß. Sein Gesicht war noch bleicher als zuvor, als er sich am Straßenrand über sie gebeugt hatte. Sie wollte etwas sagen, wußte aber nicht, was.

Marty hatte nichts von alledem bemerkt. Sie hatte als selbstverständlich angenommen, daß die beiden einander nicht fremd waren. Auch Belinda, die den Jungen gleich erkannt hatte, hatte geglaubt, der Junge wüßte, wer sie war. Daß das unmöglich war, kam ihr erst jetzt in den Sinn. Immerhin war er die ganze Zeit über, als sie nach seinem Unfall bei ihm gewesen war, besinnungslos gewesen.

Clark betrat die Küche. Sein Kommen lenkte die beiden jungen Leute von ihrer Befangenheit ab. Er hängte seine Jacke und seinen Hut an den Haken und ging auf den Tisch zu.

„Man spürt direkt, daß der Sommer vor der Tür steht", sagte er. „Die Tage werden immer länger, es ist sogar schon wärmer geworden. Mir kann's nur recht sein; ich für meinen Teil hab' vorerst genug vom Winter."

Die beiden jungen Leute am Tisch erwiderten nichts. Marty brachte dick belegte Brote und Milch für jeden. Belinda warf dem Jungen einen schüchternen Blick zu.

Würde er das Essen annehmen? Sie befürchtete schon, daß er es ablehnen würde, doch dann murmelte er ein höfliches „Dankeschön“ und begann zu essen.

„Wie kommt dein Vater mit dem Holzfällen voran?“ fragte Clark.

Der Junge sah von seinem Teller auf.

„Gut“, sagte er nur.

„Es ist nett, daß deine Mutter jetzt jeden Tag zum Nähen kommt“, sagte Marty. „Ich freu' mich über ihre Gesellschaft.“

Der Junge nickte.

Clark setzte sich zu Belinda und dem Jungen an den Tisch. Belinda sagte kein Wort. Tief in ihrem Herzen spürte sie ein großes Weh. Sie konnte es nicht erklären, aber es war da, und es schmerzte mehr als ihre Prellungen und Schürfwunden, die sie sich bei ihrem Sturz zugezogen hatte.

Irgend etwas stimmte nicht. Sie hatte gehofft, daß der Junge sich inzwischen mit seiner Lage abgefunden und gelernt hatte, mit nur einem Arm zu leben; daß er begriffen hatte, warum sein Doktor keine andere Wahl gehabt hatte, als ihm den Arm abzunehmen. Doch der dunkle Schatten über seinen Augen und sein bekümmerter Gesichtsausdruck sagten ihr, daß dem nicht so war.

„Ist er immer noch böse auf Larry wegen der Operation?“ fragte sie sich im stillen. „Vielleicht nimmt er's ihm immer noch übel ...“ Doch da riß Martys Stimme sie aus ihren Gedanken. Sie mußte wohl eine Frage an sie gerichtet haben und sah sie nun erwartungsvoll an.

„Entschuldige ... Was hast du gesagt?“ fragte Belinda.

„Du bist doch nicht etwa krank, oder?“ fragte Marty und fühlte Belindas Stirn.

„Nein, nein, mir geht's gut ... wirklich!“ versicherte Belinda ihr hastig.

Einen Moment sah Belinda Besorgnis in den Augen des Jungen, bevor der Schatten sich wieder darüber legte.

„Mir geht's gut“, versicherte Belinda beharrlich. „Ich

hab' nur gerade nicht zugehört. Hab' an etwas anderes gedacht."

„Ich wollte wissen, wie's dem kleinen Mädchen geht."

„Du meinst Mandie?"

„Heißt sie so?"

„Ja, Mandie. Mandie ..." Plötzlich konnte Belinda sich nicht mehr an den Familiennamen erinnern. Panik wollte sie ergreifen. Hatte sie den Verstand verloren? Hatte sie sich bei ihrem Sturz den Kopf ernsthaft verletzt? Endlich fiel ihr der Name wieder ein.

„Willis", sagte sie erleichtert. „Mandie Willis."

Marty warf ihrer Tochter einen verwunderten Blick zu. Belinda beeilte sich, mit ihrem Bericht fortzufahren.

„Ihr ... ihr ..." Sie wollte erzählen, daß es dem Mädchen gut ging, doch der Ehrlichkeit halber sagte sie stattdessen: „Sie hat eine böse Verbrühung am Arm. Larry macht sich Sorgen, daß sie eine Entzündung bekommen könnte. Am Donnerstag müssen wir wieder zu ihr."

Marty zog die Stirn in Falten.

„Solche Wunden sind etwas Schreckliches", sagte sie. „Besonders für ein kleines Kind!"

Belinda nickte.

„Du hast ja kaum dein Essen angerührt", schalt Marty. „Das Mittagessen hast du schon verpaßt, und jetzt ißt du schon wieder nichts!"

„Ich bin halt nicht hungrig", entschuldigte sich Belinda und schob den Teller von sich.

„Aber du mußt doch ..." begann Marty, doch Clark unterbrach sie.

„Vielleicht ist's besser, wenn sie ihrem Magen vorerst ein bißchen Ruhe gönnt", meinte er.

Marty stellte den Teller wieder beiseite.

„Und was hast du dabei getan?" fragte sie Belinda.

Diese starrte sie verständnislos an.

„Ich meine: Wie hast du deinem Bruder geholfen?"

„Ach, das meinst du! Ich ... ich hab' Mandie festgehalten, während Larry den alten Verband abgenommen hat, und … und dann hab' ich auf sie aufgepaßt, als sie eine Narkose bekommen hatte, damit sie nicht zuviel Chloroform einatmete."

Die ganze Zeit über spürte Belinda den Blick des Jungen auf sich ruhen. Sie konnte sich keinen Reim auf den Ausdruck in seinen Augen machen, und sie fürchtete sich sogar ein wenig davor. Haßte er sie womöglich, weil sie bei seiner Operation geholfen hatte? Am liebsten wäre sie aufgestanden, um sich in ihr Zimmer zu flüchten. Sie wünschte sich, daß der Junge endlich wieder nach Hause ging.

„Ich finde, das ist genug zum Thema Krankenpflege", sagte Clark, und Belinda seufzte erleichtert.

Clark rieb sich das Bein, ohne sich dessen recht bewußt zu sein, doch der Junge hatte es bemerkt. „Tut ihm sein Bein immer noch weh?" fragte er sich im stillen. Ob es noch immer stechende Schmerzen durch den ganzen Körper ausstrahlte, so daß man das Empfinden hatte, es sei noch da? Ließen die Schmerzen denn niemals nach? „Phantomschmerzen" nannte man sie. Nun, ob es sich um Phantome handelte oder nicht, die Schmerzen waren jedenfalls da. Bei dem Gedanken daran verzog der Junge das Gesicht.

„Ich glaub', ich weiß deinen Namen noch gar nicht", sagte Clark zu ihm. „Wir sind einander noch nicht vorgestellt worden. Also, ich bin Clark Davis, und das ist meine Frau Marty und meine jüngste Tochter Belinda. Aber die kennst du ja schon."

Das stimmte nicht. Er kannte sie überhaupt nicht. Jedenfalls nicht sehr gut.

Der Junge murmelte eine Antwort. Als Clark ihm Belinda vorgestellt hatte, waren sich ihre Blicke für den Bruchteil einer Sekunde begegnet, doch der Schatten war noch immer da.

„Und du? Wie heißt du?" fragte Clark.

„Andy. Andy Simpson. Eigentlich heiße ich Andrew, aber alle nennen mich Andy."

Belinda wiederholte den Namen in Gedanken. Andy. Irgendwie paßte der Name zu ihm.

„Nun, Andy, wir freuen uns, deine Bekanntschaft zu machen. Und wir möchten uns bei dir dafür bedanken, daß du dich so fürsorglich um unsere Belinda gekümmert hast."

„Es war mein Fehler ..."

„Niemand trägt Schuld daran", unterbrach ihn Clark. „Copper hat schon immer viel zu leicht gescheut. Weiß nicht, wie wir ihm das abgewöhnen sollen. Er hat seit jeher vor Flintenschüssen Reißaus genommen. Wir werden ihn wohl demnächst einfach besser im Auge behalten müssen."

Andy hatte sein Milchglas geleert und sein belegtes Brot aufgegessen. Marty bot ihm ein Stück Streuselkuchen an, doch er lehnte höflich ab.

„Ich muß nach Hause, bevor meine Eltern sich Sorgen um mich machen", sagte er und nahm seine Mütze. „Hab' gar nicht gewußt, wie spät es schon ist."

Clark und Marty bedankten sich nochmals bei ihm für seine Hilfe. Sie luden ihn ein, jederzeit bei ihnen hereinzuschauen. Andy ließ nicht durchblicken, ob er der Einladung Folge leisten würde. Er warf Belinda einen kurzen Blick zu, dann wandte er sich ab. Sie wollte ihm etwas sagen, wollte ihm für seine freundliche Hilfe danken, doch die Worte blieben ihr im Hals stecken.

Im nächsten Moment war er auch schon gegangen und hatte die Tür energisch hinter sich ins Schloß gezogen. Marty begann, das Geschirr vom Tisch abzuräumen.

„Ein netter Junge", meinte sie. „Ich hoffe, er wird durch die Sache mit seinem Arm nicht verbittert."

Belinda entschuldigte sich und stieg die Treppe zu ihrem Zimmer hinauf. Sie sehnte sich danach, endlich allein zu sein.

Auf das Frühjahr folgte ein warmer Sommer, und als die großen Ferien begannen, begleitete Belinda ihren Bruder noch häufiger als zuvor zu seinen Patienten. Mandies Arm hatte ihnen allen Sorgen bereitet. Larry hatte schon befürchtet, auch sie würde ihn verlieren. Er kämpfte mit allen Mitteln darum, ihn zu erhalten, und endlich begann die Wunde auch zu heilen. Der Arm war nun durch Narben entstellt, doch die Kleine konnte ihn gebrauchen.

Belinda hatte Andy seit Ende des Winters nicht wiedergesehen, obwohl sie oft an ihn dachte. Ob er noch immer seinen Kummer mit sich herumtrug? Sie wußte es nicht. Seine Mutter sah sie fast täglich, wenn sie zum Nähen kam. Im Verlauf der Tage und Wochen hatte Marty eine echte Veränderung im Blick der schweigsamen Frau feststellen können. Aus der Verzweiflung war Annahme, dann Hoffnung und schließlich neuer Lebensmut geworden. Zugegeben, die Familie litt noch immer Not, doch nun befand sie sich auf dem Weg zur Unabhängigkeit. Nun, unabhängig waren die Simpsons eigentlich seit jeher gewesen, dachte Marty, aber allmählich kamen sie dahin, ihren Platz in der Gemeinschaft der Nachbarschaft einzunehmen.

Die Frau trug nun ein neues Kleid, das sie selbst genäht hatte. Sie straffte die Schultern und wirkte viel selbstbewußter, seitdem sie ihr abgetragenes, geflicktes Kleid nicht mehr trug. Ab und zu entspann sich sogar ein Gespräch zwischen ihr und Marty, wenn sie eine kleine Teepause einlegten und sich über das Wetter, den Gemüseanbau oder Ereignisse in der Nachbarschaft unterhielten.

Marty erfuhr, daß Frau Simpsons Söhne noch nie im Leben eine Schule besucht hatten. Die Eltern hielten viel auf eine gute Bildung und hatten ihren Kindern alles an Wissen vermittelt, was sie selbst besaßen. Sie hatten sogar Bücher zu Hilfe genommen, damit die beiden Söhne nicht hinter ihren Altersgenossen zurückblieben. Herr Simpson hatte die Universität besucht, wie Marty hörte, und Frau Simpson hatte Einwandererfamilien früher einmal Englischunterricht erteilt. Marty bekam ein neues Verständnis für den Stolz, der es ihnen verbot, Almosen anzunehmen.

Obwohl Belinda Frau Simpson häufig sah, wagte sie es nicht, sich nach Andy zu erkundigen. Sie hatte ihn nicht vergessen, doch sie fürchtete sich davor, eine Antwort zu erhalten, die sie nur traurig stimmen würde.

Jackson hielt sich noch immer in ihrer Nähe auf, sobald er Gelegenheit dazu bekam. „Er ist so hartnäckig, daß man ihn kaum abschütteln kann!“ dachte Belinda im stillen. Obwohl das Schuljahr zu Ende war, sah sie ihn jeden Sonntag in der Kirche, und er ließ keine Gelegenheit aus, ihr behilflich zu sein oder einen Spaziergang vorzuschlagen. Belinda bemühte sich, ihm freundlich, aber entschlossen zu begegnen, doch Jackson schien einfach nicht begreifen zu wollen.

Melissa schwärmte nach wie vor von ihm und hoffte seufzend darauf, endlich von ihm beachtet zu werden. Eine ganze Reihe anderer junger Burschen hätten ihr gern den Hof gemacht, doch Melissa hatte nicht einmal einen Blick für sie übrig.

„Wie dumm diese Mädchen doch sind!“ dachte Marty oft. „Immer verlieren sie ihr Herz an jemand, den sie nicht haben können.“

Beim Einbruch des Herbstes packte Jackson seine Koffer und zog in die Großstadt, um seine Ausbildung zu beginnen. Er hatte gehofft, ein Gespräch mit Belinda führen zu können, um sie zu bitten, auf ihn zu warten, doch er fand keine Gelegenheit dazu. Stets war sie anderweitig beschäftigt. Er hatte noch nie ein Mädchen gekannt, das ihre Arbeit so ernst nahm. Als Jackson seine Reise antrat, war ihm das Herz so schwer wie sein großer Schrankkoffer. Ein Jahr war eine lange Zeit, und Belinda wuchs schnell heran. Es blieb ihm also nichts anderes übrig, als zu hoffen, sie würde so sehr von ihrer Krankenpflege beansprucht sein, daß sie anderen möglichen Verehrern gar keine Beachtung schenkte.

Das neue Schuljahr begann. Marty dachte mit Wehmut daran, daß es das letzte Jahr war, in dem Belinda und Melissa die Schule am Ort besuchten. Als sie ihnen aber nachschaute, wie sie sich plaudernd und lachend auf den Weg machten, wurde ihr wieder leichter ums Herz. „Dieses Jahr wird bestimmt schöner für die beiden“, dachte sie. Es war ihr eine wahre Erleichterung, daß Jackson nun gute zweihundert Meilen entfernt war. Der arme Junge! Er tat Marty leid. Im Grunde genommen war er ein anständiger, netter junger Mann.

Nun, die Mädchen waren noch jung. Für Verehrer blieben noch viele Jahre. Marty stellte sich vor, daß Missie täglich dafür betete, daß Melissa keine Bindung mit einem jungen Mann einging, solange sie hier im Osten zur Schule ging. Immerhin lag Missie genausowenig daran, Melissa an den Osten zu verlieren, wie einst ihr daran gelegen war, ihre Missie in den Westen ziehen zu lassen.

Marty seufzte erneut und wandte sich vom Fenster ab. Sie befürchtete, daß dieses Jahr, das nun vor ihnen lag, wie im Flug vergehen würde.

Martys Geburtstag

Die Pferde trabten zügig voran – schneller als gewöhnlich, fand Marty. Sie warf Clark einen fragenden Seitenblick zu. Dieser trieb die Tiere zur Eile an, anstatt sie gemächlich einhertrotten zu lassen, wie er es sonst an einem sonnigen Junitag wie heute getan hätte. Marty freute sich an den herrlichen wilden Rosen am Wegrand. Selbst in der vorüberratternden Kutsche konnte Marty ihren Duft ahnen. Sie waren bildhübsch, doch Martys Gedanken waren zu beschäftigt, um sich lange damit aufzuhalten.

„Sonderbar", dachte sie. Sie wollte Clark nicht mit ihrer Verwunderung behelligen, aber eigenartig kam ihr die ganze Sache trotzdem vor.

Heute war ihr Geburtstag. Clark hatte diese Tatsache zwar noch mit keinem Wort erwähnt, aber er konnte es einfach nicht vergessen haben. In all den Jahren ihrer Ehe hatte er ihren Geburtstag kein einziges Mal vergessen. Er hatte es jedoch sonderbar eilig gehabt, sie heute aus dem Haus zu schicken, und sein Vorwand, Ma Graham brauche ein wenig Aufmunterung, erschien ihr nun äußerst fadenscheinig.

Marty hatte sich bereit erklärt, Clark zu den Grahams zu begleiten. Sie hatte eine betrübte, einsame Ma vorzufinden erwartet, doch diese war guter Dinge gewesen und hatte Marty mit frischer Erdbeertorte zum Nachmittagskaffee bewirtet. Dabei hatte sie ihr munter das Neueste von ihren zahlreichen Enkelkindern erzählt.

Clark hatte Marty bei Ma abgesetzt, um weiter in die Stadt zu fahren. Das war Marty zwar recht gewesen, doch je länger sich der Nachmittag dahinzog, desto unruhiger war sie geworden und hatte ein ums andere Mal auf die

Uhr geschaut. Clark schien heute länger als gewöhnlich auszubleiben, und dabei brannte sie darauf, endlich wieder den Heimweg anzutreten.

An ihrem Geburtstag fand gewöhnlich ein großes Essen im Familienkreis statt. Die erwachsenen Kinder wechselten sich ab, den Rest der Familie dazu einzuladen. Marty bemühte sich nicht, den Ort der nächsten Feier zu erraten. Die Mädchen wußten stets Bescheid und teilten Clark mit, wo gefeiert werden sollte. Ohne es ihr zu verraten, kutschierte Clark sie dann um die verabredete Zeit zum richtigen Haus.

Marty genoß das kleine Spiel. Sie rechnete sich absichtlich nicht aus, wo die Feier in diesem Jahr stattfinden sollte, um die Überraschung nicht zu verderben, doch als Clark nun die Zügel straffte, dachte Marty trotz aller guten Vorsätze an ihre letzten Geburtstagsfeiern zurück.

Im vergangenen Jahr waren sie bei Arnie und Anne zu Gast gewesen, und im Jahr davor hatten Nandry und Josh die ganze Sippe eingeladen. Und davor? Marty mußte einen Moment überlegen. Ach ja, es war bei Luke und Kate gewesen. Dieses Jahr mußte es einfach wieder bei Luke und Kate sein, sonst würden sie ja viel zu spät zum Essen kommen.

Da heute ein Wochentag war, würde das Geburtstagsessen am Abend stattfinden. Gewöhnlich begannen sie zeitig, wenn der Geburtstag auf einen Wochentag fiel, und selbst dann herrschte Eile. Marty schaute prüfend zum Himmel. Es war schon spät. Bald würden die Kühe gemolken werden müssen. Marty rutschte unruhig auf ihrem Platz hin und her. Sie hatte es nicht gern, wenn sie zur Eile gedrängt wurde. Die Zeit, die sie mit ihren Kindern verbringen konnte, war ohnehin immer viel zu kurz.

„Es muß einfach bei Luke und Kate sein“, überlegte sie wieder im stillen. Für eine Kutschfahrt zu einem ihrer anderen Kinder war es einfach zu spät. „Ich hab’ mich bestimmt geirrt, was das Essen vor drei Jahren betrifft. Damals waren wir bei Larry und ... Aber nein“, unterbrach sie sich dann, „ich kann mich noch deutlich an Kates Brathähnchen mit Kartoffelklößen erinnern." Dann verhielt es sich vielleicht eher so, daß Larry und Abbie dieses Jahr aus irgendwelchen Gründen verhindert waren, so daß Kate sich an ihrer Stelle gemeldet hatte.

Allmählich begann Marty, sich Sorgen zu machen. Ob Abbie etwa krank war? Niemand hatte ihr etwas davon gesagt!

„Hast du ausgiebig mit Ma plaudern können?" unterbrach Clark plötzlich ihre Überlegungen.

Marty sah ihren Mann an. Er machte einen unbesorgten Eindruck. Mit festem Griff lenkte er das Gespann. Marty war überrascht. Warum unterbrach er ihre Gedanken über ihren Geburtstag, indem er sie nach Ma fragte? Doch dann besann sie sich. Sie war vollkommen mit ihrem Geburtstag beschäftigt gewesen, aber Clark konnte ihre Gedanken schließlich nicht lesen. Vielleicht hatte er ihren Geburtstag am Ende doch vergessen. Vielleicht ... Marty spürte eine Welle der Enttäuschung in sich aufsteigen. Zum ersten Mal in all den Jahren hatte er ihren Geburtstag vergessen. Nun, gewiß würde sie ihm dieses eine Mal verzeihen können.

„O ja ... ja, wirklich", stotterte sie. „Ja, wir haben uns nett unterhalten. Ma ist so gutgelaunt wie eh und je. Hat mir von ihren Enkeln erzählt, und ..." Sie zögerte. „Sag mal, wie bist du eigentlich auf die Idee gekommen, daß ihr eine Laus über die Leber gelaufen sei?" fragte sie und sah Clark geradewegs ins Gesicht.

„Eine Laus über die Leber gelaufen?" wiederholte Clark verwundert. „Ich kann mich nicht erinnern, etwas dergleichen gesagt zu haben."

„Aber du hast doch gesagt, sie brauche ein bißchen Aufmunterung."

Clark grinste verschmitzt.

„Du munterst Ma doch immer auf, wenn du sie besuchst. Das weiß ich genau!"

Doch Marty war nicht nach Zuhören zumute. Irgend etwas stimmte hier nicht. Ein Stich ging ihr durchs Herz. Hatte ihre ganze Familie denn ihren Geburtstag vergessen?

Als das Gespann in die Hofeinfahrt einbog, beugte sie sich vor, um nach den Gespannen von Arnie, Larry und Josh Ausschau zu halten. Doch weder ein Pferd noch eine Kutsche waren zu sehen.

„Sie haben's also doch vergessen", dachte Marty enttäuscht. „Allesamt haben sie's vergessen!"

Marty war, als seien ihre Beine bleischwer, als Clark ihr nun aus dem Gefährt half. War es etwa das Alter, das ihr allmählich zu schaffen machte? Eigentlich war es ihr noch nie so deutlich aufgefallen wie jetzt. Oh, zugegeben, manches ging ihr nicht mehr so schnell von der Hand wie früher. Das Umgraben im Garten und das Aufhängen der Wäsche fiel ihr zuweilen schwer, aber heute hatte sie keinerlei harte Arbeit zu leisten gehabt – außer, daß sie Ma „aufgemuntert" hatte.

Marty ging auf das Haus zu. Sie hatte fast die Tür erreicht, als ihr auffiel, daß Clark sie heute begleitete. Gewöhnlich führte er die Pferde zuerst in die Scheune. Er gab vor, ihren fragenden Blick nicht bemerkt zu haben, und öffnete ihr die Tür. Sie ging geradewegs auf die große hintere Veranda zu.

Mit ihren Gedanken war sie schon in der Küche. Es war spät. Was sollte sie nur zum Abendessen zubereiten? Eigentlich hatte sie nicht damit gerechnet, heute kochen zu müssen. Sie hatte sich darauf gefreut, zu ihrem Geburtstag mit einem besonderen Essen verwöhnt zu werden. Wer hätte auch gedacht, daß sie ausgerechnet heute nach Resten in der Speisekammer suchen mußte, um etwas Eßbares auf den Tisch …

„Herzlichen Glückwunsch!" – „Da ist ja das Geburtstagskind!" ertönte es plötzlich von überall, als sie die Küche betrat. Beinahe erschrocken fuhr sie zusammen. Clarks Hand gab ihr Halt.

„Oh, liebe Güte!" rief Marty überrascht und trat einen Schritt zurück. „Was soll denn das?"

Alle waren da. Niemand fehlte in der ganzen Runde. Die Pferde und Wagen hatten sie hinter dem Haus versteckt. Mit dem Ausflug zu Ma hatte Clark sie kurzerhand überlistet, und Ma hatte die ganze Zeit davon gewußt und ihre Rolle erstklassig gespielt. Clark war in die Stadt gefahren, bis es an der Zeit war, Marty zum vereinbarten Zeitpunkt wieder nach Hause zu bringen.

Diesmal luden die Mädchen zum Geburtstagsessen ein. Belinda, Melissa und Amy hatten eigenhändig die Vorbereitungen getroffen. Sie hatten darauf bestanden, daß sie endlich auch einmal an der Reihe waren, das Geburtstagsessen ihrer Mutter, beziehungsweise Großmutter, zu kochen. Dazu hatten sie sich sogar ausnahmsweise von der Lehrerin den Nachmittag freigeben lassen. Marty war überwältigt. Mühsam kämpfte sie gegen die Tränen an, die ihr in die Augen steigen wollten.

Ein kleiner Strauß zierlicher Wiesenblumen schmückte den Tisch, der mit Martys Sonntagsgeschirr gedeckt war. Alles war bereit, und Clark drängte die ganze Familie, sich zu setzen. „Sonst wird das Essen kalt“, meinten die Mädchen.

Nachdem Clark das Tischgebet gesprochen hatte, füllten die Mütter ihren jüngeren Kindern die Teller, während die älteren Kinder sich schon allein versorgen konnten. Unter Rufen und Lachen steuerten sie dann geradewegs auf ihren Lieblingsplatz auf der Veranda zu. Als wieder Ruhe eingekehrt war, begannen auch die Erwachsenen mit der Mahlzeit. Melissa, Belinda und Amy schenkten die Getränke aus.

Die Soße war nicht ganz frei von Mehlklumpen, die Hefebrötchen etwas zu dunkel und das Brathähnchen eine Spur zu trocken geraten, doch Marty fand das Essen vorzüglich und lobte die Mädchen überschwenglich ein ums andere Mal.

„Haben wir dich auch wirklich überrascht? Du hast doch nichts davon gewußt, oder?“ fragte Amy immer wieder.

„Ich hatte ja nicht die geringste Ahnung", versicherte ihr Marty. Daß sie schon befürchtet hatte, ihr Geburtstag sei in diesem Jahr völlig in Vergessenheit geraten, verschwieg sie allerdings. „Und ihr habt das Essen ganz allein gekocht?"

Die Mädchen lachten fröhlich. Sie freuten sich, daß ihnen die Überraschung gelungen war, und Martys Lob tat ihnen gut.

„Wir haben uns die Arbeit geteilt", erklärte Melissa. „Amy hat auch mitgeholfen. Sie hat die Kartoffeln gekocht und den Krautsalat gemacht."

„Und Melissa hat das Hähnchen gebraten und die Brötchen gebacken, und Belinda hat das Gemüse gekocht", beeilte sich Amy hinzuzufügen. „Den Kuchen hat auch Belinda gebacken", fiel ihr dann noch ein.

„Es ist dein Lieblingskuchen", verriet Belinda ihrer Mutter. „Gewürzkuchen!"

Nach der Mahlzeit wurden die Kinder wieder von der Veranda in die Stube gerufen, damit die ganze Familie Marty mit ihrem Geburtstagslied hochleben lassen konnte. Die Allerkleinsten konnten es kaum erwarten, ihrer Großmutter ihre Geschenke zu überreichen. Marty hatte ihre helle Freude an all den liebevoll gebastelten Gegenständen.

Die drei Mädchen warteten bis zum Schluß mit ihren Geschenken.

„Ich möchte dir dies gern schenken", sagte Melissa und reichte Marty ein Päckchen, das sorgfältig in zartblaues Papier eingewickelt war.

Marty packte es aus. Zum Vorschein kam eine kostbar eingebundene Ausgabe der „Pilgerreise" von John Bunyan. Marty ahnte, daß sie aus Melissas eigenem Besitz stammte. Das machte das Geschenk noch kostbarer.

Als nächstes kam Amy an die Reihe. Ihr Geschenk war zwar nicht so sorgfältig verpackt wie Melissas, doch das farbenfrohe Papier wirkte fröhlich. Mit bebenden Händen schickte Marty sich an, es auszupacken. Als sie die letzte Lage des Papiers entfernt hatte, sah sie Melissa geradewegs in die Augen: Amy hatte ihr ein Porträt ihrer Enkelin gemalt! Das Bild hatte tatsächlich Ähnlichkeit mit Melissa, auch wenn Amys Kunst noch nicht perfekt war.

„Aber Amy, das ist ja wunderschön! Du hast deine Sache prima gemacht, ganz prima!" rief Marty begeistert. Auch die übrigen Familienmitglieder scharten sich um sie, um Amys Gemälde zu bewundern. Diese strahlte über das Lob, das es ihr einbrachte.

Als wieder Ruhe eingekehrt war, trat Belinda vor. Auch sie reichte Marty ein kleines Päckchen.

„Erinnerst du dich noch an den Spitzenkragen, der dir in dem Geschäft in der Stadt so gut gefallen hatte?" fragte sie. „Ich hatte nicht genug Geld, um ihn dir zu kaufen, aber ich hab' ein ähnliches Häkelmuster gefunden, und da hab' ich dir einen Kragen gehäkelt. So elegant wie der im Schaufenster ist er zwar nicht geworden, aber ..."

Marty hob den Spitzenkragen aus dem Papier. Belinda hatte sich große Mühe gegeben und feine Arbeit geleistet. Marty bestaunte das zierliche Blütenmuster.

„Der ist ja noch hübscher als der Kragen im Geschäft!" sagte sie leise. Ihre Augen wurden feucht, als sie sagte: „Dank' dir, Belinda. Dank' euch allen. Ich glaube, das war der schönste Geburtstag, den ich je erlebt habe!"

„Mama", lachte Luke, „mir scheint, das sagst du jedes Jahr!"

„Und jedes Jahr meine ich's ehrlich", sagte sie beharrlich.

Schließlich richteten sich die Blicke aller auf Clark. Es war im Laufe der Jahre zur Familientradition geworden, daß er als letzter sein Geschenk überreichte.

„Jetzt bin ich wohl dran, stimmt's?" fragte er und stand auf. Seine Hände waren leer.

„Also, dieses Jahr", sagte er bedächtig, „hab' ich nichts zu überreichen." Er zögerte. Alle sahen ihn gespannt an. Niemand sagte etwas. Clark räusperte sich. Niemand in der ganzen Stube glaubte auch nur eine Sekunde lang, daß er tatsächlich kein Geschenk für seine Frau hatte.

„Jedenfalls", fuhr er fort, „hab' ich kein Geschenk hier im Haus. Wer's sehen will, muß mit mir nach draußen gehen."

Die ganze Schar folgte ihm ins Freie. Clark ging voran. Er nahm Marty bei der Hand und führte sie auf den hinteren Gartenzaun zu. Mehrere der Familienmitglieder versuchten, das Geschenk zu erraten. Marty hörte das Lachen und Scherzen um sie her, doch auch sie überlegte angestrengt, was Clark nur mit ihr im Schild führen mochte.

„Da ist es!" verkündete er schließlich und blieb vor einem kleinen, jungen Bäumchen stehen. Es reichte ihm gerade bis an die Hüfte. Marty wußte gleich, daß es damit eine besondere Bewandtnis haben mußte. Im Abendwind wehte ein kleiner Zettel, der an einem Zweig festgebunden war.

„‚Jonathan-Apfel'", las Marty vor. Dann warf sie sich auch schon in Clarks Arme.

„Ach Clark, wo hast du denn den aufgetrieben? Ich hab' mir schon so lange einen Apfelbaum von dieser Sorte gewünscht, aber hier gibt es niemanden, der Jonathan-Äpfel anbaut."

„Ich hab' ihn bestellt und schicken lassen", erklärte ihr Clark. „Hab' ihn gestern schnell in den Boden gepflanzt. Du ahnst ja nicht, welche Ängste ich ausgestanden hab', daß du mich dabei erwischen könntest!"

Marty sah von einem zu andern. Am liebsten hätte sie die drei jungen Mädchen alle auf einmal in den Arm genommen. Jedes der Geschenke, die sie überreicht bekommen hatte, war so hübsch und bedeutsam. Ihre Familie kannte sie genau. Sie hatten sie liebevoll mit ihren Geschenken bedacht. Marty fand keine Worte, um ihre Freude auszudrücken. In ihren Augen standen Tränen.

„Lacht nur, wenn ihr wollt", sagte sie lächelnd. „Von mir aus könnt ihr mich getrost auslachen, aber wißt ihr, dies ist wirklich mein schönster Geburtstag. Ehrenwort!"

Ein Besucher

Den ganzen Frühling und Sommer kämpfte Andy gegen seine Verbitterung an. Warum hatte er nur seinen Arm verlieren müssen? Wenn es wirklich einen Gott gab, der nur sein Bestes wollte, warum hatte er dann den Unfall zugelassen? Warum hatte der Doktor ihn nicht einfach sterben lassen? Lieber wäre er nämlich tot. Wenigstens dachte er das oft. Zu anderen Zeiten atmete selbst Andy die frische Frühlingsluft tief ein, freute sich an dem leuchtendblauen Sommerhimmel oder neigte den Kopf, um dem Gesang eines Vogels zu lauschen.

Fast täglich kam ihm Belinda in den Sinn. Etwas an ihr verwirrte und bekümmerte ihn. Warum interessierte sie sich nur so sehr für die Krankenpflege? Wie konnte sie es ertragen, ihrem Bruder dabei zuzusehen, wie er menschliches Fleisch schnitt und nähte? Hatte sie denn keinen Funken Gefühl im Leib? So kritisch er ihrem Interesse auf medizinischem Gebiet auch gegenüberstand, so mußte er sie zugleich auch auf unerklärliche Weise bewundern. Gewiß hätte er manchen Anblick, dem sie ausgesetzt war, unerträglich gefunden.

Wie schaffte sie es nur? Und warum tat sie es? Andy konnte sich einfach keinen Reim darauf machen. Belinda gab ihm viele Rätsel auf. Ihre ganze Familie war von einem seltsamen Menschenschlag. Am allerwenigsten konnte Andy jedoch den Kampf verstehen, der in seinem Innern vor sich ging.

Auf sonderbare Weise genoß er es manchmal, im Selbstmitleid zu versinken. Zugleich wollte ein Teil von ihm endlich frei von aller Bitterkeit sein. Es war, als führte er einen Krieg mit sich selbst. Er begann sich zu fragen, warum er sich nicht einfach widerstandslos von seiner Verbitterung übermannen ließ.

Woher sollte Andy auch ahnen, daß täglich für ihn gebetet wurde? Es war ihm vollkommen verborgen, daß diese Sehnsucht nach Befreiung, dieser Wunsch nach Leben eine Folge von Gottes Handeln war, weil Menschen, die ernsthaft um ihn besorgt waren, für ihn beteten.

Doch er war kaum bereit, seine Verbitterung aufzugeben, als ein erneuter stechender Schmerz durch seine Schulter raste und mit Macht vortäuschte, der Arm sei bis in die Fingerspitzen verletzt. In seiner Not vergrub Andy den Kopf in seinem Kissen oder stürzte aus dem Haus, um einfach loszuheulen.

So war der junge Mann innerlich hin- und hergerissen. Bald versteckte er sich hinter einer Wand des Selbstmitleids, bald war er nahe daran, sich von aller Verbitterung loszusagen, um endlich mit seinem Schicksal leben zu lernen.
Und dann war da noch etwas, das Andy einfach nicht begreifen konnte. Er glaubte, eine Veränderung an seiner Mutter bemerkt zu haben, konnte seine Beobachtung jedoch nicht in Worte fassen. Trieb seine Phantasie ihr Spiel mit ihm, oder hatte er recht?

Während der letzten Jahre war seine Mutter immer wortkarger geworden. Sie hatte sich mit einer undurchdringlichen Schale aus Stille und Selbstmitleid umgeben. Eigentlich hatte sie nie in den Westen auswandern wollen; mit jeder Faser ihres Herzens hatte sie sich dagegen gewehrt. Zwar hatte sie kein einziges Wort darüber verloren – sie war nie gesprächig gewesen – doch ihre Familie ahnte, was in ihr vorging. Ihr Widerstand zeigte sich in ihren zusammengebissenen Lippen, ihren harten Gebärden und dem Schatten, der über ihren Augen lag. Wenn ihr das Plaudern und Lachen auch noch nie leicht gefallen war, so verschloß sie sich nun vollends ganz. Es war, als teile sie nicht einmal die feuchte, zu enge Stube mit ihrer Familie. Sie verhielt sich kühl und unansprechbar, selbst im Umgang mit ihren Kindern.

Es gab nur eins, das Andys Mutter mit Leben und Eifer erfüllte: das war der Unterricht, den sie ihren Söhnen gab. Mit funkelnden Augen verlangte sie ihre Aufmerksamkeit. Ein energischer Zug stand um ihren Mund, wenn sie erklärte, sie beabsichtige keineswegs, ungebildete Kinder großzuziehen, ob im Westen oder anderswo. Auch ihr Vater sorgte dafür, daß die beiden Kinder täglich Zeit für ihre Bücher fanden.

Zu Beginn des neuen Schuljahrs hatte Andy zugeschaut, wie sein jüngerer Bruder Sidney in die Schule am Ort geschickt worden war. Sidney besaß endlich ein paar Kleidungsstücke, deren seine Mutter sich nicht zu schämen brauchte, und sie bestand darauf, daß er nun zur Schule ging. Es war Andy nicht entgangen, wie sie am ersten Morgen ihn voller Spannung zurückerwartet hatte. Wie er wohl unter seinen Altersgenossen abschneiden würde? Ob er im Lehrstoff um Jahre hinter ihnen zurück war? Doch Frau Brown, die Lehrerin, hatte nichts als Lob für Sidney. Der Junge war seinen Altersgenossen meilenweit voraus, erklärte sie. Die Simpsons hatten ihre Sache ausgezeichnet gemacht und dem Jungen zu Hause eine solide Bildung vermittelt.

Andy wußte, daß seine Mutter im stillen erwogen hatte, auch ihn in die Schule zu schicken. Sie hätte es zweifellos getan, wenn er etwas jünger gewesen wäre und seinen Arm noch hätte. Wenn sie es auch nicht ausdrücklich sagte, so spürte er ihr ab, daß sie in ihrem Innern seinetwegen großen Kummer litt. Er würde es im Leben immer schwer haben, und er tat ihr leid.

Andys Vater schien sich in seiner Gegenwart nicht wohl zu fühlen. Nie erwähnte er den Unfall oder den Verlust seines Arms. Er redete ohnehin nur noch selten mit ihm. Eins stellte er jedoch ganz klar: Andy durfte in Zukunft nicht mehr beim Holzfällen im Wald helfen.

Selbst Sidney ließ seinen Blick über Andys leeren Jackenärmel streifen, um ihn dann befangen abzuwenden.

Andy begann zu befürchten, daß er sein Leben lang von anderen Menschen übergangen werden würde.

So blieb ihm nur noch sein Gewehr und seine einsamen Spaziergänge durch den Wald. Die ersten, schweren Monate nach seinem Unfall hätte er vielleicht nicht überstanden, wenn er nicht gewußt hätte, daß seine Familie auf ihn als Jäger angewiesen war. Sie brauchten Fleisch, und trotz seines fehlenden Arms war er noch immer in der Lage, sie damit zu versorgen.

Doch in den vergangenen Wochen hatte Andy neuen Lebensmut und eine stille Hoffnung an seiner Mutter bemerkt. Sie verhielt sich zwar nach wie vor recht wortkarg, und er hörte sie nie lachen, aber in ihren Augen lag ein neuer Ausdruck. Irgendwie wirkte sie wärmer, nicht mehr so abweisend und verschlossen. War es möglich, daß eine Veränderung in ihr vorging? Und was konnte die Ursache dafür sein? Andy zerbrach sich den Kopf. Lag es vielleicht daran, daß seine Mutter im Begriff war, sich allmählich aus ihrer bitteren Armut herauszuarbeiten? Zugegeben, die Familie litt noch immer Not, daran gab es nichts zu rütteln, aber wenigstens standen sie in niemandes Schuld. Sie hatten ohnehin schon alles, was sie einmal besaßen, verloren, so daß man ihnen nun nichts mehr wegnehmen konnte. Inzwischen waren sie aber nun besser angezogen, und sie ernährten sich nicht mehr ausschließlich von Kaninchenfleisch. Seine Mutter hatte sich einen kleinen Küchengarten angelegt, und im Herbst würde sie genug für den kommenden Winter ernten können.

Was steckte aber hinter dem Hoffnungsschimmer in ihren Augen? Hatte es womöglich etwas mit dieser sonderbaren Familie Davis zu tun? Seine Mutter verbrachte drei Tage der Woche bei Frau Davis, manchmal sogar fünf. Hatte die Fröhlichkeit und Zuversicht, die Frau Davis ausstrahlte, auf seine Mutter abgefärbt?

Andy beobachtete seine Mutter voller Spannung. Er hoffte inständig, daß die Veränderung, die er an ihr bemerkt hatte, sich als dauerhaft erweisen und sie endlich mit ihm sprechen würde. Er wünschte sich nichts sehnlicher als ein Gespräch zwischen Mutter und Sohn, in dem er seinem Herzen Luft machen durfte. Jeden Tag, wenn sie von Frau Davis heimkehrte, beobachtete er sie verstohlen.

Die ganze Familie Davis kam Andy irgendwie ungewöhnlich vor. Sie waren auf unerklärliche Weise anders als alle Familien, die er je kennengelernt hatte. Er hatte noch nie eine Frau gesehen, die so mitfühlend und so fürsorglich wie Frau Davis war. Eine solche Liebe und Wärme wünschte sich Andy auch bei seiner Mutter. Wenn er sich doch nur bei ihr aussprechen könnte! Wenn sie sich doch auch endlich ihren Kummer von der Seele reden würde! Wenn sie ihn doch fragen würde, wie es ihm wegen der Sache mit dem Arm ums Herz war!

Und Herr Davis, der Mann, dem ein Bein fehlte? Was mochte ihm zugestoßen sein, daß er sein Bein verloren hatte? Und wie hatte er es nur geschafft, sich mit seiner Lage abzufinden und sogar Scherze darüber zu machen? Er war ausgesprochen freundlich und freigebig. Seine kleinen Täuschungsmanöver, mit denen er Andys Familie im vergangenen Jahr manche Hilfe geleistet hatte, hatte Andy bald durchschaut. Er hatte immerhin den Holzstapel auf der Davis-Farm mit eigenen Augen gesehen. Clark machte nicht den Eindruck, als sei er auf die Hilfe anderer angewiesen, um seine Farm in Ordnung zu halten. Was steckte nur dahinter? Andy war ratlos. Er begriff es einfach nicht. So ging er der Familie Davis aus dem Weg, wo er nur konnte.

Eines Tages im Herbst jedoch, als der stürmische Wind die roten und goldenen Blätter von den Bäumen riß und die Wildgänse am Himmel südwärts zogen, trieb es Andy zur Familie Davis. Sein Gewehr trug er unter seinem Armstumpf. Da trug er es immer. Es gab ihm das Gefühl, als sei der kümmerliche Rest seines Arms doch noch zu etwas nütze. Heute war das Gewehr jedoch vergessen. Er hätte es nicht einmal gezückt, wenn ihm ein Kaninchen oder ein Schneehuhn direkt vor den Füßen über den Weg gelaufen wäre. Andy war tief in Gedanken versunken. Er mußte einfach einen Ausweg finden. Mit plötzlicher Entschlossenheit beschleunigte er seine Schritte. Er war unterwegs zu dem einzigen Menschen, der ihm helfen konnte.

Andy war erleichtert, Clark an dem Brunnen zu finden, den er gerade vom Herbstlaub befreite. Andy wollte nicht in die Nähe des Farmhauses gehen, weil er eine zufällige Begegnung mit Belinda vermeiden wollte.

„Andy!“ begrüßte Clark ihn freundlich. „Wieder mal auf der Jagd, stimmt's? Hattest du heute kein Glück?“

Andy legte das Gewehr beiseite. Eine leichte Röte stieg ihm ins Gesicht. Eigentlich hatte er nicht einmal nach Wild Ausschau gehalten.

„Nein, noch nicht“, antwortete er nur.

„Ich bin gleich fertig hier“, sagte Clark. „Dann gehen wir zwei ins Haus und lassen uns von Marty was Leckeres zu essen geben.“

Andy beugte sich über das Wasser und fischte mit seinem rechten Arm eine Handvoll Blätter heraus.

„Warst du ein Links- oder Rechtshänder?“ erkundigte sich Clark unvermittelt.

„Rechtshänder“, antwortete Andy.

„Das ist das Gute daran, wenn man ein Bein verliert“, stellte Clark fest. „Da ist's vollkommen egal, welches Bein es erwischt.“ Er lachte leise, und Andy stimmte zögernd ein.

„Wie kommt dein Pa mit dem Holzfällen voran?“ fragte Clark.

„Nicht schlecht“, antwortete Andy. „Er hat irgendwo ein Maultier aufgetrieben. Jetzt geht alles viel besser.“

„Ja, das glaub' ich gern“, sagte Clark. „Weiß nicht, wie er im letzten Winter nur zurechtgekommen ist.“

„Er und Ma haben die Stämme mit Seilen aus dem Wald gezogen.“

Faulheit konnte man den Simpsons wahrhaftig nicht vorwerfen.

„Ich hab' Pa schon oft gebeten, mich wieder mitkommen zu lassen", fuhr Andy fort.

Clark richtete sich auf, um den Jungen anzusehen. Er ahnte, was Andy zum Ausdruck bringen wollte.

„Und er will's nicht zulassen, stimmt's?" sagte er.

Andy schüttelte den Kopf.

„Läßt mich nicht mal in seine Nähe, wenn er Holz fällt. Er meint wohl, der Unfall sei sein Fehler gewesen. Dabei ist das reiner Unsinn. Niemand hat Schuld an dem Unfall. Er ist halt einfach passiert, weiter nichts."

Schweigend schöpfte Clark nasse Blätter aus dem Brunnen, um sie beiseite zu werfen.

„Ich denk', ich kann ihn da verstehen."

Andy nickte. Auch er hatte Verständnis für seinen Vater; trotzdem war es einfach dumm, ihn nicht helfen zu lassen, wo er doch alle Hilfe brauchte, die er nur bekommen konnte.

„So", sagte Clark schließlich, „das reicht fürs erste. Vor dem Winter werde ich den Brunnen wohl noch ein paarmal säubern müssen."

Ein ganzer Schwarm Wildgänse zog über ihnen weg. Ihre heiseren Schreie waren weithin zu hören. Clark und Andy sahen ihnen nach.

„Hab' immer schon gefunden, daß es nichts Wehmütigeres gibt als das Schreien von Wildgänsen", bemerkte Clark. „Geht's dir auch so?"

Andy nickte. Er wußte nicht, warum es so war, aber auch er hatte diese Schreie seit jeher als Klagegesang empfunden.

„Irgendwie läuft's einem kalt über den Rücken, wenn man's hört", sagte Clark und schüttelte sich.

„Komm, Andy, laß uns ins Haus gehen und uns aufwärmen", schlug er dann vor. „Marty hat bestimmt eine Tasse Tee für uns."

Andy hielt den Atem an. Wenn er jetzt mit Clark ins Haus ging, würde er nie den Mut aufbringen, seine Fragen loszuwerden.

„Ich würde gern einen Moment mit Ihnen allein reden, wenn's Ihnen recht ist."

Clark sah ihn verständnisvoll an. An den Augen des jungen Mannes konnte er ablesen, daß er verzweifelt jemanden brauchte, der ihm zuhörte. Er setzte sich in das weiche Laub am Bach und nickte dem Jungen zu.

„Ich ... ich möchte Ihnen nicht zur Last fallen, aber ... aber ..."

„Laß nur, mein Junge. Ich hab' Zeit!" versicherte Clark ihm.

„Also, ich ... ich ... ich hab' mir gedacht, wenn's überhaupt jemanden gibt, der weiß, wie's ist, einen Teil seines Körpers zu verlieren, dann sind Sie's."

Clark brach einen kleinen Zweig entzwei und warf ihn ins Wasser. In der Strömung wirbelte er ein paarmal im Kreis, bevor er bachabwärts getragen wurde.

„Ich hab' ja bloß ein Bein verloren, Junge", sagte Clark leise. „Bei dir war's ein Arm. Das ist ein großer Unterschied, weißt du."

Der Junge schluckte. Clark nahm seinen Verlust längst nicht so tragisch wie er selbst. Er sah Clark in die Augen.

„Ich kenn' mich selbst gut genug, um zuzugeben, daß ich mich auch nicht gerade über eine Beinamputation gefreut hätte", sagte Andy.

Clark nickte. Der Junge war aufrichtig. Das gefiel ihm.

„Wie lange ist's bei Ihnen denn her?" fragte Andy.

„Schon viele Jahre", sagte Clark und lehnte sich an einen Baum. „Viele, viele Jahre. Es ist passiert, bevor Belinda geboren wurde."

„Wie kam es denn?"

Clarks Züge verzerrten sich fast unmerklich zu einem schmerzhaften Ausdruck, der noch vielsagender als seine Worte war.

„Ein paar Kinder hatten sich in einem alten, stillgelegten Bergwerk herumgetrieben", begann Clark. „Der Schacht ist eingestürzt. Sie waren so gut wie bei lebendigem Leib begraben. Den ersten Jungen hab' ich rausholen können, aber bevor ich mit dem zweiten rauskam, ist der Schacht weiter eingestürzt. Die schweren Balken haben mich am Bein erwischt."

„Wie sind Sie wieder ans Tageslicht gekommen?" fragte Andy gespannt.

„Ein paar Männer – Freunde von der Ranch, die unserem Schwiegersohn gehört – haben mich ausgegraben."

„Haben Sie ... haben Sie dem Doktor die Erlaubnis gegeben? Ich meine, haben Sie ihm erlaubt, Ihr Bein abzunehmen?"

„Aber nein!" sagte Clark. „Dazu war ich überhaupt nicht in der Lage. Das Bein hab' ich übrigens erst etwas später verloren. Und einen Doktor gab es weit und breit nicht, soweit man wußte. Marty hat selbst versucht, die Wunden zu reinigen. Das Bein war total zerschmettert. Sah böse aus, hat man mir später erzählt. Dann hat Wundbrand eingesetzt. Eigentlich hätte ich daran sterben müssen, aber Gott hat's wohl anders mit mir vorgehabt. Er hat einen Doktor geschickt; es war einer von den Nachbarn, wie sich herausstellte. Der hat mich operiert, als ich im Fieberwahn lag."

Andy war bleich geworden, während Clark die Geschichte mit schlichten Worten geschildert hatte. Sie saßen schweigend da. Jeder der beiden hing seinen eigenen Gedanken nach.

„Was haben Sie gedacht, als Sie ... als Sie ..."

„Du meinst, als ich wieder bei Bewußtsein war und gemerkt hatte, was passiert war?"

Der Junge schluckte nur. Er konnte nichts sagen.

„Also, zuerst – zuerst hab' ich gedacht, die Welt geht unter. Hab' mich gefragt, wie ich je meinen Mann wieder stehen könnte. Schließlich hatte ich ja eine Familie zu versorgen. Und vor mir selbst hab' ich mich geschämt. Eine Zeitlang hab' ich mir sogar gewünscht, ich könnte sterben; wenigstens eingebildet hab' ich's mir. Das war aber bald vorüber. Gott hat mir vor Augen geführt, daß ich 'ne

Menge übrig hatte, für das es sich zu leben lohnt. Er hat mich daran erinnert, daß meine Familie mich noch immer liebhatte, ob mit einem oder zwei Beinen, und Gott selbst hatte mich auch nicht im Stich gelassen. Er war bei mir und wollte das Kommando in meinem Leben führen. Es hat zwar 'ne Weile gedauert, aber schließlich hab' ich's mit Gottes Hilfe annehmen können, was passiert war. Jetzt trauere ich meinem Bein schon längst nicht mehr viel nach."

„Aber weh tut's Ihnen manchmal noch, nicht wahr?"

Clarks Kopf fuhr in die Höhe. Er sah den Jungen stirnrunzelnd an.

„Wie kommst du denn darauf?" fragte er.

„Ich hab' Sie beobachtet. Hab' gesehen, wie Sie's manchmal massieren. Ich weiß, wie schlimm die Schmerzen sein können. Obwohl der Arm nicht mehr da ist, kann er einem verflixt weh tun."

„Phantomschmerzen", warf Clark ein.

Der Junge nickte.

„Ist's bei dir noch arg schlimm damit?"

„Manchmal schon, aber manchmal spür' ich's auch kaum."

Clark nickte verständnisvoll.

„Wie lange haben Sie das ... das ...?" begann der Junge.

„Das Holzbein? Wird so um fünf Jahre her sein, daß ich's bekommen habe. Bin mächtig froh, daß ich's hab'. Wüßte nicht, wie ich ohne das Holzbein auskommen sollte. Larry, mein Sohn, hat mich dazu überredet."

„Gibt es solche ... solche Holzdinger auch für Arme?"

„Aber klar gibt's die! Sehen aber ein bißchen anders aus als mein Holzbein. Haken sind daran, glaub' ich. Larry könnte dir mehr darüber sagen."

Clark hielt inne. Der Junge, der eben noch ruhig und gefaßt über den Verlust seines Arms gesprochen hatte, vergrub plötzlich den Kopf in seinem einen Arm und brach in verzweifeltes Schluchzen aus. Clark setzte sich näher zu ihm und legte ihm den Arm um die Schultern.

„Wein dich nur aus!“ sagte er, während ihm selbst die Tränen kommen wollten. „Wein dich ruhig aus! Das hab’ ich damals auch getan. Schrei getrost, wenn dir danach zumute ist. Schrei dir den Kummer von der Seele. Du hast guten Grund dazu. Komm schon, wein ruhig!“

Der Junge wurde von heftigem Schluchzen geschüttelt.

„Ich kann nicht mehr! Ich will nicht mehr!“ rief er verzweifelt. „Ich hab’ keinen Arm. Ich hab’ keinen Gott. Ich hab’ überhaupt nichts!“

Clark hielt ihn in seinem Arm, bis er ruhiger geworden war. Dann reichte er ihm ein großes, gewürfeltes Taschentuch, damit er sich schneuzen konnte. Den Arm noch immer über die Schultern des Jungen gelegt, begann er, ruhig mit ihm zu sprechen.

„Mein lieber Junge“, sagte er, „deinen Arm kann ich dir leider nicht wiedergeben, aber ... aber ich kann dir zeigen, wo du Gott finden kannst.“

Der Junge sah auf. Seine Augen waren noch immer tränennaß.

„Du brauchst ihn noch nicht einmal suchen“, fuhr Clark fort. „Ganz im Gegenteil: Er hat dich schon gesucht. Er hat dich nämlich lieb, mein Junge. Er hat dich lieb, und er will einen Platz in deinem Leben haben, dir deinen Kummer abnehmen und dir ein sinnvolles Leben schenken.“

Der Junge schüttelte den Kopf.

„Ich ... ich hab’ so viele Sachen getan, die falsch waren. Ich glaube kaum, daß Gott jemanden wie mich ...“

„Das ist ja gerade das Schöne daran“, fuhr Clark fort. „Er braucht nicht erst abzuwarten, bis wir alle ohne Fehl und Tadel sind. Dann müßte er ja eine Ewigkeit warten! Wir haben doch allesamt Fehler gemacht. So steht es schon in der Bibel. Niemand kann sich von seinen Sünden selbst befreien. Und die Strafe für Sünde ist schwer: wer gesündigt hat, muß sterben.“ Er unterbrach sich, um dem Jungen in das tränennasse Gesicht zu sehen.

„In der Bibel steht aber auch, daß Jesus Christus uns so

sehr geliebt hat, daß er an unserer Stelle gestorben ist, als wir noch Sünder waren." Seine Stimme klang ruhig und zuversichtlich. „Das bedeutet, daß er die Strafe für unsere Sünden ein für allemal auf sich genommen hat. Jetzt brauchen wir nur noch zu ihm zu kommen, Dankeschön zu sagen und sein Geschenk an uns, das neue Leben, anzunehmen. Mehr verlangt er gar nicht von uns. Er vergibt uns unsere Sünden und schenkt uns den Frieden, nach dem wir uns alle sehnen. So einfach ist die Sache!"

Der Junge schaute noch immer skeptisch vor sich hin.

„Wie ... wie macht man das denn?" fragte er.

„Du betest und sprichst mit dem Vater im Himmel darüber. Hast du schon mal gebetet, mein Junge?"

„Nur einmal", gestand Andy. „Jedenfalls denke ich, es war ein Gebet. Das war an dem Tag, als Belinda vom Pferd gestürzt war. Ich hab' solche Angst gehabt, daß ich ..."

„Und Gott hat dein Gebet erhört, stimmt's?"

„Wirklich? Darüber hab' ich noch gar nicht nachgedacht."

Schließlich schaute der Junge Clark flehend an.

„Würden Sie mir zeigen, wie man betet?" fragte er.

Clark faßte den Jungen fest um die Schultern.

„Aber gern", versicherte er ihm.

Der Traum

An diesem Abend herrschte große Freude bei der Familie Davis über das, was Clark zu berichten hatte. Marty kamen die Tränen, und Clark betete für Andy. Obwohl Belinda die Nachricht voller Freude aufgenommen hatte, sagte sie nur wenig. Sobald sich die Gelegenheit bot, ging sie unbemerkt aus der Küche in die Stille ihres Zimmer, um sich vor ihr Bett zu knien.

Dort ließ sie ihren Tränen freien Lauf. Sie wußte selbst nicht recht, warum ihr nach Weinen zumute war. Sie war innerlich völlig durcheinander. Sie war dankbar dafür, daß Gott ihre Gebete erhört hatte, und hoffte, daß Andy nun endlich mit sich selbst ins reine gekommen war. Sie betete, daß er von seiner Verbitterung frei würde. Es gab keinen Zweifel daran, daß er noch manchen schweren Tag erleben würde, aber mit Gottes Hilfe und der Fürbitte und Unterstützung seiner Freunde würde er es schaffen. Das wußte sie genau.

Aber würde er ihr jemals verzeihen können? Wenn er doch nur begreifen würde, daß Larry und sie damals keine andere Wahl gehabt hatten, als ihm den Arm abzunehmen.

Es dauerte lange, bis Belinda sich endlich ihren Kummer vom Herzen gebetet hatte und zu Bett ging. Während sie sich unter der weichen Decke ausstreckte, fragte sie sich, ob sie Andy jemals wiedersehen würde. Aber natürlich! Papa hatte ja gesagt, daß Andy von nun an die Gottesdienste in der Kirche besuchen wollte. Belindas Herz machte einen Satz. Was würden sie einander zu sagen haben? Ob er lächeln würde? Von einer seltsamen Ungeduld erfüllt, schlief sie endlich ein. Sie hoffte inständig, daß die Tage bis zum Sonntag schnell vergehen würden.

Der nächste Tag war ein Donnerstag. Larry machte an der Schule halt, um Belinda zu fragen, ob sie ihm bei einer Entbindung helfen wolle. Lou Grahams Frau erwartete wieder ein Kind, und sie hatte Larry die Erlaubnis gegeben, Belinda zu dem freudigen Ereignis mitzubringen.

Belinda machte einen Freudensprung und lief nach Hause, um sich umzuziehen. Ihr Bruder hatte ihr gesagt, sie solle so schnell wie möglich zu den Grahams kommen.

„Und trödele mir unterwegs nicht!“ hatte er gesagt. „So ein Säugling kommt manchmal schneller an, als man denkt!“ Belinda hatte gelacht und versprochen, sich zu beeilen.

In letzter Minute erreichte Belinda den Hof der Grahams. Die Entbindung war das aufregendste Ereignis, das sie je erlebt hatte. Immer wieder mußte sie daran denken, wie ihre Schwester Ellie die einzige gewesen war, die ihrer Mutter bei ihrer eigenen Geburt zur Seite gestanden hatte. Ob Ellie damals auch so begeistert gewesen war wie sie heute?

Die Geburt verlief ohne Komplikationen. Als das kleine Mädchen geboren war, durfte Belinda es unter Larrys Aufsicht baden und in warme Tücher einwickeln. Danach legte sie das Baby behutsam in die Arme seiner Mutter. Diese sah das winzige Bündel voller Stolz an.

„Das ist Amanda Jane“, stellte Mary vor, „und Amanda, hier ist deine Hebamme Belinda. Hat sie ihre Sache nicht erstklassig gemacht?“

Ma Graham kam an das Bett, um ihre jüngste Enkelin auf den Arm zu nehmen, und bevor Belinda wußte, wie ihr geschah, strömte die ganze Familie auch schon in die Stube, um den neuen Erdenbürger zu begrüßen.

Belinda war bei bester Stimmung, als sie sich in den Sattel schwang, um sich auf den Heimweg zu machen. Sie konnte ja kaum erwarten, ihren Eltern von diesem aufregenden Erlebnis zu berichten! Selbst die zimperliche Melissa würde ihre Freude daran haben, dachte sie.

Plötzlich wurde Belinda aus ihren Gedanken gerissen und merkte auf. Copper richtete die Ohren auf und sah zur Seite. Belinda faßte die Zügel fester. Vielleicht hatte das Pferd ein kleines Tier im Gebüsch gewittert ... nein, es war Andy, der aus dem Dickicht hervorkam. Das Gewehr trug er unter dem Armstumpf und pfiff leise eine Melodie vor sich hin.

Andy war nicht weniger überrascht als Belinda. Die beiden starrten einander sprachlos an. Es gab vieles, das sie einander zu sagen hatten, doch keiner der beiden fand Worte. Endlich brach Andy das Schweigen.

„Mach dir nur keine Sorgen", sagte er. „Ich schieße nicht!"

Belinda lachte.

„Das ist gut", sagte sie.

Andy legte sein Gewehr auf die Erde, damit Copper sich nicht dadurch scheuen ließ, und ging dann auf Belinda zu.

„Ich hatte gehofft, ich würde dich noch vor Sonntag sehen", sagte er.

Ihre Blicke begegneten sich. Andys Augen waren noch immer tief und dunkel, doch der Schatten darin war verschwunden. Sie wartete darauf, daß er weitersprach.

„Hast du deinem Bruder wieder geholfen?" fragte er.

Belinda nickte mit einem Strahlen in den Augen.

„Wo wart ihr denn diesmal?"

„Bei den Grahams – Lou und Mary Graham, meine ich. Bei denen ist ein kleines Mädchen angekommen. Ich war zum ersten Mal bei einer Entbindung dabei!"

Andy sah ihr an, wie bedeutsam dieses Erlebnis für Belinda gewesen sein mußte.

„Erfreulicher, als Arme abzunehmen, stimmt's?" grinste er.

Belinda senkte betroffen den Blick, und Andy bedauerte seine Bemerkung.

„Hast du's eilig?" fragte er sie dann unvermittelt.

„Nein, nicht besonders."

„Ist es dir recht, wenn wir uns ein bißchen unterhalten?"

Belinda nickte.

Andy sah zu ihr auf und sagte mit einem verschmitzten Lächeln: „Und würde's dir was ausmachen, dazu von deinem Pferd zu steigen, bevor mir das Genick steif wird?"

Nun war es an Belinda, leise zu lachen. Sie reichte ihm die Zügel, um abzusteigen. Andy konnte nicht gleichzeitig das Pferd festhalten und Belinda beim Absteigen behilflich sein. Lieber hätte er Belinda geholfen, doch er wollte auf keinen Fall riskieren, daß Copper sich aus dem Staub machte, sobald er die Zügel fallenließ. Coppers schlechte Angewohnheit war ihm inzwischen zur Genüge bekannt. Belinda stieg auch ohne seine Hilfe behende aus dem Sattel.

„Ich binde ihn am besten fest, solange wir uns unterhalten", sagte er.

„Achte aber darauf, daß du ihn ordentlich festknotest", warnte Belinda. „Er tut nämlich nichts lieber, als sich loszureißen und allein nach Hause zu galoppieren."

„Dein Pferd hat ziemlich schlechte Manieren, nicht wahr?" sagte Andy, und Belinda lachte wieder.

Sie wartete, bis er das Pferd festgebunden hatte.

„Möchtest du dich setzen?" fragte er und führte sie auf einen umgestürzten Baumstamm am Straßenrand zu. Bevor sie protestieren konnte, hatte er schon seine Jacke ausgezogen und auf dem Baumstamm ausgebreitet.

Belinda wußte nicht recht, was sie sagen sollte, und überließ es Andy, das Gespräch zu beginnen.

„Dein Vater hat dir bestimmt erzählt, was vor ein paar Tagen passiert ist", begann er.

Belinda nickte. Der Junge würde sie am Ende noch für vollkommen zugeknöpft halten, wenn sie ihm nicht bald antwortete. Doch er fuhr fort:

„Ich weiß selbst nicht, wie es kommt, aber ich bin irgendwie ganz anders geworden. Jetzt weiß ich genau, daß es einen Gott gibt, und daß er einen verändern kann, wenn man ihn nur darum bittet."

„Ja, ich weiß“, bestätigte Belinda. „Mich hat er auch verändert.“

„Weißt du, ich hatte ja keine Ahnung, wer Gott ist“, fuhr Andy fort. „Ich hab’ seinen Namen zwar öfters erwähnt gehört, aber das war meistens im Fluch. An dem Tag, als du vom Pferd gefallen bist, hab’ ich Angst bekommen, und irgendwie hatte ich das Gefühl, daß es tatsächlich einen Gott gibt, den man anrufen kann. Da hab’ ich gebetet. Ich wußte zwar nicht genau, wie man’s macht, aber ich hab’ einfach für dich gebetet.“

Belindas Augen wollten sich mit Tränen füllen.

„Ich hab’ auch für dich gebetet“, gestand sie kleinlaut.

Andy starrte sie an.

„Das hast du wirklich?“ fragte er überrascht.

Wieder nickte sie.

„Jeden Tag seit deinem Unfall hab’ ich für dich gebetet. Ich hab’ sogar für dich gebetet, als du noch bewußtlos auf dem Bett lagst, kurz nachdem wir deinen Arm abgenommen hatten. Larry war nach draußen gegangen, um die ... die Reste wegzubringen, und ich hab’ dich nur einfach angesehen und für dich gebetet.“

„Und was hast du zu Gott gesagt?“ fragte Andy gespannt.

„Daß er dich wieder gesundmachen soll. Daß du ... daß du die ganze Sache bewältigen würdest. Daß du dich nicht dadurch verbittern lassen würdest.“

Andy wurde still. Er sah auf seine einzige Hand, die er zu einer Faust geballt hatte. Nun löste sich die Verkrampfung darin allmählich.

„Du hast bestimmt schon befürchtet, Gott hätte deine Gebete nicht erhört, oder?“

„Manchmal muß man sich halt gedulden“, antwortete Belinda schlicht. „Beim Beten muß man Geduld haben. Das sagt Papa immer wieder.“

„Ich mag deinen Papa gern“, sagte Andy.

„Ich auch“, erwiderte Belinda schlicht. In ihren Augen glänzte es.

„Es hat wohl tatsächlich ein bißchen länger gedauert, als du gehofft hattest. Wenn ich bloß nicht so starrsinnig gewesen wäre! Aber du sollst wissen, daß Gott deine Gebete erhört hat – allesamt hat er sie erhört."

„Ich bin ja so froh!" sagte Belinda leise. Die Tränen in ihren Augen drohten ihr über die Wangen zu rollen.

Schweigend saßen sie nebeneinander auf dem Baumstamm.

„Du hast viel Freude an deiner Krankenpflege, nicht wahr?"

Belinda nickte.

„Warum nur?" fragte Andy. „Du bist doch noch so jung und ... und ..." Er wollte „hübsch" sagen, wußte aber nicht recht, wie sie das aufnehmen würde.

„Ich hab' noch nie ertragen können, wenn jemand Schmerzen hat", erzählte Belinda. „Schon als Kind nicht. Manchmal hab' ich Vögel oder andere kleine Tiere gefunden und sie wieder gesund gepflegt. Manche davon hab' ich zu Larry gebracht, damit er mir half. Zusammen haben wir dann unser Bestes getan, um das Tier zu behandeln und zu pflegen. Larry kann es auch nicht ertragen, wenn er jemanden leiden sieht. Er tut sein möglichstes, um anderen zu helfen."

„Komisch", sagte Andy. „Ich hab' euch beide lange Zeit ganz anders eingeschätzt."

„Ja, ich weiß", sagte Belinda. „Das tut mir leid." Ihre Stimme war nur ein Flüstern.

„Nein, mir tut's leid. Ich ... ich hab' mich einfach dumm benommen. Furchtbar dumm. Im Selbstmitleid bin ich versunken, und zornig war ich, unglaublich zornig. Ich hätte mich bei euch bedanken sollen, anstatt mich wie ein Baby aufzuführen!"

„Aber nicht doch!" wehrte Belinda ab. „Ich weiß doch, wie dir zumute war. Ich meine, Papa ist es ähnlich ergangen, und wir konnten uns denken, was in dir vorging."

Andy legte seine Hand auf ihren Arm. Sie spürte die

Wärme darin und fühlte sich auf sonderbare Weise beschützt und geborgen. Schweigend saßen die beiden nebeneinander, bis Andy weitersprach.

„Bist du in deinem letzten Schuljahr?“ fragte er dann unvermittelt.

Sie nickte.

„Und was hast du danach vor?“

„Larry läßt mich in seiner Praxis arbeiten. Er will mich zur Krankenschwester ausbilden, und ich helfe ihm in der Praxis und bei seinen Hausbesuchen. Was danach wird, weiß ich noch nicht.“

Andy hörte ihr schweigend zu.

„Und du? Was hast du vor?“ fragte Belinda.

„Ich wollte eigentlich auch eine Ausbildung anfangen“, antwortete er. Seinen Traum hatte er noch niemandem anvertraut, aber nun erschien es ihm als das Natürlichste von der Welt, mit Belinda darüber zu sprechen.

„Es wär’ nicht einfach gewesen, das weiß ich genau, aber – ich wollte eigentlich – Rechtsanwalt werden.“

Belindas Augen weiteten sich.

„Rechtsanwalt?“

„Ich wollte auch anderen helfen, nur auf eine andere Weise.“

„Wie meinst du das?“ fragte Belinda.

„Mein Vater hätte nicht sein ganzes Hab und Gut zu verlieren brauchen, wenn er einen Rechtsanwalt gehabt hätte. Der andere hatte kein Recht dazu, ihm seinen Besitz abzuverlangen, aber er hatte mehr Geld und Einfluß als mein Vater. Einen Rancher nach dem anderen hat der zum Bankrott gebracht.“

Belinda hörte aufmerksam zu.

„Warum hast du gerade gesagt: ‚Ich wollte eigentlich‘?“ fragte sie.

Sein Blick fiel auf seinen leeren Hemdsärmel.

„Es wär’ ohnehin schwierig genug geworden, auch mit zwei Armen, aber jetzt … also, jetzt werde ich’s nie schaffen …“

Belindas Blick ruhte auf seinem Arm. Dann sah sie ihm wieder ins Gesicht.

„Das ist überhaupt kein Hindernis“, behauptete sie fest. „Zum Denken brauchst du keine zwei Arme, und Rechtsanwälte müssen in erster Linie denken können. Denken und sprechen. Das kannst du ebensogut mit einem wie mit zwei Armen.“

Er war noch nicht überzeugt.

„Natürlich kannst du das“, fuhr Belinda fort. „Du bist schließlich nicht auf den Kopf gefallen. Du hast zwar noch nie die Schulbank gedrückt, aber gelernt hast du trotzdem eine ganze Menge. Die Lehrerin ist immer ganz erstaunt darüber, wieviel Sidney weiß. Ich wette, du weißt sogar noch mehr als er, und es gibt keinen Grund, weshalb du nicht weiterlernen kannst. Wenn du nur willst, kannst du tatsächlich noch Rechtsanwalt werden.“

„Meinst du wirklich?“ stotterte er.

„Aber sicher!“

Er umfaßte ihren Arm fester. Was, wenn sie recht haben sollte? Vielleicht war es tatsächlich, wie sie gesagt hatte. Belinda würde ihm nie wissentlich einen Bären aufbinden. Es würde kein Kinderspiel werden, aber vielleicht – vielleicht konnte er es schaffen.

Am liebsten hätte er sie umarmt und ihr gedankt. Sie hatte nicht nur ihren Traum mit ihm geteilt, sondern ihm auch seinen Traum zurückgegeben. Er spürte, wie ihm die Tränen in den Augen brannten. Nein, er wollte nicht weinen. Das hatte er in den letzten Wochen und Monaten genug getan. Er hob den leeren Hemdsärmel an die Augen, um sie damit zu trocknen. Er hoffte, daß Belinda es nicht bemerkt hatte.

Wieder schwiegen die beiden. Belinda war tief in Gedanken versunken und überlegte, wie sie Andy nur helfen konnte, seinen Traum in die Wirklichkeit umzusetzen.

„Hast du einen Verehrer?“ fragte er sie plötzlich.

Belinda sah ihn verwirrt an.

„Nun, hast du einen?“ drängte er.

Sie schüttelte nur den Kopf.

„Ich … ich …“ begann er, doch Belinda unterbrach ihn.

„Es wäre auch nicht richtig, wenn ich einen hätte“, erklärte sie mit Bestimmtheit. „Es wird lange dauern, bis ich mit meiner Ausbildung fertig bin. Es wäre einfach nicht fair, von einem Jungen zu verlangen, jahrelang auf mich zu warten.“

Andy holte tief Luft. Daran hatte er überhaupt noch nicht gedacht.

„Ja“, sagte er schließlich, „und es wird lange dauern, bis ich Rechtsanwalt bin.“

Belinda nickte und erschauerte leicht. Andy hatte sein Selbstvertrauen wiedergewonnen!

„Da werden wir wohl beide lange warten müssen, nicht wahr?“ sagte Andy.

„Ja, das werden wir wohl“, antwortete Belinda.

Wieder schwiegen die beiden. Nun war es Belinda, die die Stille durchbrach. Sie stand auf und warf einen Blick auf Copper.

„Ich bin froh, daß wir miteinander geredet haben“, sagte sie aufrichtig und lächelte. „Ich hatte mir schon wegen Sonntag Sorgen gemacht. Ich meine …“

„Ich weiß schon, was du meinst“, kam Andy ihr zuvor. „Hab' mir ja selbst schon Sorgen deswegen gemacht.“

„Ich muß jetzt nach Hause“, sagte Belinda dann entschlossen. „Sie werden sich schon fragen, wo ich stecke.“

„Ich hol' dir dein Pferd“, erbot sich Andy.

Er führte Copper auf die Straße zurück. Belinda folgte ihm. Er reichte ihr die Zügel, um ihr beim Aufsitzen behilflich zu sein.

Belinda wollte gerade den Fuß in den Steigbügel setzen, als Andy einen Schritt näher kam.

„Danke, Belinda“, flüsterte er, und sie drehte sich zu ihm um.

Sie hatte nicht erwartet, daß er so dicht neben ihr stand. Sie hatte nicht gewußt, wie tief seine dunklen Augen waren. Sein Blick hielt ihren gefangen, während er noch näher kam. Mit seiner Hand umfaßte er ihre schmale Taille, um sie an sich zu ziehen. Dann beugte er sich zu ihr hinunter und küßte sie zärtlich, aber zugleich voller Entschlossenheit.

Es verschlug Belinda den Atem. Sie hätte sich nie träumen lassen, daß es so sein würde. So zart, so süß. Ihr erster Kuß.